KB051096

# 고전에 기대는 시간

# 고전에 기대는 시간

삶을 견디고 나를 마주하는 고전 읽기

정지우 지음

을유문화사

**삶을 견디고 나를 마주하는 고전 읽기**

고전에 기대는 시간

발행일

2017년 11월 25일 초판 1쇄

지은이 | 정지우

펴낸이 | 정무영

펴낸곳 | (주)을유문화사

창립일 | 1945년 12월 1일

주 소 | 서울시 마포구 월드컵로16길 52-7

전 화 | 02-733-8153

팩 스 | 02-732-9154

홈페이지 | www.eulyoo.co.kr

ISBN 978-89-324-7366-6 03800

* 값은 뒤표지에 표시되어 있습니다.
* 지은이와의 협의하에 인지를 붙이지 않습니다.

# 차례

4부

## 타인을 견디는 일에 관하여

### 일러두기

1. 인용문 속의 대괄호 [ ]는 저자가 넣은 것이고, 소괄호 ( )는 인용 원문에 있는 것입니다.
2. 직접 인용문은 저작권사에 사용 허가를 받았습니다. 아직 사용 허가를 받지 못한 일부 인용문은 추후 별도의 허락을 받도록 하겠습니다.

들어가는 글

# 고전에 기대어 삶을 견뎌 냈던 나날들

## I.

오랜만에 홍대를 걸었다. 대학생 때 이후로는 그다지 홍대를 걸을 일이 없었다. 근처에 약속이 있더라도, 비교적 한산한 합정이나 상수에서 크게 벗어나지 않았다. 모처럼 홍대로 나섰던 건 초고를 완성한 후의 자유로운 기분을 조금 더 고조시켜 보고 싶어서였다. 온갖 술집과 옷집이 가득한 거리를 걸으면서, 나는 아직도 이토록 많은 사람이 모여 시끌벅적 거리를 이루어 가고 있다는 사실에 놀라움을 느꼈다. 사람뿐만 아니라 가게와 거리 공연도 더 많아진 것 같았다. 골방에서 글만 쓰다 보면, 어느덧 세상과는 한없이 떨어진 곳에 홀로 붙박여 있게 된다. 마음이 어지럽혀지는 게 싫어서, 좀처럼 사람들도 만나지 않고 시끄러운 거리로도 나서지 않는다. 고전과 과거의 기억 속을 헤매다가 잊었던 세상이지만, 나와 관계없이 세상은 조금도 위축되지 않았다.

대학 시절, 홍대를 자주 걸었던 이유는 그 주변에서 합평회나 강연, 세미나 같은 것들이 많아서였다. 사람들이 뒤풀이를 하겠다고 술집으로 몰려갈 때면, 나는 혼자 빠져나와 한참 동안 홍대의 골목골목을 걷곤 했다. 그러면서 골목 양옆으로 늘어선 카페나 술집에서 무슨 진지한 이야기를 하거나, 웃고 떠드는 사람들을 신기하게 바라보곤 했다. 돈도 없고 뻔뻔함도 모자랐던 시기였기에, 차마 들어가서 차 한 잔 할 엄두도 내지 못하고, 그저 구경하는 게 전부였다. 혼자 살며 이방인처럼 서울을 떠돌던 나에게 그들은 오래된 자신들만의 비밀스러운 세계를 공유하고 있는 것처럼 보였다. 그러면 나도 언젠가 그들처럼 나만의 세계를 갖고 싶다는 열망을 느끼곤 했다. 그럴 날이 올 거라 믿었다.

그로부터 십여 년의 세월이 지났다. 그동안 나도 서울에서 안 가 본 곳이 없을 만큼 부지런히 돌아다녔다. 사람들도 적지 않게 만났고, 나름대로 비밀스럽게 바라보던 세상에도 어느 정도 발을 들여놓았다. 언론인이니 예술인이니, 지식인이니 하는 사람들을 만나 커피도 마시고 술도 마셨다. 강연회니 글쓰기 수업이니 하는 것에, 더 이상 청중이 아니라 내어놓는 입장에서 참여하기도 했다. 하지만 그런 나날들에, 내가 과거에 바라보던 그 비밀스러운 세계의 공고함은 없었다. 가끔의 약속과 일정 뒤에는 늘 혼자 방에 돌아와 글을 써야 하는 그대로의 현실이 있었다. 홍대 거리를 다시 걸으면서, 나는 더 아름다워진 골목의 더 많아진 카페와 술집에 있는 사람들을 바라보았다. 더 이상 그들에게 남다른 세계가 있다고 믿을 수 없었다. 거리를 메우고 있는 건 그저 하룻밤의 소비일 뿐이었다.

청춘 내내 무엇을 좇았냐고 한다면, 집요하게 어떤 세계를 얻고자 발버둥 쳤다고 할 수 있을 것이다. 아마 대부분의 청춘이 비슷하지 않나 싶다. 다만 보통의 경우 그 세계란, 자신이 속할 수 있는 직장과 동의어다. 청춘에 우리는 대개 아무것도 아니다. 그렇기에 다들 무언가 되기 위해 청춘을 바친다. 고시 공부, 취직 준비, 그 외에 경력을 쌓아 가는 일들을 지나 언젠가 세계를 얻을 수 있으리라 믿는다. 그래서인지 이 사회 속 각각의 영역들은 모두 '계'라고 불린다. 언론계, 출판계, 법조계, 교육계, 의료계 등등. 우리는 어떤 하나의 세계에 속하게 됨으로써 자기 자신이 되는 것이다. 세계 속의 정체성을 얻기 위해, 그토록 청춘 내내 분투한 셈이다.

서른에 이를 때까지도, 내가 속한 '계'라고 부를 만한 것은 없었다. 나는 언론인도, 학자도, 출판인도 아니었다. 작가라는 명칭 정도만이 어렴풋하게 있었는데, 이는 바람에 휘날려 갈 듯 불분명하고 연약한 팻말 같은 것이었다. 이따금씩 기고나 강연에 대해 이야기하고자 연락 오는 사람들은 나를 '작가'라 불렀다. 하지만 그 외 대부분의 시간에 나는 그저 '홀로 있는 사람'이었다. 흔한 명함 하나 없었고, 어디 가서도 직업이 무엇이냐 묻는 질문에는,

그저 프리랜서 정도라고밖에 할 말이 없었다. 보험 계약서나 출입국 신고서의 직업란에도 무어라 써야 할지 몰랐다. 스스로 제법 열심히 살아왔다곤 했지만, 내가 서 있는 지반은 금방이라도 허물어질 듯 느껴졌다. 그 지난한 청춘 동안 내가 얻고자 했던 것, 좇아왔던 것, 그리하여 도달한 것이 무엇인지 자주 잊어버렸다. 내가 쓴 책들이나 칼럼들을 액자에 넣어 벽에라도 붙여놓고 매일 쳐다봤으면, 조금 더 나라는 존재를 확고히 느낄 수 있었을까?

이 책을 쓰고자 마음먹은 건 조금 더 그런 스스로를 붙잡고 싶어서였다. 나는 박사 학위나 전문 자격증, 아니면 국가나 기업이 보장하는 소속을 가지지 못했다. 가진 것이라고는, 부단히도 달려왔던 청춘의 기억뿐이다. 그 세월 동안 알고 느끼고 경험한 것이 내가 가진 전부다. 사람은 결국 자기가 가진 것으로 살 수밖에 없다. 나는 스스로를 위하여 열두 편의 글을 썼다. 내가 가장 믿고 의지할 수 있는 열두 권의 고전과 함께, 내 지난 삶을 열두 번 소환했다. 소위 위대하다고 칭해지는 열두 편의 고전 곁에서라면, 그 작품들이 보증하는 삶이라면, 나도 조금은 더 스스로를 견뎌 낼 수 있을 것 같았다.

한동안 문학은 내게 전부나 마찬가지였다. 방 안 가득 책들을 쌓아 놓고 읽으며, 몇 년을 질리지도 않고 보냈다. 이십대의 절반 이상을 그렇게 보냈지만, 어느 시점부터는 방 안에서 문학을 모두 치워 버렸다. 나는 문학과는 관련 없는 글을 쓰면서 새로운 시절을 사는 듯했다. 그러나 이상하게도 명석한 이성과 논리의 세계로 나아갈수록, 마음은 점점 허물어져만 갔다. 십대 이후로 가지 않았던 성당을 다시 찾아가기도 했다. 오컬트에 흥미를 느끼기도 했다. 하지만 무엇도 내 마음을 온전히 채워 주고 붙잡아 주진 못했다. 설령 신을 다시 만나더라도, 내게는 문학을 통할 필요가 있었을 것이다. 어쨌든 나는 냉담하던 신자가 되돌아오듯 문학을 다시 집어 들었다. 오래전에 읽었던 책을 다시 방 안에 채워 넣었다.

열두 편의 글을 쓰면서, 나는 내 지난 삶의 정수精髓를 모조리 뽑아내어 담고자 했다. 그래야만 또 새로 시작할 앞으로의 삶을 보다 홀가분하게, 또 투명하고 정확하게 살아 낼 수 있을 거라는 확신이 들었다. 나는 내 삶의 중심을, 내 마음의 안정을, 내 세계의 확고함을 외부가 아닌 내부로부터 얻고 싶었다. 물론 나에게도 소속될 어떤 사회의 '계'가 생길지도 모를 일이다. 하지만 그전에 나는 아직 내 세계에만 속한 나의 확고한 중심을 증언하고 싶다. 그 후에, 내 삶에 무슨 일이 일어나든 받아들일 수 있는 마음의 힘을, 내 안에서부터 길어 낼 수 있다고 믿고 싶다. 나아가 문학이 어떤 사람에게는, 분명 그러한 힘을 줄 수 있다는 사실을 보여 주고 싶다. 신앙인이 간증을 하듯이, 나는 문학을 꺼내 보이고 싶다.

## 2.

이 책에 담긴 열두 편의 글은 각각 완결되어 있다. 가능하면 한 편의 글마다 내 삶의 핵심을 담아 완결된 의미를 구축하고자 했다. 그러니까 이 글들은 시간 순서로 이어지면서 내 삶의 각기 다른 시절을 보여 주는 구성을 지니고 있지 않다. 오히려 몇몇 글에서는 비슷한 장면이 반복되기도 한다. 하지만 같은 장면일지라도, 그 시절을 바라보는 렌즈나 각도는 분명 다르다. 매번 글 속에 내 삶을 담을 때마다, 각기 다른 고전 작품의 세계를 통해 바라보고자 했기 때문이다.

이를테면 릴케를 통해 바라본 나의 청춘과 도스토옙스키를 통해 바라본 나의 청춘은, 그게 설령 똑같은 시절의 이야기라 할지라도, 전혀 다른 측면에서 조명된다. 나는 가능한 한 다양한 렌즈로, 세계사에 족적을 남긴 가장 위대한 고전의 렌즈들로 내 삶을 바라보고 싶었다. 그렇기에 이 열두 편에 담긴 삶은 모두 하나의 삶이면서도, 각기 다른 삶이다. 매번 나는 각각의 렌즈에 충실하고자 모든 노력을 기울였으니, 열두 번의 진실이 이곳에 남겨졌다고 해도 부끄러움이나 거짓이 없다.

이 글들은 일 년여에 걸쳐 쓰였는데, 그래서인지 각각의 시기마다 조금씩은 다른 나의 심정들이 담겨 있다. 한 해를, 특히 불안정한 온갖 상황 속에서 처음부터 끝까지 일관되게 살 수 있는 사람은 거의 없을 것이다. 우리는 하루에도 몇 번씩 달라지는 생각과 감정을 겪는다. 특정 시기의 한 해에는 더욱 그러한 얼룩들이 남을 것이다. 우리는 단일하지 않고, 언제나 복합적이다. 일 년 안에도 무수한 내가 있다. 이 글들은 그때마다의 내가 나의 가장 깊은 곳에 접속하여 쓴 것이기에, 나의 다양한 면모가 그 어떤 글보다 가감 없이 담겨 있다. 그래서 나는 이 글들이 더욱 좋다. 괜히 나를 꾸며 대지 않아서, 일관되고 아름답게 구축하지 않으려 했기에 좋다. 소망이 있다면, 앞으로 살아가면서 더욱 진실한 글들을 쓰는 것이다. 여기 담긴 글들은 지금까지 내가 썼던 글 중에서 가장 진실하다.

그러한 진실을 세상에 내어놓는다는 것이 부담스럽기도 하고, 무섭기도 했다. 하지만 이 글들 어딘가에서도 고백했듯이, 내게는 무엇보다도 필요한 일이었다. 내가 발 딛고 설 수 있는 땅이란, 내가 속할 수 있는 세계란, 내 글을 읽어 주는 어떤 존재들이 살고 있는 ‘다자他者’의 땅이기 때문이다. 그 땅은 신앙인들의 신이 살고 있을 어느 하늘과 다르지 않다.

나는 나를 위해 이 글이 필요했다. 하지만 이 글들이 누군가에게 그만큼의 울림을 줄 수 있다면, 아주 작은 위로라도 건네줄 수 있다면, 그보다 감격스러운 일은 또 없을 것이다. 내가 바라는 삶이 있다면, 철저히 나를 위해 살면서도 그 일이 누군가를 위하는 것이 되는 삶이다. 아마 지나친 욕심이겠지만, 내가 타인들에게 바라는 것도 다르지 않다. 나는 사람들이 자신의 삶을 위해, 자기의 진실을 위해 최선을 다하길 바란다. 자기 진실을 위해 삶을 비친 사람들의 존재야말로 나에게 무엇보다도 큰 위안과 힘이 되기 때문이다. 이 책에 담긴 열두 권의 작품을 쓴 작가들이 그랬다.

이상하게도, 글을 쓰는 일을 지겹다고 느낀 적은 한 번도 없었다. 아마 내 삶에서 지루하지 않은 유일한 일일 것이다. 사랑과 우정, 여행과 놀이조차도 질릴 때가 있다. 하지만 십대에 처음 소설을 쓰고, 이십대부터 일기를 쓰고, 또 어느 무렵부터는 책을 쓰는 동안, 내게 권태란 없었다. 혹여나 그와 비슷한 것이 있었다면, 다른 글을 쓰면 그만이었다. 나의 오늘에 더 어울리는, 나의 가장 깊은 진실에 닿는, 내가 나 자신에게 충실할 수 있는 글을 쓰면 되었다. 지금까지는 그렇게 제법 잘해 왔다는 생각이 든다. 이러한 에세이 모음을 세상에 내놓는 건 처음이지만, 그래서 걱정이 되기도 하지만, 나 자신에게 가장 충실한 시간을 보냈으니 그걸로 충분하지 않나 생각한다. 시간을 되돌려 다시 지난 일 년을 선택할 수 있다 하더라도, 나는 이 글들을 쓴 이 시간을 택할 것이다. 이보다 더 원하는 시간은 상상할 수 없다.

## 3.

각각의 글들은 적당히 배치되긴 했지만, 꼭 차례대로 읽어야 하는 건 아니다. 주제별로 보기 좋게 묶었을 뿐, 목차는 글을 쓴 순서와도 상관없다. 이 글들 중에서는, 내가 써 놓고도 정말 좋아하는 글이 있는가 하면, 몇 번을 고쳐도 아쉬운 글도 있다. 언젠가는 내가 쓴 글들에 대한 그런 편애를 고백할 날이 올지도 모르겠는데, 일단은 이 글을 만날 분들의 취향에 맡겨 놓고 싶다. 누구에게든 자기 마음에 드는 글이, 자기에게 와 닿아 울리는 글이 가장 좋은 글일 것이다. 글에 관한 한, 그 외의 특별한 기준은 없을 듯싶다. 그저 열두 편 중 몇 편쯤은 나의 진실이 당신의 진실에도 가 닿았으면 싶다. 그 정도가 내가 진실로 바라는 것이다.

또 한 권의 새 책이 세상에 나오기까지, 나를 견디게 해 주었던 이들에게 감사하고 싶다. 특히 이 글을 처음 쓸 때부터 책이 나올 때까지 곁을 지켜 주었던 이가 있다. 어쩌면 이 글은 그녀를 만남으로써 시작되었고, 그녀와 약속을 하며 마무리되었다. 아마 그녀를 만나지 않았더라면, 이 글은 세상에 나오지 않았거나 전혀 다른 글이 되었을 것이다. 새로운 해가 새로운 삶이 되기를 그녀와 약속했다. 그 약속이 실제의 평생이 되길 간절히 소망한다.

1부

# 청춘을 다시 사는 것에 관하여

# 삶의 핵심에 다다르는 길

**헨리 데이비드 소로, 『월든』**

## 몽상의 섬에서 보낸 나날

서울에서 보낸 청춘 내내, 나는 자주 바다가 보고 싶었다. 그런 마음이 쌓이다가 참을 수 없을 정도가 되면, 곧장 고향으로 가는 기차표나 버스표를 끊었다. 고향에 도착해서는, 어머니나 아버지한테 해안선 드라이브를 해 달라고 졸랐다. 그러면 바다가 훤히 내려다보이는 언덕에 올라, 한참이나 서서 멍하니 수평선을 바라보곤 했다. 부모님은 지루해 하며 다른 사람과 통화를 하거나 신문을 읽었다. 하지만 어째서인지 나는 대단한 생각을 하는 것도, 유별난 상상을 하는 것도 아니었지만, 그저 은은하게 빛나는 수평선을 바라보는 것만으로도 충만한 기분이 들었다.

생각해 보면, 언젠가부터는 좀처럼 갖지 못했던 그런 시간들이 청춘에는 산재해 있었다. 대학교를 다닐 때, 나는 친구들과 모여 시간표를 짜기보다는 듣고 싶은 과목들만 골라 들었다. 내가 좋아하던 과목들은 주로 인기 없는 오후 끝자락의 수업들이었다. 그중 문학 고전을 철학적으로 해석하는 수업이 있었는데, 당시 친하게 지냈던 친구 한 명과 강의를 들었다. 가을 학기였고, 수업이 끝나면 하늘은 짙은 푸른빛으로 물들어 있었다. 저녁을 먹기에는 다소 이른 시간대였기에, 친구와 나는 늘 신문지를 깔고 학교 광장의 풀밭 위에 드러누웠다. 그러면 별다른 이야기도 없이 그저 한참 동안 하늘만 올려다보았다. 구름의 모양, 하늘의 빛깔, 그 사이에 돌아다니는 벌레들의 날갯짓을 보는 것만으로도 시간은 훌쩍 지나갔다.

> 내가 지금보다 젊었던 시절, 여름날 아침이면 나는 자주 호수 한가운데로 보트를 저어 가서는 그 안에 길게 누워 몽상에 잠기곤 했다. 그러고는 산들바람이 부는 대로 배가 떠가도록 맡겨 놓으면 몇 시간이고 후에 배가 기슭에 닿는 바람에 몽상에서 깨어나곤 했는데, 그제야 나는 일어서서 운명의 여신들이 나를 어떤 물가로 밀어 보냈는지를 알아보았다. 그 시절은 게으름 부리는 것이 가장 매력적이고 생산적인 작업이던 때였다. (…) 그 당시 나는 정말로 부유했다. 금전상으로가 아니라 양지바른 시

간과 여름의 날들을 풍부하게 가졌다는 의미에서 그러했던 것이다. 그리고 나는 이것들을 아끼지 않고 썼다.[1]

소로의 『월든』을 완독한 건 서른을 넘기고서였다. 소로가 이 책을 쓴 나이가 대략 지금의 나와 비슷했다. 그래서인지 그가 '지금보다 젊었던 시절' 이야기를 하는 것이 더욱 와 닿았다. 나는 어느 가을, 해 뜨는 바다를 보러 제멋대로 기차에 올라 타 동해에서 밤을 새고는, 오래도록 수평선을 바라보던 순간을 생각했다. 학교 뒷산에 올라 몇 점 보이지도 않는 별을 한참 올려다보던 새벽들도 떠올랐다. 소로의 말대로였다. 그 시절, 나는 분명 이 세계를 그 어느 때보다 풍부하게 가지고 있었다.

일찍이 『월든』을 완독하진 못했지만, 책의 서두는 읽어 둔 터였다. 그 이유는 실화를 바탕으로 한 영화 〈인투 더 와일드〉의 주인공인 크리스 맥캔들리스가 자신의 여정을 시작하게 한 책이 바로 『월든』이라고 이야기했기 때문이다. 명문 대학교를 졸업하고, 현금을 불태운 채 혈혈단신으로 서부로 떠난 영화 속 청년의 이야기는 청춘을 보내는 동안 내 머리 한편에 자리 잡고 있었다.* 다만 그 시절에는 부지런히 소설을 읽어 젖히기에도 바빴던 터라, 만만치 않은 두께로 시골에서의 감회를 이야기하는 이 책을 오래 읽

* 영화 〈인투 더 와일드〉에 관해서는 '여행과 영화'를 이야기했던 『당신의 여행에게 묻습니다』(정지우, 우연의 바다, 2015) 3부에서 상세히 다루었다.

어 내진 못했던 것 같다.

하지만 소로의 월든 호숫가로 대변될 수 있는 먼 땅, 이곳이 아닌 외부의 세계, 고요하고 아늑한 어떤 장소에 대한 열망은 분명 청춘 내내 나에게 아주 가까이 있었다. 나는 언제라도 이 땅을 떠날 수 있다는 마음을 품은 채로 이 도시를 사랑했다. 아름다운 카페가 곳곳에 널려 있고, 무수한 만남이 예견되어 있으며, 화려한 삶의 가능성을 품은 이 도시에 머무르고 싶은 마음이 없지 않았지만, 동시에 언제든 마음만 먹으면 바다가 있는 어느 고장으로 떠나 오랫동안 여행을 하거나 언제까지고 머물고 말 것이라는 욕망 역시 놓지 않았던 것이다. 한편으로, 나는 정말로 그런 먼 땅의 고즈넉한 삶을 살아 낸 기분이 든다. 그저 이따금씩 찾아간 바다와 자연이었지만, 매일같이 그 땅들을 상상하고 있었기 때문일지도 모른다. 결국 모든 게 추억 속의 이미지가 된다면, 그것이 실제였건 상상이었건 얼마나 대단한 차이가 있는 것일까?

호숫가에 집을 짓고 이 년 정도 살았다는 『월든』의 이야기는 언뜻 들으면 그리 대단한 느낌을 주지 않는다. 그 정도쯤이야 흔히 있는 일이라며, 우리는 더 역동적이고 화려한 이야기에 흥미를 느낀다. 이를테면 백 일간 인도 전역을 떠돈 여정, 회사를 관두고 트럭을 개조해서 떠난 세계 일주, 무일푼으로 남미의 농장에서 일하며 여행한 경험 같은 이야기들 말이다. 그러나 소로의 여정은 단순히 외적으로 복잡다단한 경험이 아니었다. 그는 이야깃거리를 위해서, 삶의 막연한 이미지를 향해 떠난 것이 아니었다.

"I WENT TO THE WOODS BECAUSE
I WISHED TO LIVE DELIBERATELY,
TO FRONT ONLY THE ESSENTIAL
FACTS OF LIFE.
AND SEE IF I COULD
NOT LEARN WHAT IT HAD TO TEACH
AND NOT, WHEN I CAME TO DIE,
DISCOVER THAT I HAD NOT

> 내가 숲 속으로 들어간 것은 인생을 의도적으로 살아 보기 위해서였으며, 인생의 본질적인 사실들만을 직면해 보려는 것이었으며, 인생에 가르치는 바를 내가 배울 수 있는지 알아보고자 했던 것이다. 그리하여 마침내 죽음을 맞이했을 때 내가 헛된 삶을 살았구나 하고 깨닫는 일이 없도록 하기 위해서였다. 나는 삶이 아닌 것은 살지 않으려고 했으니, 삶은 그처럼 소중한 것이다. (…) 나는 생을 깊게 살기를, 인생의 모든 골수를 빼먹기를 원했으며, 강인하고 엄격하게 살아, 삶이 아닌 것은 모두 때려 엎기를 원했다.[2]

그가 떠난 것은 내면의 절실함, 삶의 진실에 대한 열망 때문이었다. 현실의 온갖 거추장스러운 의무를 모두 걷어 낸 상태에서, 순수한 삶의 핵심에 도달하여 진실을 느껴 보고자 했던 것이다. 그는 가장 소박한 조건에서, 오로지 삶만이 남은 상황에서 이 생을 살아 낸다는 것이 무엇인지 알고 싶었다. 미래에 대한 거창한 계획, 과거로부터 자신을 옭아매고 있는 모든 관계, 사회적으로 규정된 갖가지 이름을 벗어던진 상태로 '지금 여기'의 삶에 있어 보고자 했던 것이다.

이처럼 그의 동기가 외부적인 것이 아니라 철저히 내부적인 것이었다는 점이야말로 그의 체험이 인류사에 족적을 남기게 된 이유다. 그의 기록은 단순히 호숫가에서의 삶에 대한 수기가 아니다. 오히려 인간이 어떻게 자기 내부의 가장 깊은 곳에 도달할 수 있는지, 그랬을 때 주변의 모든 것은 어떻게 보이고 감각되는지, 나아가 어떠한 생각으로 명료하게 삶을 대할 수 있는지에 대한 기록이다.

그런 관점에서 나 역시 내 청춘을 지배했던 상상의 삶을 조금은 옹호할 수 있을지도 모르겠다. 내가 완전히 이 땅을 떠나지 못한 채, 골방에 갇혀 지냈던 몽상의 나날들이 그 자체로 소로의 추구와 전적으로 무관하지는 않았다고 말이다. 왜냐하면 나는 자주 내 방을 섬으로 만들고 싶어 했으니까. 휴학을 하고, 기존의 관계들과 멀어지면서, 나는 철저히 나를 허공과 같은 상태로 몰아넣는 시도를 했다. 자취방의 조각난 창문으로 들어오던 달빛과 오후의 햇살과 내 손에 쥐어진 책과 노트에만 의지해 삶을 만나보고자 했던 것이다. 그래서인지 서른이 넘어 읽은 이 고전이 낯설게만 느껴지지는 않았다. 정말이지, 나는 언젠가 그와 같은 호숫가에 살았던 것만 같다.

> 나는 나의 집이 실제로 그와 같이 우주의 멀리 떨어진, 그러면서도 항상 새롭고 더럽혀지지 않은 장소에 위치하고 있음을 발견했다. 만약 플레이아데스 성좌, 히아데스 성좌, 알데바란 성이나 견우성 가까이에 사는 것이 보람 있는 일이라면 나는 실제로 그런 곳에 살고 있었다. 내가 버려두고 온 생활로부터 그 별들의 거리만큼이나 멀리

떨어져 있어, 가장 가까운 이웃에게도 멀고도 작은 모습으로 반짝이고 있었으므로 오직 달이 뜨지 않는 밤에나 그의 눈에 띄었을 것이다. 내가 자리 잡고 앉은 곳은 우주의 그러한 곳이었다.[3]

## 현대인의 삶을 향한 날선 비판

『월든』의 대부분은 호숫가에서 경험한 다양한 일의 기록으로 채워져 있다. 처음 집을 짓기 시작하는 과정부터 호숫가를 산책하고, 마을 사람들을 만나고, 동물과 식물을 관찰하는 일들이 투명하게 묘사된다. 하지만 그전에 소로는 자신이 왜 이러한 삶을 선택했는지를 설명하고자 한다. 특히 그는 책의 초반부에서 일반 사람들이 살아가고 있는 현대적인 삶의 방식을 신랄하게 비판한다.

왜 우리들은 이렇게 쫓기듯이 인생을 낭비해 가면서 살아야 하는가? 우리는 배가 고프기도 전에 굶어 죽을 각오를 하고 있다. 사람들은 제때의 한 바늘이 나중에 아홉 바늘의 수고를 막아 준다고 하면서, 내일의 아홉 바늘 수고를 막기 위해 오늘 천 바늘을 꿰매고 있다. 일, 일, 하지만 우리는 이렇다 할 중요한 일 하나 하고 있지 않다.[4]

비록 이백여 년 전의 세태를 담고 있는 글이지만, 그가 지적하는 삶은 우리 시대의 삶과 크게 다르지 않아 보인다. 그가 볼 때, 우리 삶을 지배하고 있는 것은 미래에 대한 걱정이다. 미래에 '굶어 죽을'지도 모른다는 걱정은 우리를 과도하게 노동으로 몰아넣으면서, 우리 자신으로 살지 못하게 한다. 우리는 현재에 온전하게 머무는 방법을 모르기 때문에, 그 공허를 미래에 대한 걱정으로 채우는 병에 걸려 있다는 것이다.

> 가장 힘든 것은 당신이 당신 자신의 노예 감독일 때이다. (…) 그가 하루 종일 움츠리고 사람들의 눈치를 보고 막연한 불안에 휩싸여 있는 모습을 보라. 불멸이나 신성은커녕 자신에 대한 스스로의 평가, 즉 스스로의 행위에 의해서 얻어진 평판의 노예가 되어 있는 것이다.
> 여론, 즉 대중의 평가는 우리 자신에 의한 자체 평가에 비교하면 대단한 폭군이 되지 못한다. 자기가 자신에게 내리는 평가가 곧 그의 생애를 결정하든지, 아니면 최소한 그것에 대한 지표가 되는 것이다.[5]

그는 이어서 사람들이 "고의적으로 현재의 통상적인 생활 방식을 택한 것으로 보인다"고 말한다. 그가 볼 때, 사람들은 "선택의 여지가 없다고" 합리화하면서 사실은 스스로 정신없이 일과 의무에 쫓기며 살기를 선호했다.[6] 그렇기에 그는 우리가 스스로의 노

예로 살고 있다고 말하는 것이다. 이런 이야기에는 다소 냉정한 측면도 있다. 우리의 생활 방식이 결코 다른 '대중'이나 '타인'의 평가 혹은 강요에 의해 결정된 게 아니라고 말하기 때문이다. 그에 의하면, 우리를 구속시키고 있는 것은 오직 우리 자신이다.

만약 소로의 말대로 우리 현대인들에게 '다르게 살 수 있는 선택의 여지가 정말로 없었느냐'고 집요하게 묻는다면, 그랬다고 말하기는 힘들 것이다. 사실 우리에게는 언제나 선택의 여지가 있었다. 타인들과 같은 종류의 기준을 공유하면서 그들의 평판에 휘둘리지 않는 대신, 과감하게 이 현실 전체를 '중단'시킬 기회는 언제든 있었던 것이다. 이를테면 귀농이나 이민을 시도한다든지, 중산층 가정을 이루기를 포기하고 꿈을 좇는다든지, 두려움과 위험을 무릅쓰고 새로운 일에 도전한다든지 하는 것이 원천적으로 불가능한 일은 아니다. 다만 우리는 여러 가지 이유에서 그러한 방향의 삶을 '선호'하지 않을 뿐이다.

특히 가족과 친구를 비롯한 주변 사람들은 결정적으로 내 삶의 방향을 이끌고 '선호'에 영향을 미친다. 왜냐하면 인간은 가까운 사람들과의 친밀한 관계에서 얻는 안정감을 선호하고, 그들로부터 박탈된 상태의 소외감을 결코 좋아하지 않기 때문이다. 우리가 자신의 선택이라고 믿는 것은 사실 이미 타인들로부터 영향받은 선택이다. 그렇기에 선택은 소로가 말하는 것처럼 '스스로의' 선택이긴 하지만, 동시에 '타인들에 의한' 선택이기도 하다.

> 신문에 실린 소식은 두 번 읽을 필요가 없다. 한 번이면 충분하다. 원칙만 알면 되지 무수한 실례와 응용을 구태여 들을 필요가 무엇인가? 철학자에게 소위 뉴스라는 것은 모두 가십에 지나지 않으며 그것을 편집하거나 읽는 사람은 차나 마시고 있는 늙은 부인네들인 것이다. 그런데 이 가십에 걸신들린 사람이 적지 않게 있는 것 같다.[7]

소로는 같은 맥락에서, 뉴스에 사로잡힌 삶에 대해서도 날선 비판을 가한다. 사람들은 뉴스가 만들어 내는 현실을 자기 자신의 현실이라 믿으면서, 끊임없이 뉴스를 찾고 뉴스에 사로잡혀 살아간다. 뉴스는 각자의 무수한 삶들이 '단 하나의 현실'에 속해 있다고 믿게 한다. 최신의 경향이나 유행 같은 말들은 취향의 획일화와 욕망의 일반화를 가정하면서 동시에 부추긴다. 뉴스는 우리가 모두 같은 위기(이를테면 국가적인 경제 위기)나 기대(이를테면 새로운 정치에 대한 기대)에 처해 있다고 믿게 하며, 동일한 체념과 좌절, 희망을 느끼도록 사람들을 끌어당기고 몰아세우며 동질화한다. 이처럼 뉴스에 사로잡혀 똑같은 가십거리를 공유하고, 똑같은 현실에 속해 있다고 믿으며, 똑같은 삶을 살아가고자 하는 사람들을 소로는 '뉴스에 걸신들린' 사람이라고 말한다.

> 사람들은 눈을 감아 버리거나 졸거나 또는 허식적인 것

에 속아 넘어가기로 동의함으로써 자신들의 인습적인 일상생활을 확립시킨다. 아직도 이 일상생활은 순전한 허구의 토대 위에 세워져 있다. (…) 어른들은 인생을 가치 있게 살지도 못하면서 경험에 의해서, 바꾸어 말하면 실패에 의해서 자기들이 아이들보다 더 현명하다고 생각하는 것이다.[8]

현대적 삶에 대한 소로의 비판을 한마디로 요약하면, 현대인은 스스로 진실한 삶을 선택하지 않은 채 타인들에 휩쓸리고 획일화되어 살아간다는 것이다. 문제는 일반적으로 사람들이 살고 있는 동질화된 삶, 즉 '인습적인 생활'이 가치 있거나 진실한 삶이 아니라는 점이다. 만약 항상 굶어 죽을 것을 걱정하며 일에 쫓기고, 늘 뉴스에 사로잡혀 허구의 현실에 휘둘리고, 서로를 같은 기준으로 비교하며 가십거리를 공유하는 삶이 행복하고 가치 있는 것이라면 큰 문제는 되지 않을 것이다. 그러나 소로가 볼 때, 그런 삶은 자기 자신에게 중요한 것을 망각한 삶이며, 스스로를 존경하지 않는 삶이고, 생의 진실로부터는 한없이 멀어지기만 하는 삶이다.

소로의 비판은 우리의 폐부를 찌르는 데가 있다. 왜냐하면 실제로 우리는 삶에서 일상적인 행복보다는 고통과 피로를 더 많이 느끼며 살고 있기 때문이다. 이는 수천 년 전부터 생의 본질을 '고통'이라고 이야기해 온 현인들이 만미띠니, 인간의 삶 자체가 원래 고통이기 때문일지도 모른다. 혹은 우리 사회가 유난히 부조리하여 우리를 늘 행복보다는 고통 쪽으로 몰고 가기 때문일 수도 있다. 이유야 어떻든 소로는 그 모든 고통과 피로가 우리 스스로의 선택 때문이라고 말하고 있다. 명석한 이성과 의지가 있다면, 당장이라도 자신처럼 이 현실을 거부하고 '다르게 살라'는 것이다.

그의 비판이 비록 정당한 데는 있지만, 이런 식으로 '개인의 주체적 의지'만을 강조하는 관점은 문제가 있기도 하다. 그의 논리에는 보다 섬세하고 보편적인 권리에 대한 감각이 결여되어 있다. 다시 말해 우리에게는 일반적인 삶을 행복하게 향유할 권리가 있다. 반드시 특별하고 개척적이며 주체적인 의지로 충만한 삶을 모두가 살 수는 없고, 살아야만 하는 것도 아니다. 오히려 인류의 대다수가 선택하는 일반적인 삶, 주어진 조건 안에서 성실하게 일하고, 사랑하며, 가정을 꾸리고, 노후를 맞이하는 삶 역시 그 고유한 가치가 있는 것이며, 우리에게는 그 가치를 누릴 수 있도록 사회적으로 보장받을 권리가 있다. 그렇기에 때때로 개인의 의지보다는 불합리한 사회가 문제시되어야 할 때도 있는 것이다.

주변의 타인들과 같은 취향을 공유하면서, 비슷한 방식으로 일하고, 아이를 낳아 기르며 기뻐하고, 함께 노년에 이르러 죽음을 맞이하는 삶, 겉으로 보기에는 다 똑같아 보이는 인생 안에도 각기 다른 절실함과 열망, 사랑과 회한, 기쁨과 슬픔이 있는 법이다.

다시 말해 『월든』의 안쪽뿐만 아니라 바깥쪽에도 삶은 있다. 어떤 면에서는 『월든』의 안쪽에 있는 삶이 더 진실하며 심오한 삶이라고 말할 수 있을지 모른다. 하지만 그렇다고 하여 『월든』의 바깥쪽에 있는 삶이 반드시 무가치하며 거짓으로 점철된 삶은 아니다. 오히려 사람들은 각자의 공간에서 각자의 방식으로 성공하기도 하고 실패하기도 하며 고유의 생을 살고 있다.

나 역시 한때는 소로와 거의 같은 방식으로 현대적 삶을 비판하며, 특별하고 진실한 삶을 추구하고자 했다. 그러나 시간이 흐를수록, 모든 사람의 삶에는 비판의 여지보다는 이해의 여지가 더 많다는 생각을 하게 된다. 나는 우리가 보다 인간의 삶에 대해, 사람들이 수많은 고민과 걱정을 하며 '선호'하게 된 일련의 삶에 대해 관대하기를 바란다. 소로의 시도와 성찰은 진심으로 존경할 만하고, 언제든 우리 삶을 되돌아보게 하는 반성의 힘이 있다. 그러나 그의 글을 접할 때면, 그가 비판하고 폄하하는 사람들을 보호해 주고 싶다는 생각이 들곤 한다. 자기 삶의 진실을 좇기 위하여, 자신과 다른 방식으로 살아가는 사람들의 삶을 반드시 평가절하할 필요는 없다.

## 소로가 월든 호숫가를 떠난 이유

타인들에 대한 소로의 비판이 지나친 면은 있지만, 여전히 그가 증언하는 삶의 진실성은 유효하다 그는 월든 호숫가에서의 삶, 즉 『월든』 안쪽에서의 삶을 선택하면서 그 바깥의 삶을 '허구'라고 규정한다. 이는 적어도 그 자신의 입장에서는 진실이다. 소로에게는 다른 이들처럼 일반적인 직장에 속해서, 매일 뉴스를 확인하고, 가정과 사회의 의무에 쫓기는 삶은 공허한 것이었다. 누군가에게 삶의 핵심은 자기가 사랑하는 사람들을 책임지고, 노동을 통해 그들에게 헌신하며, 인생의 단맛과 쓴맛을 맛보며 살아가는 일에 있을 수 있다. 그러나 소로에게는 그러한 일 전체를 부정한 곳에 삶의 정수가 있었다.

소로는 가장 진실하게 살기 위해서 '간소화하고 또 간소화하라'고 말한다.[9] 우리의 삶은 너무 복잡하다. 사회생활을 위해 옷을 차려입고자 한다면, 각종 디테일이 따라붙는다. 상하의의 색깔과 종류, 브랜드뿐만 아니라, 가방, 시계, 벨트, 목걸이, 팔찌 등의 장신구, 네일아트나 화장의 기법, 헤어스타일, 안경과 신발의 종류 등 온갖 것에 너무 많은 신경을 써야 한다. 거기에 더해, 인생에서 요구되는 것들은 거의 끝이 없다. 아파트의 평수와 브랜드, 학군, 자동차의 등급, 주말과 휴가 때마다 가야 할 각종 관광지들, 그 외에도 미래를 고려한 투자와 보험, 대출 등 우리의 인생은 무수한 세부들로 채워져 있다. 이 모든 것에 하나씩 신경 쓰다 보면, 어느덧 인생의 가장 중요한 시간들은 지나가 버리고 만다.

> 사람들이 찬양하고 성공적인 것으로 생각하는 삶은 단 한 종류의 삶에 지나지 않는다. 왜 우리는 다른 여러 종

류의 삶을 희생하면서까지 한 가지 삶을 과대평가하는 것일까?10

소로가 말하는 '단 한 종류의 삶'이란 이처럼 모든 사람이 지향하고 있는 일반적인 삶을 가리킨다. 응당 해야 한다고 말해지는 각종 권유와 의무로 뒤덮여 있는 삶 말이다. 앞서 말했듯이 온갖 미디어에서 추천하는 유행이나 투자를 따르지 않으면, 우리는 손해 보고 뒤처진다는 느낌에 사로잡힌다. 우리 삶은 그처럼 미디어와 주변 사람들에 의해 만들어진 '하나의 현실'을 좇는 여정과 다르지 않다. 소로는 이 흐름을 끊어 내고 싶어 했다. 그러기 위해 뉴스 대신 고전을 읽었고, 주변의 어른이나 교수 대신 과거 철학자의 말에 기대고자 했다.

사치품과 편의품에 대한 얘기가 나왔으니 말인데, 가장 현명한 사람들은 항상 가난한 사람들보다도 더 간소하고 결핍된 생활을 해 왔다. (…) '자발적인 빈곤'이라는 이름의 유리한 고지에 오르지 않고서는 인간 생활의 공정하고도 현명한 관찰자가 될 수 없다. (…)
오늘날 철학 교수는 있지만 철학자는 없다. (…) 철학자가 된다는 것은 단지 심오한 사색을 한다거나 어떤 학파를 세운다거나 하는 것이 아니라, 지혜를 너무나도 사랑하여 그것의 가르침에 따라 소박하고 독립적인 삶, 너그

럽고 신뢰하는 삶을 살아가는 것을 의미한다.[11]

소로가 살고 싶었던 삶은 아마도 '철학적인 삶'이었던 것 같다. 그는 인생의 덜 중요한 것들에 써야 하는 관심들을 거두어들여, 오직 삶의 진실을 이해하고 밝히는 데만 집중하고자 했다. 하지만 그렇게 월든 호숫가에서의 삶을 선택했다고 해서, 그가 오두막 안에 앉아 하루 종일 사색만 한 건 아니었다. 오히려 그는 새로운 삶을 시작하며 고도의 성실성을 발휘한다. 집을 짓는 일부터 생활에 필요한 최소한의 것들을 스스로의 힘으로 마련할 뿐만 아니라, 부지런히 호수 주변을 다니며 자연을 관찰하고, 책을 읽고, 사색을 하며, 글을 쓴다.

우리가 현대적 삶을 선택하는 이유는 우리에게 필요한 너무나 많은 것들을 스스로 이룰 능력이 없기 때문이다. 의식주를 비롯하여 거의 모든 것을 우리는 스스로 만들어 낼 수 없다. 그래서 돈을 벌고자 하고, 그를 위해 오랜 세월 공부하고 일을 배운다. 하루 종일 직장에서 일을 하는 이유는 그 일 자체에 가치를 느끼기 때문이 아니라, 돈을 얻어 필요한 것들을 소비하기 위해서다. 소로는 '필요한 것'을 극도로 간소화함으로써 스스로 만들어 내고, 나머지 시간에는 진리를 찾기 위해 관찰과 사색을 한다.

소로가 원했던 것은 고도의 집중력과 성실성이었다. 그는 도시의 삶에 지쳐 휴식이나 여유를 누리고자 호숫가로 떠난 것이 아니었다. 우리는 흔히 인생에 본격적으로 뛰어든다고 생각하며 사회로 진입해서 일을 하고 현실과 부대낀다. 그러나 소로는 반대로, 삶의 핵심에 뛰어든다고 생각하며 호숫가의 간소한 삶으로 향했다. 그는 무엇보다도 삶의 가장 중요한 순간을 미루고 싶지 않아 했다. 그가 보기에, 현대인의 삶은 무한히 '미루는' 삶이었다. 가장 중요한 것은 바로 지금 이 순간에 나를 마주하는 것이다. 그러나 사람들은 언젠가 그럴 여유가 있기만을 한없이 기다리며 살아간다는 것이다.

> 오래 살아서 차비라도 벌어 놓은 사람은 언젠가는 기차를 타게 되겠지만 그때는 활동력과 여행 의욕을 잃고 난 다음일 것이다. 이처럼 삶의 가치가 가장 떨어지는 시기에 미심쩍은 자유를 누리기 위하여 인생의 황금 시절을 돈 버는 일로 보내는 사람들을 보면, 고국에 돌아와 시인 생활을 하기 위하여 먼저 인도로 건너가서 돈을 벌려고 했던 어떤 영국 사람이 생각난다. 그는 당장 다락방에 올라가 시를 쓰기 시작했어야 했다.12

소로의 절실함은 현실에 대한 걱정이나 자신에 대한 불안에서 오는 게 아니다. 그런 점에서 그의 글은 담담하면서도 당당하고, 고요하면서도 자신에 가득 차 있다. 그는 자기 외부에서 자기를 몰아세우는 영향력에서 벗어나 있고, 오로지 자기 내부에서 북받쳐 오르는 것에 충실하려는 절실함에 사로잡혀 있다. 그는 '당장

시를 쓰기 시작했어야 했다'라는 말 그대로, 당장 호숫가로 떠나서 자기 내면의 삶에 충실했다.

나는 소로의 글에서 묻어나는 만큼의 용기와 당참, 씩씩함으로 청춘을 보내지는 못했다. 그는 "나는 외로움을 느낀 적이 한 번도 없었으며 고독감 때문에 조금이라도 위축된 적이 없었다"[13]고 말하고 있다. 이는 확실히 나의 정서와는 다소 동떨어져 있는 태도이자 마음의 힘이다. 그렇게 보면 실제로 그는 자신의 기질 혹은 자질에 어울리는 삶을 살아 냈다. 온전한 홀로 있음을 통해 삶을 마주하고, 탄광을 뚫고 들어가듯 삶을 개척해 나갔다.

반면 내가 보낸 청춘은 보다 조심스러운 것이었다. 대학 시절 순전히 책을 읽고 글을 쓰고 여행을 하기 위해 이 년여 간의 휴학을 하기도 했지만, 일반적인 인생 과정에서 크게 벗어날 정도의 기행이었다고 보기는 힘들다. 이후에는 대학원에 적을 두고서라도 나를 현실에 붙잡아 줄 여지를 두려고 했으니, 애초부터 '개척자'는 아니었던 셈이다. 대신 나는 가능한 한 조금이라도 내 삶에 변주를 주고자 했다. 학점 관리를 하면서도 책을 쓰거나, 논문을 준비하면서도 팟캐스트 따위를 진행하면서 말이다. 소로처럼 완전한 '바깥'으로 나가기보다는 경계에 머물면서 다른 삶을 꿈꾸었다.

비록 기질의 차이가 있기는 하지만 나는 소로에게 반감을 느끼기보다는 공감하게 된다. 그는 처음부터 끝까지 자기 내면의 진실에 고집스럽게 몰두하고자 했는데, 나 역시 그와 같은 것을 지향해 왔다고 느끼기 때문이다. 실제로 그는 "남이 내 생활양식을 그대로 따르기를 바라지는 않는다"고 하며 "각자가 자기 자신의 고유한 길을 조심스럽게 찾아내어 그 길을 갈 것"을 주문하고 있다.[14] 누군가는 자기 내면의 진실을 좇기 위해, 투철하게 '일반적인' 생활양식에 몰두할 수도 있다. 이를테면 학위 과정에 충실하거나 등단과 같은 제도에 깊이 소속되면서 말이다. 반면 소로처럼 그러한 제도를 처음부터 등진 채 살아갈 수도 있으며, 둘 사이의 경계에서 삶을 조율하고자 시도할 수도 있다.

> 우리가 빠르게 가든 느리게 가든 우리의 길은 우리를 위하여 마련되어 있다. 그렇다면 우리의 인생을 새로운 구상을 하면서 보내도록 하자. (…)
> 하루를 자연처럼 의도적으로 보내 보자. 그리하여 호두 껍데기나 모기 날개 따위가 선로 위에 떨어진다고 해서 그때마다 탈선하는 일이 없도록 하자. 아침에는 일찍 일어나서 식사를 하든 또는 거르든 차분하게 마음의 평온을 유지하자. 손님이 오든 또는 가든, 종이 울리든, 아이들이 울든, 단호하게 하루를 보내도록 하자. 왜 우리가 무너져 내려 물결에 떠내려가야 하는가?[15]

각자의 삶에는 고유한 속도와 시간, 방식이 있다. 우리는 서둘러 남들이 사는 방식대로, 남들의 속도에 맞추어 살아가려고 한다. 소로에 의하면, 그것은 '의도적으로' 우리의 삶을 사는 게 아니다. 오히려 단호하게 마음의 평정을 지키면서 우리 앞에 있는 하루를 응시하고, 끊임없이 내 삶에 적합한 '새로운 구상'을 하며 사는 것이야말로 '의도적인' 것이다. 지금 당장 내 마음에서 우러나오는 일을 시작하고, 두려움보다는 용기를 앞세워 의도적인 선택을 해야 한다는 것이다.

이는 매번 새로운 글을 쓸 때마다 내가 먹었던 마음이기도 했다. 자리에 앉아 글을 쓰기 시작할 때까지는, 무수히 많은 생각과 걱정이 거머리처럼 나를 옭아매고 끌고 가려고 한다. 다른 사람들의 삶과 내 삶을 비교하면서 뒤처지지 않기 위해, 나도 당장 논문에 몰두해야 하는 건 아닌지, 취업을 알아보아야 하는 건 아닌지, 그 밖의 다른 일들을 도모해야 하는 건 아닌지 하는 생각이 머릿속을 가득 채운다. 하지만 다른 사람이 만약 자기 자신의 내면에 충실해서 그런 일을 하고 있는 것이라면, 나는 그들과 닮을 수 없다는 사실을 깨닫는다. 왜냐하면 나한테는 스스로에게 충실한 일이 나의 글을 쓰는 일이기 때문이다. 혹은 그들이 자기 자신에게 충실해서 그렇게 사는 것이 아니라, 단지 남들이 사는 삶을 따라 휩쓸려 가는 것이라면, 그들의 삶을 굳이 신경 쓰며 참조할 필요는 없을 것이다.

> 나는 숲에 들어갈 때나 마찬가지로 어떤 중요한 이유 때문에 숲을 떠났다. 내게는 살아야 할 또 다른 몇 개의 인

생이 남아 있는 것처럼 느꼈으며, 그리하여 숲 생활에는 더 이상의 시간을 할애할 수 없었던 것이다. 우리가 자신도 느끼지 못하는 사이에 얼마나 쉽게 어떤 특정한 길을 밟게 되고 스스로를 위하여 다져진 길을 만들게 되는지는 놀라운 일이다. (…) 나는 선실에 편히 묵으면서 손님으로 항해하는 것을 좋아하지 않으며 인생의 돛대 앞에, 갑판 위에 있기를 원했다. 나는 이제 배 밑으로 내려갈 생각은 없다.16

흔히 오해하는 것처럼, 소로는 일방적으로 시골과 숲에서의 생활만을 찬양하며 평생 자연 곁에서 살기를 주장하지는 않았다. 오히려 그에게 숲은 자기 내면을 따라나서는 여정에서 거쳐 가는 하나의 일시적인 장소였을 따름이다. 그는 처음 숲으로 향했을 때와 같은 열망으로 숲에서 떠났다. 그는 생태주의적 삶이라는 특정한 생활양식을 따라가고자 했던 게 아니라 자기 삶을 따라가고자 했다. 각자의 삶은 그때마다 우리에게 필요한 것이 무엇인지를 알려 주고 있을지도 모른다. 어쩌면 우리에게는 단지 그 삶의 요청에 따를 것인가 말 것인가의 선택이 있을 뿐이다.

『월든』을 완독하고 났을 때, 나는 아주 믿을 수 있고 존경할 만한 친구를 얻은 기분이 들었다. 소로 같은 존재가 이 땅에 살았다는 사실만으로도 어딘지 든든한 느낌이 들었다. 그의 진실에 대한 확신과 자신감은 분명 나에게 영향을 미쳤다. 혹여나 내가 이 인생에서 실패했다는 느낌이 들더라도, 월든 호숫가의 그는 언제든지 이쪽으로 오라고 인사를 건넬 것만 같다. 여기 우주와 자연의 한가운데 삶의 진실이 있으니, 두려워하지 말고 어서 오라고 말하면서 말이다. 그런 상상의 보루에 기대어, 나는 두려움을 이겨 내고 다시 나의 진실을 향해 한 걸음을 더 내딛는다.

# 유령 같은 삶을 견디는 방법

**장 그르니에, 『섬』**

## 결정적인 순간들을 길어 내기

연어가 강을 거슬러 고향을 찾아가듯, 삶의 어떤 순간마다 되돌아가 읽는 문학작품이 있다. 나는 그르니에의 『섬』을 다섯 번 읽었다. 처음은 막 청춘을 시작하던 무렵이었고, 그다음 네 번은 청춘이 끝나 간다고 느낄 무렵이었다. 그러니까 처음 『섬』을 읽은 지 십여 년 가까운 세월이 지난 후, 겨우 일이 년 동안 그 책을 네 번이나 다시 읽은 것이다. 청춘의 시기마다 내게는 중요한 문학작품들이 있었다. 하지만 그 어떤 책도 다섯 번이나 읽은 적은 없다. 그러니 과장된 의미 부여를 하지 않더라도, 『섬』은 내게 확실히 특별한 책이었다.

·

철학자의 에세이집인 『섬』은 독특한 독서 체험을 선사했다. 처음 읽었을 때만 하더라도, 나는 이 책에서 유별난 종류의 공감이나 충격을 받지 못했다. 단지 몇 구절만 인상 깊게 남은 정도였다. 그러나 여러 번에 걸쳐 다시 읽은 일이 년 동안, 이 책은 매번 나에게 새롭게 발견되었다. 그냥 지나쳤던 구절들이 끊임없이 다시 발굴되며 깊은 공감을 선물했다. 읽으면 읽을수록 더 깊고 부드럽게 『섬』은 내 안에 꽂혀 들었다. 내 독서 경험에서 이에 견줄 만한 일은 흔치 않다.

> 그는 자기가 절대로 이룰 수 없는 모든 것을, 하는 수 없이 감당하게 마련인 미천한 삶을 깨달은 것이었다. 모든 것이 거기에 주어져 있었지만 그는 어느 것 하나 가질 수 없었다.[1]

청춘의 초입에 나는 내게 도래한 세계를 설명하기 위한 언어를 찾는 데 여념이 없었다. 스무 살은 내 삶에서 가장 중요하고도 커다란 단절이 일어난 시기였다. 유달리 가정의 공고한 보호 아래 자랐던 나는 이불에 돌돌 싸인 달걀이나 매한가지였다. 그러다 고향을 떠나 혼자 내던져진 서울에서의 삶은 모든 것이 낯설었다. 사람들과 식당에 가서 내 돈으로 밥을 사 먹는 것에서부터, 홀로 시내를 걷는 일이라든가, 영화관이나 패스트푸드점에 가는 일도 생소하기만 했다. 이제 막 부화하여 마당을 걷기 시작한 병아리나 다름없었다.

서울의 번화가를 걷던 어느 저녁이었다. 해가 떨어지며 사방에는 어스름이 지고 있었다. 사람들은 정신없이 나를 지나쳐 갔다. 내게로 물밀듯 쏟아져 오는 사람들을 보며, 나는 투명 인간이라도 된 듯한 기분을 느꼈다. 그들 모두는 이 서울 땅 어딘가에 자신들만의 공간을 갖고 있을 것 같았다. 그들은 이제 곧 집에 돌아가면, 따뜻한 색감의 빛이 들어오는 방에서 가족들과 마주 앉아 저녁을 먹고 수다를 떨며 하루를 마감할 터였다. 나는 아무도 없는 내 방을 떠올렸다. 방문을 열었을 때의 그 차가운 어둠이 가장 무서웠다. 그렇다고 형광등을 환하게 밝힌 창백함도 싫어서, 작은 스탠드 하나만 켜 놓은 채 밤을 보내곤 했다.

그때 사람들 너머로 불 들어온 수많은 건물이 보였다. 그 창문 하나하나 모두가 누군가의 공간이라는 사실이 그토록 멀게 느껴진 적이 없었다. 이 땅은 그들의 땅이었지, 나의 땅은 아니었다. 그 막막한 거리감이 가슴에 닿자, 눈물이 쏟아졌다. 나는 엉엉 울며 거리를 걸었다. 그때의 체험을 이해하는 데는 꽤나 오랜 시간이 걸렸다. 그저 외로움 때문이라고만 생각할 정도로, 나는 정교한 언어를 갖지 못했다. 그로부터 얼마 뒤, 그르니에의 에세이에서 읽은 위의 짧은 한 구절 덕분에 당시의 나를 이해할 수 있었다.

이 낯설고 아름다운 도시의 무엇 하나도 나는 가질 수 없었다. 설령 언젠가 돈을 많이 벌어 건물을 사고 아파트를 산다 해도 마찬가지일 터였다. 삶이란, 세계란 가질 수 없는 것이었다. 나를 둘러싼 이 모든 것이 언젠가 이와 같이 내게 육박해 올 터였다. 이 세계 전체와의 이별, 아무것도 갖지 못한 상태야말로 모든 사람에게 도래할 운명이지 않은가? 우리는 단지 그 진실을 마주하고 싶지 않아서 하찮은 것들을 소유하려 애쓸 뿐이다. 죽음과 이별이라는 진실을 향해 가는 그 긴 세월을 견디기 위해서 말이다. 그날 알게 된, 모든 것과의 예정된 이별이라는 진실은 이후 내 청춘의 정서를 지배했다.

> 저마다의 일생에는, 특히 그 일생이 동터 오르는 여명기에는 모든 것을 결정짓는 한 순간이 있다.[2]

『섬』을 여러 번 읽는 동안, 나는 그가 말하는 일생의 '결정적인 순간들'을 길어 냈다. 내가 가진 이 한 권의 책에는 너무 많은 밑줄과 접힌 자국과 메모가 있어서, 그것들을 다 옮기고 풀어내려면 책 한 권으로도 부족할 것이다. 나는 가능한 한 이 책이 내게 적중했던 지점들을, 그중에서도 가장 중요했던 순간들을 이 글에 담아 볼 생각이다. 그리하여 『섬』과 결부된 내 청춘이 한데 뒤섞여 은은한 빛을 발하길 소망한다. 이 책은 그르니에의 일상과 성찰뿐만 아니라, 해명하고 싶은 내 청춘의 가장 중요한 순간들이 함께 담긴 하나의 섬이다. 이 글을 쓰기로 마음먹고 타자를 두들기면서, 나는 마침내 그 섬으로 한 발 더 깊이 들어갈 수 있는 입장권을 얻은 것만 같다.

## 하루 세 번의 무서움

어느 해의 생일 날, 나는 혼자였다. 사실 생일이니 크리스마스니 하는 것들에 거의 의미를 두지 않았던 터라, 혼자 보내는 생일이 그리 쓸쓸하진 않았다. 다만 그날은 생일이어서가 아니라 여러 가지 이유로 제법 고독을 느낄 법한 날이었다. 겨울이 막 시작되려 하고 있었고, 아무도 만나지 않은 주말을 보낸 뒤였고, 혼자 끼적이던 글들은 보기 좋게 공모전에 떨어진 다음이었다. 나는 혼자 방에 있는 걸 좋아하는 만큼이나 때로는 한없이 답답하게 느끼곤 했다. 그날도 아마 갑갑함이 절정에 달한 날이었던 걸로 기억한다. 그리하여 나는 홀로 '서울 여행'을 하겠다는 다소 시시한 충동을 느끼며 방을 나섰다. 언젠가 보았던 성북동의 뒷면을, 산으로 이어지던 성곽길을 따라 걸어 보겠다고 마음먹었다.

그날 나는 총 세 번 언덕을 올랐다. 처음에는 학교 뒷산을 넘었고, 그다음에는 낙산을 올랐다. 그 후에는 다시 내려가 서울 성곽을 따라 길을 올라갔다. 점심을 먹고 출발했는데, 성곽길을 따라 걸을 때는 가로등에 불이 들어왔다. 나는 도시의 비밀에 접근하는 듯한 기분을 느꼈다. 적어도 당시에 그곳은 이름난 번화가도 아니었고, 사람들이 부지런히 걷는 번잡한 공원도 아니었다. 그저 몇몇 동네 주민들만이 조용히 삶을 이어 가고 있는, 그래서 누구든지 그곳을 걸으면 외지인이라고 느낄 수밖에 없는 길이었다.

나는 혼자서, 아무것도 가진 것 없이, 낯선 도시에 도착하는 것을 수없이 꿈꾸어 보았다. 그러면 나는 겸허하게, 아니 남루하게 살 수 있을 것 같았다. (…)
고독한 삶이 아니라 비밀스러운 삶 말이다. 나는 오랫동안 그것이 실현 가능한 것이라고 믿어 왔다.[3]

마지막 언덕에 올랐을 때는 이미 해가 기운 지 한참이 지난 뒤였다. 그곳에 도착했을 때, 내 머릿속에 처음 떠오른 단어는 '별천지'였다. 그 단어는 원래 뜻과는 상관없이 떠오른 것이었다. 그러니까 '별천지別天地'는 하늘에 별이 많다는 뜻의 단어는 아니었지만, 나는 그 단어를 그렇게 생각했다. 그렇다고 해서 실제로 별이 많은 것도 아니었다. 그저 눈앞에는 서울 시내가 내려다보였는데, 주위에는 아무도 없이 컴컴했고 시내의 불빛들만이 너무 가까이 느껴져 마치 별들의 세계에 와 있는 느낌이 들었다. 그러니 한자어의 본래 뜻 같은 게 무슨 소용일까? 나는 그곳을 늘 나의 별천지라 불렀고, 그렇게 생각했다.

어쩐 일인지 그렇게 한참을 걸어 도달한 곳에서, 이 도시의 비밀을 알게 되었다는 생각과 동시에 나의 비밀 공간을 간직하게 되었다는 그 사실 때문에 나는 모든 걸 용서받는 느낌이 들었다. 친구들과 멀어졌다거나 공모전에 떨어졌다거나 하는 게 다 무슨 상관일까? 혹은 내가 터무니없는 선택으로 설령 남들이 다들 이루어 가는 삶에서 떨어져 나왔다고 한들, 그렇게 아웃사이더 같은

것이 되고 있다고 한들 어떨까? 어차피 내게는 이 삶이 너무도 소중하여, 그 밖의 것들은 중요하지 않았다. 나는 이러한 순간을 위해 살고 있는 것이었지, 그 외의 다른 것을 위해 살고 있는 게 아니었다. 이 끝도 없이 펼쳐져 있을 것 같은 도시의 밤, 그 한가운데서 느끼는 가장 충만한 순간에 관한 비밀을 놓지 않는 한, 내가 삶에서 후회할 일은 없을 거라는 확신이 들었다.

어느 해인지 생각나지 않는 그 생일날과 같은 기억은 그리 많지 않다. 당시 나는 언젠가 다시 내가 이 언덕으로 되돌아올 거라는 사실을 알았다. 하지만 이후에도 내가 여전히 그때와 같은 느낌으로 이 끝이 없는 도시를, 세계를, 삶을 대하고 있을지는 알 수 없었다. 그르니에의 글을 다시 읽으면서 내가 떠올린 것은 바로 그러한 불안감이었다. 나는 무엇보다도 내가 세계를 대하면서 얻는 불확실한 감각, 어떤 의구심, 떨리는 불안감을 잃고 싶지 않았다. 가장 두려워한 게 있었다면 모든 것에 무뎌진 목석같은 인간이 되는 것이었다.

내 독서의 역사에서 유례를 찾아볼 수 없을 정도로 필사적이었던 재독의 경험은 그로부터 나왔던 것 같다. 그의 글에는 내가 지난날에 경험했던 어떤 절실함이, 가장 아슬아슬하다고 느꼈지만 그 누구에게도 분명히 설명할 수 없었던 감각들이 고스란히 녹아 있었다. 그의 문장들은 내 청춘의 순간들을 길어 올리는 두레박과 같았다. 그는 사적인 기억으로 끝났어야 할 순간들을 어떤 의미의 차원에, 보편적인 경지에 올려놓았다. 그렇기에 그의 글들은 나에게 청춘을 해독하는 가장 뛰어난 길잡이였던 셈이다.

> 나는 하루에 세 번 무섭다. (…) 확실하다고 굳게 믿었던 것이 나를 저버리는 세 번……. 허공을 향하여 문이 열리는 저 순간들이 나는 무섭다.[4]

그르니에가 말하는 하루 세 번의 무서움은 해가 저물고, 잠이 들고, 잠에서 깨어나는 순간들이다. 이는 정확히 내가 느끼던 가장 불안하고도 두려운 순간들과 일치했다. 나는 그 순간들에 관해 해명할 생각도 하지 못한 채 청춘을 지나 보냈다. 하루 종일 방에 머물러 무언가를 읽고 쓰던 오후면, 몰려오는 졸음을 참지 못하고 침대에 몸을 누이곤 했다. 그럴 때면 실제로 존재하지는 않지만, 늘 눈이 반쯤 감길 때마다 들려오던 노래가 머릿속으로 흘러갔다. 또한 한 번도 실제로는 본 적 없던 똑같은 풍경이 눈꺼풀 너머로 나타나곤 했다. 어느 안개 낀 호숫가의 섬이 보이면서, 나는 불안에 떨고, 그렇게 꼭 잠이 들었다.

해가 질 때나 잠에서 깨어날 때도 마찬가지였다. 특히 봄과 가을에 저녁이 오는 게 무서웠다. 모두 일을 마치고 집으로 돌아가는 시간, 거리에는 어둠이 내리고 저마다의 가정에는 노란 불빛이 들어오기 시작하는, 삶에서 가장 안락하고 따뜻할 거라 믿어지는 그 시간에 나는 이 세상으로부터 가장 멀어지는 기분을 느꼈다. 매일 아침, 겨우 일어나 마주하는 하루의 창백함 속에서 의식을 붙잡는 것 역시 다르지 않았다. 하루 앞에 설 때의 막막함과 하루를 마감할 때의 불안감은 짝을 이루며 나를 따라다녔다.

그런 순간들을 나는 소속 없는 청춘, 가정을 이루지 못한 젊음, 기댈 곳 없는 외지 생활이라는 설명으로 메우려 했지만, 그르니에의 문장을 읽고 나서는 그런 말들이 얼마나 피상적인 것인지 깨달았다. 그의 말이 옳았다. 그것은 나의 존재에 도래하는 세계의 폭력 같은 것이었다. '확실하다고 굳게 믿었던 것', 이를테면 나를 둘러싸고 있던 한낮과 나를 채워 주던 어둠 따위가 '나를 저버리는' 순간이었던 것이다. 공고하다고 믿었던 세계가 무너질 때마다 내 존재도 함께 무너졌다. 그리고 나는 매일 나를 다시 일으켜 세워 이 세계 안에 자리 잡게 하는, 부단한 모래성 쌓기를 해 왔던 것이다. 그랬기에 내게 하루하루는 생활고와는 다른 의미에서 견뎌 내야만 하는 것이었다.

그의 글들은 너무나 나의 비밀들에 근접해 있어서, 나는 이 모든 것을 털어놓지 않을 도리가 없다. 이러한 접속의 작업, 그르니에의 비밀과 나의 비밀의 접점을 찾아 기록하는 일이 내게 대단한 것을 건네주리라 생각하지는 않는다. 다만 내가 원하는 것은 성리학자들이 사서삼경四書三經에 주석을 달듯 『섬』의 문장들에 나의 기억들을 접합시켜 놓는 일이다. 나는 『섬』이 보증하는 어떤 청춘의 공간, 존재의 고요한 진실, 영원하고도 고립된 순간에 나를 덧붙이고 싶을 따름이다.

## 불안할 때 고양이를 찾는 이유

나는 자주 내 방의 창문 너머를 바다라고 상상하곤 했다. 그러한 상상은 너무나 자연스러워서, 단칸방에서 보낸 그 많은 날을 떠올릴 때면, 누추한 골목길과 아스팔트 바닥보다는 푸른 하늘과 바다를 더 가깝게 기억한다. 특히 창문 너머로 들려오던 도시의 소음은 처음 내 방이 '바닷가 같다'는 생각을 하게 했다. 멀리서 자동차들이 오가며 만들어 내는 부연 소음은 마치 바닷가에 살던 시절, 파도가 서로 뒤엉켜 전해 오던 옅은 소리를 떠올리게 했다. 그렇게 파도 소리와 같은 도시의 소음을 듣고 있노라면, 어느덧 창문 밖에 보이는 하늘 아래로 바다가 펼쳐져 있을 것만 같은 상상에 사로잡혔다. 『섬』에는 그르니에가 자기의 방을 '무인도'라고 상상했다는 이야기가 나온다. 그랬으니 친밀감을 느끼지 않을 수 없었다.

> 내 주위를 에워싼 침묵들은 하나씩 하나씩 더해져 갔다. 집의 침묵, 들의 침묵, 작은 도시의 침묵. 나는 여러 겹으로 싸인 솜덩어리 속에서 숨이 막혔다. 그것을 걷어 내고 싶었다.[5]

이 책에서 묘사되고 있는 그르니에의 시간은 몽상적인 평화로 가득하다. 그러나 그 평화는 저절로 획득된 것이 아니라 주용하고 끊임없는 투쟁을 통해 그가 유지해 내고 있는 것이다. 그는 때때로 참을 수 없는 불안이나 숨이 막힐 것 같은 갑갑함, 끝이 없는 막막함을 경험하곤 한다. 하지만 그러한 감정들에 결코 경도되지는 않고, 차분하게 그 순간들을 이겨 낸다. 나는 그르니에가 평생에 걸친 투쟁을 통해 얻었을 매일의 평화에 대해, 모종의 부러움과 애절함을 동시에 느낀다. 부러움이야 그렇다 쳐도, 애절함을 느끼는 이유는 무엇 때문일까?

그것은 아마도 그가 의도했을 리는 없겠지만, 그가 오래전에 세상을 떠났다는 사실 때문일 것이다. 그의 글들에 가장 가닿는 순간에, 그리하여 내 청춘의 가장 깊은 비밀들을 이해하는 순간에 나는 그의 죽음으로부터 내 청춘의, 그리고 나 자신의 죽음을 상기해 버리는 것이다. 그가 지켜 냈던 평화, 영원히 이 세계 어딘가에 존재하고 있을 것만 같은 그의 방, 끝나지 않을 듯한 몽상은 더 이상 이 세상에 남아 있지 않다. 그 모든 것은 그르니에라는 한 인간의 의식이 소멸되면서 함께 종료되었다.

나는 유달리 그르니에의 글에서 이러한 소멸의 감각, 죽음에 대한 안타까움을 강하게 느낀다. 그의 글에는 인간 의식에 대한 집요한 감각이 있다. 다시 말해 그에게 인간이란 '의식'과 다르지 않다. 그 의식은 그를 둘러싼 공간에, 그의 의식이 닿는 세계와 함께 존재하며 같이 사라진다. 그의 의식이 끝났다는 것은 곧 그의 세계가 끝났음을 의미한다. 그가 매번 해가 질 무렵이면, 또 잠이 들거나 잠에서 깰 때면 그토록 느꼈던 불안 역시 '의식'으로부터

오는 감각이다.

특히 잠은 우리의 의식을 거두어 간다는 점에서 죽음과 다르지 않다. 적어도 우리가 의식 자체라면, 우리는 잠들 때마다 죽는다. 그리고 잠에서 깰 때마다, 전날의 의식을 기억하고 이어 낸다는 점에서, 매번의 깨어남은 매번의 기적이다. 어느 날 일어났는데 전날까지의 일이 기억나지 않거나, 수십 년이 흘러 있거나, 혹은 전혀 다른 의식이 되어 있는 일도 얼마든지 일어날 수 있지 않은가? 우리는 '매일 이어지는 의식'이라는 가느다랗고 연약한 끈에 의지해 우리의 존재를 유지하고 있다. 그 사실을 항상 기억하고 있는 그르니에에게 존재란, 또 세계란 늘 불안하고 흔들리는, 그리하여 지극히 섬세하고 조심스럽게 지켜 내야 하는 것일 수밖에 없다.

> 그[고양이 물루]는 제 행동의 동기가 한갓 환상일 뿐임을 깨달으려 하지 않는다. 놀이를 하되 놀고 있는 제 스스로의 모습을 바라볼 생각은 하지도 않는다.[6]

인간이 의식적 존재라는 사실은 동물과의 대비에서 극명히 드러난다. 동물은 자기 자신을 바라보지 않는다. 자기 행동의 동기에 대해 고민하거나, 자신의 욕망을 이해하고자 애쓰지도 않는다. 동물에게는 오직 행동만이 있을 뿐이고, 행동은 그의 존재와 여백 없이 일치한다. 반면 인간은 자신의 모든 감정과 행동으로부

터 어느 정도 분열되어 있다.

이를테면 화려한 공간에서 흠뻑 취해 사람들과 깔깔거리며 놀 때도, 우리는 그 상황에서 떨어져 자기 자신을 응시한다. 내가 오늘 입고 온 옷을 비롯하여 헤어스타일, 표정, 몸짓 등의 총체로 이루어진 '나의 이미지'를 무의식중에 바라본다. 그 모습이 아름답다고 믿을 수 있다면, 다소간의 나르시시즘적 즐거움을 느끼기도 한다. 혹은 지금 내가 속한 자리를 생각하면서, 눈앞에 있는 사람과의 관계가 돈독해지고 있다는 느낌에 흡족해 하기도 한다. 그보다 더 자주, 우리는 끊임없이 타인과 나를 비교하거나 내가 누리고 있는 시간의 은밀한 목적을 생각한다. 아주 잠깐이야 모든 것을 잊고 순간에 완전히 빠져들 수 있을지도 모르겠지만, 그런 순간은 지극히 짧다. 우리의 의식은 쉬지 않고 작동하며 우리를 '지금 여기'의 전적인 감각에서 떼어 놓기 때문이다.

그르니에는 불안해질 때마다 고양이 물루를 찾는다. 인간의 불안은 의식의 본질적 허약함, 유령 같은 가벼움, 금방이라도 이 세계에서 이탈할 것 같은 불분명함에서 기인한다. 의식은 우리 눈에 보이지 않고, 만질 수도 없다. 우리는 흔히 스스로의 의식을 자아나 영혼이라 부른다. 무엇이라 칭하든, 그것에는 무게가 없다. 잠깐 잠든 사이에 의식은 증발해 버린다.

잠을 자고 있는 사람을 보고 있노라면, 나는 때때로 모종의 평온함과 함께 두려움을 느끼곤 했다. 우선 그가 더 이상 허공에 뜬 의식적 존재가 아니라, 물질적 존재가 되어 깊이 쉬고 있다는 사실에서 평온한 무게감을 전달받는다. 다른 한편 그의 의식이 결코 닿을 수 없는 저편으로 넘어간 듯하여 두려움에 사로잡힌다. 하지만 의식적 존재가 아닌 고양이는 우리에게 언제나 존재의 깊은 무게감만을 준다. 그는 그 자체로 살아 있고, 그 전적인 존재의 느낌 속에 안착해 있으며, 그로써 만족해 한다.

> 물루는, 내가 잠을 깰 때마다 세계와 나 사이에 다시 살아나는 저 거리감을 없애 준다.7

나 또한 고양이와 두어 계절을 함께 지낸 적이 있다. 순전히 책을 읽기 위해 휴학을 했던 가을과 그로부터 이어졌던 겨울이었다. 늦은 가을, 문밖에서 울어 대는 고양이 소리가 들려왔다. 그게 고양이 울음소리라는 걸 인지하고 나서야, 나는 한참 동안 그 소리를 듣고 있었다는 사실을 깨달았다. 소리가 너무 가깝게 느껴져 방문을 열었더니, 바로 앞에 새끼 고양이 한 마리가 나를 올려다보고 있었다. 고양이는 자연스럽게 내 방으로 걸어 들어왔다. 나는 집에 있는 참치 캔을 따 주고 샴푸로 고양이를 씻겨 주었다. 그렇게 반년간의 동거가 시작되었다.

사실 나는 청춘을 보내며 몇 번인가 길에서 동물들을 거두어들인 적이 있다. 한 번은 고양이들한테 쫓기고 있던 고슴도치를 구해 내어 기르기도 했고, 길을 잃은 것 같은 강아지를 데려온 적도 있었다(고슴도치는 몇 년 동안 함께 살다가 후배에게 보냈고, 강아지는 다시 주인을 찾아 주었다). 하지만 어느 동물과도 그 고양이만큼의 밀착감을 느끼진 못했다. 고양이는 밤마다 내 곁에 와서 잠들었고, 글을 쓸 때면 책상 위로 뛰어올라 내 팔에 기대어 있곤 했다. 책을 읽던 낮이면, 창가에 앉아 밖을 구경하거나 햇볕 드는 자리에 누워 잠을 잤다. 그렇게 보면, 녀석은 거의 언제나 잠을 자고 있었던 것 같다. 그런데 그만큼 나한테 깊은 위안과 평안함을 주는 일도 없었다.

한겨울 동안의 칩거 생활을 온전히 함께했던 고양이를 봄이 오면서 떠나보냈다. 곧 다가올 군 복무 문제도 있었고, 무엇보다 혼자 키우다 보니 집을 거의 비울 수 없었기 때문이기도 했다. 그래서 어머니의 아는 사람 편에 고양이를 입양 보냈는데, 공교롭게도 그는 외국 사람이었고 고양이가 너무 예쁘다며 캐나다로 데리고 가 버렸다. 어쩌다 바다까지 건너 버린 묘생猫生을 보면서, 삶의 오묘함을 느끼지 않을 수 없었다. 그르니에의 물루도, 그르니에도, 또 과거의 나도, 함께했던 고양이(이름은 '들'이었다)도 모두 떠났다. 그 시절은 영원히 종료되었는데도, 여전히 그 잔영만은 남아 있다. 나는 그 모든 게 사라졌다는 사실과 그럼에도 여전히 남아 있다는 이 기묘한 아이러니를 해소할 방법을 알지 못한다. 어쩐지 내가 세상을 뜨고 그 시절을 아는 사람이라곤 더 이상 남지 않더라도, 그 모든 것은 영원히 존재하고 있을 것만 같다. 이것이야말로 결코 벗어날 수 없는 의식의 함정이 아니라면 무엇이겠는가?

## 의식의 높이를 살아 내는 방법

인간이 의식이라는 말은 곧 공백이라는 뜻과 같다. 내가 고양이와 보냈던 겨울을 떠올리고, 동시에 그르니에와 물루의 동거를 상상할 때, 그 모든 것은 허공의 유령처럼 존재한다. 그 이미지들은 '존재'가 아니며, 따라서 그것들 자체이자 그것들을 상상하는 의식 역시 '존재'가 아니다. 엄밀히 말해 의식은 우리의 뇌 안에 있는 것이라고도 볼 수 없다. 의식은 만질 수도, 무게를 잴 수도 없으니 어떠한 물질성도 없다. 그러니 그것은 오직 물질로만 가득 찬 이 세상의 공백 외에 다른 게 아니다.

그럼에도 우리 모두는, 또 그르니에 역시 이 허깨비 같은 의식에 기대어 살 수밖에 없다. 의식이 없다면 당최 우리가 무엇이겠는가? 우리 인간은 의식이라는 병 혹은 벌을 선고받았다. 의식에서 벗어날 수 없으니 문제는 의식 안에서 해결해야 한다.

> 대국적인 견지에서 보면 삶은 비극적인 것이다. 바싹 가까이에서 보면 삶은 터무니없을 만큼 치사스럽다.[8]

그르니에는 의식의 '높이'에 대해 이야기한다. 우리는 보다 높은 곳에서, 혹은 멀리에서 자기 자신을 바라보며 살 수도 있다. 멀리에서 보면 볼수록 우리의 삶은 비극에 가까워진다. 한 생명으로 태어나서 부단히도 먹고살기 위해 애를 쓰다가, 부모를 비롯한 사랑하는 사람을 잃고, 자기 자신마저도 잃는 게 인생이다. 이별과 죽음의 진실을 담은 모든 이야기가 우리를 슬프게 하는 것은 당연하다.

하지만 가까이에서 보면, 삶은 치사하고 초라하기 짝이 없다. 우리는 인정과 사랑을 얻기 위해 자존심을 내려놓고 현실에 굴종한다. 이성이나 대중이 좋아하는 유형의 인간이 되기 위해 부단히 애쓴다. 미래에 대한 갖가지 걱정 때문에 늘 선택의 순간 앞에 선다. 그 걱정들은 이를테면 돈을 많이 벌지 못해 좋은 옷을 입지 못하거나, 비싼 차를 타지 못하거나, 맛있는 것을 마음껏 먹을 수 없을 거라는 정도의 수준에 머물러 있다. 삶의 진실이나 인간의 본질 따위를 고민하는 철학자라고 해서 그로부터 완전히 자유로울 수는 없다. 의식의 '높이'가 떨어져서 '세상만사의 갖가지 자질구레한 일들'에 사로잡히는 순간은 철학자에게 고문이나 다름없다.

> 나는 자신도 모르게 '무심'의 순간에서 '선택'의 순간으로 옮겨 가게 된다. 나는 유희에 말려들고 덧없는 것 속에서 거기엔 있지도 않은 절대를 찾는다. (…) '이제 막' 욕망이 만족되려고 하는 순간이란 얼마나 아름다운 순간인가.[9]

그르니에는 세상만사에 대한 욕망의 연쇄를 '아미의 유혹'이나 말한다. 사람들이 좋다고 하는 여행지에 자신도 가 보고 싶은 마음, 상술에 의해 만들어진 상품을 사고 싶은 마음 같은 것을 따라, 이 공간에서 저 공간으로, 이 상품에서 저 상품으로 뜀박질하는 것은 덧없는 유희에 불과하다. 그럼에도 고대하던 여행지에 발 디딜 때의 설렘, 원하던 상품이 집에 도착했을 때의 기쁨은 얼마나 아름다운 것인가? 그는 그러한 욕망의 부산스러움이 없는 '절대' 혹은 '무심'을 추구하지만, 동시에 세상만사의 작고 사소한 것들을 '선택'하는 순간의 아름다움을 쉽게 포기할 수 없다.

사실 우리 모두는 어느 정도 초연하고자 한다. 나름대로 각자 초연한 분야도 있다. 비교가 그다지 의미 없다는 것도 알고, 사치가 나쁘다는 것도 알며, 타인들을 좇아가는 유행 따위가 덧없다는 것도 안다. 하지만 타인들이 있는 세계로부터 쫓겨나는 것 같은 박탈감 때문에, 뒤처지면 안 된다는 강박 때문에, 인정받고 싶다는 욕구 때문에 쉽게 초연해지지 못할 뿐이다. 또한 무엇보다도 현재의 내 삶에서 충분한 행복을 느끼지 못한다면, 다른 이들이 가진 것만이 행복으로 인도하는 표지판처럼 보일 것이다.

> 말없이 어떤 풍경을 고즈넉이 바라보고만 있어도 욕망은 입을 다물어 버리게 된다. 문득 공空의 자리에 충만이 들어앉는다.10

그르니에는 '악마의 유혹'에서 벗어나기 위해서는 그저 '말없이 어떤 풍경을 고즈넉이 바라보는' 것만으로도 충분하다고 말한다. 그는 그 순간에서 욕망의 충족과는 다른 종류의 만족감을 발견한다. '공의 자리에 들어앉는 충만'이 그것이다. 그는 이를 '절묘한 순간'이라고 표현하기도 한다. 그는 매번 욕망의 유혹을 받지만, 그럴 때마다 절묘한 순간의 충만을 찾기로 굳게 마음먹는다. 그 마음은 그의 어린 시절로부터 온다. 그는 단지 하늘을 오래도록 바라보는 것만으로도 충분하다는 것을, 그러한 절묘한 순간들을 누리는 것만으로도 삶이 부족할 게 없다는 것을 알고 있다.

우리는 인생의 무한한 전진에서 좀처럼 빠져 나오지 못한다. 인생에는 항상 이루어야 할, 이루고 싶은 목적들이 있다. 그 모든 일들은 우리의 사회적 나이니 단계적 경력이니 하는 것들과 결부된 현실에서 일어난다. 하지만 그르니에는 그런 '현실의 목적'이 아니라 '삶의 목적'을 이야기하고 있다. 현실의 목적이야 어느 정도 이루면서 살아가는 것도 나쁘지는 않다. 그러나 그에게 진정으로 중요한 것은 은총의 순간을 맞이하는 일이다. 그가 '절묘한 순간'이라고도 말했던, 그리고 '현존의 감정'이 지배하는 충만감이라고도 말하는 순간은 기적같이 찾아올 따름이다.

> 어떤 충만감이 — 행복의 감정이 아니라 실제적이고 전반적인 현존의 감정이 — 마치 존재의 모든 틈은 다 막혔다는 듯이 나와 나를 에워싼 모든 것을 사로잡는 것이었다. (…) 그 순간(단 하나의 순간) 나는 오직 내 발과 땅,

내 눈과 빛의 결합을 통해서 나를 받아들였다.[11]

현실의 온갖 일로부터 초연해지는 순간, 그리하여 우리를 둘러싼 세계를 온몸으로 받아들이는 순간, 의식은 어떤 해방을 경험한다. 삶에서 그리 자주 주어지지는 않지만, 그럼에도 존재의 '모든 틈'을 메우는 그 순간들이야말로 우리에게 어떤 행복을 보증한다. 우리는 그 순간들을 영원히 씻어 낼 수 없다. 영혼에 새겨진 그 나날들은 의식이 꺼지는 그날까지, 죽음에 이르는 순간까지도 우리 안에 남아 있다. 그날들은 유령 같은 우리의 자아를, 존재의 검은 구멍을, 의식 아래의 공백을 틀어막고서 우리의 삶을 보증한다. 그러니 우리가 할 일이란, 삶의 매 순간마다 저 현존의 순간들을, 은총 어린 기억들을 붙잡는 것이다. 그러면 우리는 의식의 가장 적절한 높이에서 우리 자신을 바라보고, 우리가 있어야 할 곳을 알게 될 것이다.

새삼 장 그르니에는 내가 태어나기도 전에 죽었다는 사실을 다시 떠올린다. 그는 자신의 저 영원한 순간들을 남겨 놓고 온데간데없이 사라졌다. 그러나 그의 순간들은 아직 살아 있는 나의 순간들과 함께 매번 되살아나고 있다. 나의 기억들 역시 누군가에게 그런 역할을 했으면 싶다. 그렇다면 나의 순간들 또한 그르니에의 순간과 함께, 또 새롭게 살아 있을 그 누군가의 순간과 같이 영원히 다시 살지 않겠는가? 그러한 영원한 반복에 대한 몽상은 한 번뿐인 내 삶에 어떤 긍정을 건네어 준다. 나는 살고 또 살며, 나의 영원한 순간들 속에 머무르고 싶다. 일단은, 여기에서 바깥으로 발을 뻗지 말고 머무르기로 하자. 이 순간들 속에 영원히 보존되도록 해 보자. 그 밖의 것들이 어떻게 되든 뭐가 그리 나쁘겠는가? 그저 고즈넉한 풍경을 바라볼 수 있는 시간이면 충분한 것을.

# 끊임없이 되돌아오는 청춘의 순간

**알베르 카뮈, 『결혼』**

## 청춘이 필요한 시간

청춘 따위는 그만하고 싶다고 생각했다. 이십대의 끝 무렵, 나는 오직 이 청춘을 벗어나야 한다는 생각에 사로잡혀 있었다. 동갑내기 친구들은 하나둘 결혼을 하고, 적어도 대부분은 직장에 소속되어 청춘을 뒤로한 채 현실의 의무를 받아들이고 있었다. 나는 대학원이라는 공간에 들어서긴 했지만, 이따금씩 수업을 듣고 조교 업무 정도나 할 뿐 현실을 진정으로 감당하거나 받아들였다고 느낄 수 없었다. 내가 여전히 자기만족적인 꿈이나 꾸면서 작가라는 허울 좋은 이름에 갇힌 채로, 삶을 감당하기보다는 누리려고만 하는 쾌락주의자, 피터팬 콤플렉스에라도 빠진 철없는 어린아이라는 생각에서 벗어날 수 없었다.

청춘의 바깥에는 흔히들 말하는 현실이 있는 것처럼 보였다. 가정을 이루고, 남편이 되고, 아버지가 되기 위해 포기하거나 감당해야 할 것들이 있다. 나는 그런 것들을 끊임없이 미루면서 살기를 바라고 있었다. 청춘 내내 원하던 것을 한마디로 말하면 '자유롭게 세상을 거니는 것'이었다. 늘 새로운 곳을 거닐면서 다채로운 경험을 하고, 그로부터 얻은 감각과 생각을 글로 옮기고, 다시 저 세계로 나서며 순환하는 '여행하는 삶'을 꿈꾸었다. 저마다의 청춘은 모종의 환상에 사로잡혀 있다. 나 역시 환상을 좇아 이십대를 보냈다.

환상 속에 살면서, 수시로 엄습하는 불안이나 자기 비난에 맞서 싸워야 했지만, 이십대의 마지막 해가 되기 전까지 청춘을 때려치우고 싶다고 생각한 적은 없었다. 나는 그렇게 휘둘리는 불안조차도 사랑했다. 불안이야말로 자유의 증거라고 생각했고, 오히려 지나치게 안정적인 상태가 지속될 때면 권태를 느끼곤 했다. 그랬기에 청춘에서 벗어나고 싶다는 마음이 들기 시작하자, 드디어 운명적인 순간이 왔다고 믿었다. 이제 내 삶에도 청춘을 마감해야 할 결정적인 순간이 왔고, 이 마음을 따라 흔히 어른이라 불리는 시기로 접어들어야 한다고 생각했던 것이다. 그 무렵에는 글을 쓰거나 여행을 하기는커녕, 음악도 전혀 듣지 않았다. 어떻게 하면 나 역시 일반적인 현실의 기준에 맞는 직장을 얻어 '어른'의 단계로 진입할 수 있을지만 고민했다.

하지만 그로부터 얼마 지나지 않아 알게 된 진리가 하나 있다면, 인간이란 결코 '결정적'이지 않다는 사실이었다. '청춘을 끝내고 싶다'는 선언을 아무리 마음속에 되새기더라도, 다시금 여전히 '청춘이고 싶다'라는 욕망이 스멀스멀 기어 나왔다. 그러다 보면 어느새 나는 또 여행을 떠나 있고, 음악을 사랑하고, 글을 쓸 상상에 부풀어 있었다. 무엇보다도 새롭게 다가오는 계절 앞에서 설레고, 또 다른 가능성을 기대하며, 나를 새롭게 할 감각을 기다리는 것이다.

그렇게 보면, 청춘이란 특정 시기를 규정하는 개념이라기보다는 삶에 대한 모종의 태도에 가깝다. 다시 음악을 듣고, 가까운 곳이라도 잠시나마 떠나고, 무엇보다 매일같이 글을 쓰기 시작할 때, 자연스럽게 읽고 싶어지게 되는 청춘의 책들이 있다. 그런 책들은 청춘이 지나간 것이 아니라 언제나 마음의 한편에 그대로 자리 잡고 있다는 것을 기억하게 한다. 마치 그 책들이 여전히 사라지지 않고, 언제까지고 남아 청춘을 증언하고 있듯이 말이다. 카뮈의 에세이는 나에게 끊임없이 되돌아오는 청춘 그 자체였다.

> 봄철에 티파사에는 신들이 내려와 산다. 태양 속에서, 압생트의 향기 속에서, 은빛으로 철갑을 두른 바다며, 야생의 푸른 하늘, 꽃으로 뒤덮인 폐허, 돌더미 속에 굵은 거품을 일으키며 끓는 빛 속에서 신들은 말한다. 어떤

> 시간에는 들판이 햇빛 때문에 캄캄해진다. 두 눈으로 그 무엇인가를 보려고 애를 쓰지만 눈에 잡히는 것이란 속눈썹가에 매달려 떨리는 빛과 색채의 작은 덩어리들뿐이다. 엄청난 열기 속에서 향초들의 육감적인 냄새가 목을 긁고 숨을 컥컥 막는다.[1]

알베르 카뮈의 에세이 『결혼』은 이렇게 시작된다. 널리 읽히는 책은 아니지만, 나는 여전히 내가 아는 모든 에세이 중에 가장 아름다운 시작이라고 생각한다. 눈부신 햇빛, 반사되는 투명한 하늘, 짙은 풀 냄새와 뒤섞인 알코올의 맛, 숨이 막히는 열기와 시원한 파도 소리까지 농축된 오감이 전해져 온다. 카뮈는 육박해 오는 감각의 향연이 신들 그 자체이자, 신들의 속삭임이라 말한다. 청춘이란 바로 이 육박해 오는 감각에 도취될 수 있는 능력, 향락을 누릴 수 있는 힘을 가진 시기다.

카뮈를 좋아하게 된 것은 순전히 이 『결혼』 때문이었다. 대표작이라 일컬어지는 소설 『이방인』과 『페스트』, 그리고 그의 사상서라고 할 수 있는 『시지프 신화』와 『반항하는 인간』을 읽을 때까지만 하더라도 나는 카뮈에 대해 큰 애착을 가지지 못했다. 그의 소설들은 내게 생각할 거리는 던져 주었으나 충분히 아름답게 느껴지지 못했고, 그의 사상서들은 다른 사상가의 책들에 비해 개념이나 논리가 단단하게 느껴지지 않았다. 그렇게 관심을 접어 두고 있던 카뮈의 책을 다시 집어 들었던 건 그의 스승 장 그르니에의 『섬』을 읽게 되면서였다. 카뮈는 이 책의 서문을 썼는데, 카뮈의 글이 서문에서 끝나 버리자 아쉬운 기분이 들었다. 그래서 『섬』을 완독하는 대로 카뮈의 에세이를 읽어 보고자 마음먹었던 것이다.

> 태양과 밤과 바다……는 나의 신들이었다. 그러나 그것은 향락의 신들이었다. 그들은 가득히 채워 준 뒤에는 다 비워내는 신들이었다. 오직 그들과 더불어 있을 경우에 나는 향락 그 자체에 정신이 팔려 그들을 잊어버리고 마는 것이었다. 내가 어느 날 그 무례한 마음을 버리고 나의 이 자연신의 품으로 되돌아갈 수 있게 되기 위해서는 누군가가 나에게 신비와 성스러움과 인간의 유한성, 그리고 불가능한 사랑에 대하여 상기시켜 줄 필요가 있었다.[2]

카뮈가 위의 '『섬』의 서문'에서 말하는 향락의 신들을 향한 신앙, 즉 청춘 그 자체이기도 한 믿음이 고스란히 담겨 있는 에세이가 바로 『결혼』이다. 이미 짐작할 수 있듯이, 여기에서 결혼이란 사람과 사람의 결혼을 말하는 것이 아니다. 인간과 세계의 결혼, 우리가 내면의 모든 거짓된 허상을 내려놓고 세계로 나아갔을 때 만날 수 있는 사랑에 대한 이야기다. 단지 청춘을 기억할 필요가 있을 때, 나아가 지금 여기가 언제나 청춘이라는 것을 상

기할 필요가 있을 때, 나는 『결혼』을 집어 들고 그저 한 부분을 펼쳐 읽는다.

## 심오한 척도와 자긍심에 이르는 길

도시는 세계와의 만남을 좀처럼 허락하지 않는다. 시멘트로 지어진 모든 것은 소유와 구획을 위한 것이다. 언덕에 올라 도시를 내려다볼 때면, 나는 가끔 숨이 막히는 느낌에 사로잡히곤 했다. 이 드넓은 땅덩어리와 수많은 건물, 그리고 건물 안 하나하나의 창문마다 모두 주인이 있다는 사실이 떠오르곤 했기 때문이다. 도시 안에 뒤섞여 다른 사람들과 함께 걸을 때는 물론이고, 도시를 관망할 때조차 의식이 완벽하게 깨끗해지기는 힘들었다. 눈에 보이는 모든 것에는 사회적 상징이 있었다. 교복을 입은 아이들, 캡을 눌러쓴 대학생, 양복을 입은 회사원들은 그 자체로 우리 삶의 사회적이고 현실적인 부분을 상기시켰다. 세련되거나 오래된 간판, 오토바이나 고급 승용차, 분식점이나 레스토랑 역시 마찬가지로 무언의 의미를, 이를테면 머릿속에 자리 잡은 신분의 지표를 되새기게 하는 것들이었다.

이 도시 전체가 '현실의 표식들'이라는 사실은 우리를 끊임없이 몰아세우고 억압한다. 도시는 우리가 현실의 구심력에서 벗어나지 않기를, 그리하여 이 도시를 채우고 있는 모든 현실을 함께 재생산하며 살기를 종용하는 것이다. 다시 말해 도시를 거니는 우리의 시선에는 그 자체로 모종의 선입견이 주입되어 있다. 우리는 단지 타자를 바라보는 것만으로도, 더 깊이 우리가 속해야 할 현실을 알게 된다. 명품 브랜드나 땅값이 비싼 동네 따위를 알게 될수록, 그렇게 '현실'의 상징만을 더 깊이 보게 될수록, 우리는 '세계'를 잃는다.

> 본다는 것, 이 땅 위에서 본다는 것, 아 이 교훈을 어찌 잊겠는가? 엘레우시스의 성제에 있어서도 오직 바라보는 것이면 그만이었다. 여기서조차도 나는 이 세계에 흡족할 만큼 다가서지 못한다는 것을 알고 있다. 나는 전라의 몸이 되어 아직 대지의 정수로 향기가 배어 있는 몸을 풍덩 바닷물에 던져 땅의 정기를 바다에 씻어야 한다. 그리고 그토록 오래전부터 땅과 바다가 입술과 입술을 마주하고 열망하던 포옹을 나의 피부 위에서 맺어 주어야 한다.[3]

도시가 우리를 현실에 구속시키기 위해 끊임없이 바라보기를 요구하는 것처럼, 카뮈가 마주한 세계 역시 우리를 자신의 품으로 유혹하고자 '바라보기'를 요청한다. 그러나 이때의 '보기'는 우리가 이전까지 도시에서 해 오던 것과는 다르다. 이 세계에는 도시와 우리 사이를 매개하고 있던 현실이 없다. 그 어떠한 구획도, 편견도, 선입견도, 비교의 기준도 개입할 여지가 없다. 그렇기에 이 '보기'는 도리어 현실을 걷어 내기, 나아가 세계와의 입맞춤이자 포옹이다. 카뮈가 말하는 '전라의 몸' 역시 단순히 옷을 벗는다는 의미를 넘어서, 우리 의식 속의 현실을 벗겨 낸다는 의미를 지닌다.

> 본연의 자기가 되는 것, 자신의 심오한 척도를 되찾는다는 것은 그다지 쉬운 일이 아니다. 그러나 슈누아 언덕의 저 단단한 등줄기를 가만히 바라보고 있노라면 나의 가슴은 어떤 이상한 확신으로 차분히 가라앉는 것이었다. 나는 숨 쉬는 방법을 배우고 정신을 가다듬어 자신을 완성해 가는 것이었다.[4]

티파사와 엘레우시스의 성제, 슈누아 언덕은 '현실'이 아닌 '세계'를 상징하는 장소들이다. 카뮈는 이곳들이야말로 우리가 자기 자신의 '심오한 척도'를 되찾는 곳이라 말한다. 이 척도는 흔히 타자들에 의해 부여되는 비교의 기준과는 아무런 관련이 없다. 오히려 이 척도는 우리의 평생을 지배해 온 일련의 기준들, 이를테면 학벌, 자본, 명예, 외모, 직업 등과 같은 추상적인 정체성들을 벗겨 냈을 때만 얻을 수 있는 것이다. 우리가 '나'라고 믿는 '자아 정체성'은 실제로 우리가 발 딛고 있는 이 땅과 세계에 뿌리내린 것이 아니라 머릿속에서 만들어진 허깨비에 불과하다.

척도란 옳음의 기준을 제공하는 것이다. 우리는 평생에 걸쳐 다른 사람들이 옳다고 여기는 삶의 여정을 따라간다. 카뮈는 척도가 남들에게 있는 것이 아니라 우리 자신에게 있는 것임을 상기시킨다. 머릿속의 모든 허상을 벗겨 내고 벌거벗은 의식으로 이 세계를 마주했을 때, 우리는 무엇이 옳은지를 진정으로 알 수 있다. 처음으로 '본연의 자기'로서 숨 쉬는 방법을 알게 되고 차분하게 자기 자신과 세계를 응시하는 것이다.

> 잠시 후 내 몸 속에 그 향기가 스며들게 하기 위하여 내가 압생트 위에 몸을 던지게 되면 나는 모든 선입견을 물리치고 하나의 진실을 성취하고 있다는 것을 의식하게 되리라. 그 진실은 태양의 진실, 그러나 그것은 동시에 나의 죽음의 진실이다. 어떤 의미에서는, 내가 지금 도박하고 있는 것은 분명 나 스스로의 삶이다. 뜨거운 돌의 맛이 나는 삶, 바다의 숨결과, 이제 막 노래하기 시작하는 매미 소리로 가득한 삶. 미풍은 서늘하고 하늘은 푸르다. 나는 내게 맡겨진 이 삶을 사랑한다. 이 삶의 이야기를 자유롭게 해 보고 싶다. 이 삶은 나의 인간 조건에 대하여 긍지를 갖게 해 준다.[5]

비록 청춘의 절망과 냉소를 많이 이야기하는 시절이지만, 여전히 청춘의 싱그러움에 대해 말할 여지는 있다. 청춘에는 이 세계와의 만남 속에서 스스로를 긍정할 수 있는 힘이 있기 때문이다

단지 태양과 땅을 마주하는 것만으로도 마음이 새로워지는 무전 여행, 공원 벤치에 기대 앉아 속삭이는 것만으로도 충분한 사랑, 무대 위에 서는 것만으로도 황홀한 열정은 청춘의 자기 긍정 없이는 불가능한 일이다. 다시 말해 청춘에게는 이 순간의 세계를 긍정하는 '향락'의 능력이 있다.

카뮈는 그런 의미에서 청춘은 "손쉬운 행복을 누릴 수 있는" 자질을 지니고 있으며, "거의 낭비에 가까울 정도로 성급한 삶에의 충동"[6]에 사로잡혀 있다고 말한다. 이는 부정적인 의미에서의 성급함이나 낭비가 아니다. 반대로 우리의 삶 자체가 낭비이자 충동이어야 한다고 역설하는 것이다. 우리 인간은 현실적 의무를 위해 평생을 내다 바치고, 추상적인 정체성을 쌓아 올리며 만족하기 위해 태어난 것이 아니다. 차라리 모든 힘을 다해, 눈앞의 세계를 온몸으로 받아들이고, 그 속에서 쾌락을 들이마시며, 의식 전체를 바쳐 이 순간을 사랑하는 것이야말로 진정한 인간의 조건에 충실한 것이다.

> 오늘날에는 바보들이 판을 치는 세상이다. 향락을 두려워하는 자를 나는 바보라고 부른다. 오만이라는 것에 대해서는 귀가 아프도록 얘기 들은 바 있다. (…) 그러나 또 다른 어느 때는 이 세계가 온통 내게 주겠다고 모의를 해 대는 삶의 긍지를 소리쳐 요구하지 않을 수가 없다. 티파사에서는 '나는 본다'라는 말은 '나는 믿는다'라

> 는 말과 같은 값의 뜻을 지닌다. 그리하여 나는 내 손이 만질 수 있고 내 입술이 애무할 수 있는 것을 부정하려고 고집하지 않는다.[7]

무너진 자존감과 박탈당한 자기에 대한 긍지, 냉소와 비탄이 청춘을 지배하는 시대라는 이야기를 듣는다. 또한 이를 위로하겠다고 나서는 기성세대들과 청춘의 고통을 치유할 수 있다고 공언하는 정치인들을 본다. 사회적인 조건이 청춘의 힘을 내부에서부터 갉아먹고 있다는 사실을 부정할 수는 없다. 그러나 카뮈는 그 자신이 겪은 병과 가난, 척박한 현실 속에서도 '긍지를 소리쳐 요구'하지 않을 수 없다며 절규한다. 이 모든 비탄스러운 시대적인 조건에도 불구하고, 인간의 내적인 조건을 사랑하지 않을 수 없다고, 그래서 내 앞의 세계와 결혼하지 않을 수 없다고 말이다.

절망의 시대에 필요한 것이 냉소나 회한은 아닐 것이다. 물론 무턱대고 낙관적인 미래를 말하는 것 역시 무책임하고 기만적이다. 하지만 우리가 태생적으로 가지고 있는 힘, 근본적인 인간 조건에서 나올 수 있는 가능성, 나아가 그에 대한 우리 자신의 긍지에 관해서는 말할 수 있다. 아무리 이 사회가 악몽에 가까울지라도, 우리는 여전히 이 삶을 사랑한다고, 이 세계를 누릴 수 있음에 긍지를 느낀다고 말이다. 청춘이란 바로 이 자긍심과 다르지 않다. 또한 그렇기에 우리는 끊임없이 청춘으로 되돌아가야 한다.

중요한 것은 나 자신도, 이 세계도 아니다. 다만 세계로부터 나에게로 사랑이 태어나 이어지게 하는 저 화합과 침묵이 중요할 따름이다. 나는 그 사랑을 오직 나 혼자서만 누리려고 탐할 만큼 약하지는 않았다. 태양과 바다로부터 태어나서 그의 단순성 속에서 위대함을 찾아낼 줄 아는 저 활력에 차고 멋을 아는 한 종족, 바닷가에 우뚝 서서 그네들 하늘의 눈부신 미소에 공모의 미소를 던져 보내고 있는 그 종족 전체와 사랑을 나누려는 의식과 그것을 사랑으로 삼는 자부심이 내게 있으므로.[8]

## 현존의 풍요에 나를 내맡기기

청춘에게는 이 현실을 집요하게 거부하면서 세계와 만나고, 향락을 누릴 수 있는 힘이 있다. 하지만 동시에 미래에 대한 공포에 시달릴 수밖에 없는 게 청춘이기도 하다. 그 때문에 일찌감치 향락 같은 건 포기한 채 취업 준비에 매달리거나, 최대한 효율적으로 현실적 성공에 이르기 위한 계획에 골몰하는 경우도 많다. 오히려 매번 도래하는 세계와의 만남에 몰입하기보다는, 미래의 공포에 짓눌려 무엇이든 자기 소개서에 한 줄 쓸 수 있는 경험들, 즉 현실적으로 쓸모 있을 것 같은 일들로 시간을 채우려 애쓰는 게 우리 시대 청춘의 모습에 더 가깝다.

이후의 생활이야 어찌되든 오직 작가가 되겠다는 생각에만 사로잡혀 청춘을 보냈던 나에게도 그런 실용주의적 태도가 있었다. 이를테면 내가 보내는 모든 시간은 되도록 작가가 되는 일에 기여해야 한다고 생각했다. 책을 읽든, 영화를 보든, 여행을 하든 그 경험들을 하나도 빠짐없이 모두 그러모아 글 쓰는 삶의 기반으로 만들고자 했다. 그래서 무엇을 하든 되도록 그에 대한 감상을 남기고, 목록을 만들어 나름대로 쓸모 있는 일들로 받아들이고자 했다. 그렇게 한 해에 읽은 책의 권수가 백 권, 시청한 영화가 백 편, 관람한 공연과 전시가 이십 개, 여행한 장소가 다섯 곳 같은 식으로 채워지면 안심이 되었다.

이십대 중후반에 이르기까지도 그런 식으로 삶을 채워 넣을 때, 내가 목표했던 것은 오직 소설가가 되는 것이었다. 그래서 책을 읽을 때도 다른 분야보다는 소설 위주로 읽었고, 공연이나 전시도 주로 이야기가 있는 것들을 보러 다녔다. 특히 소설을 읽을 때는 고전문학과 최근 문학이 균형을 이루도록 신경을 썼고, 독서가 고전문학에 치우칠 때면 영화라도 최신 영화를 보려고 했다. 철학 공부 역시 고전보다는 현대 철학 위주로 하면서 시대적인 감각을 익히고자 했다. 나름대로는 소설가라는 존재에 도달하기 위해 합리적이고 효율적인 계획을 짰던 것이다.

> 과연 많은 사람들이 사랑 그 자체를 회피하기 위하여 삶을 사랑하는 체한다. 사람들은 즐기려고 노력하고 '경험을 쌓으려고' 애쓴다. 그러나 그것은 정신의 관점이다. 쾌

락을 즐기는 사람이 되려면 보기 드문 자질을 타고나야 한다. 한 인간의 삶은 정신의 도움을 받지 않은 채 그의 후퇴와 전진을 거듭하는 동안에 고독과 동심의 실재를 통해서 완성된다.[9]

그러나 내가 '쌓았던 경험들'은 내 원래의 목표와는 상관없는 곳으로 이르렀다. 몇 년간 소설 쓰기에 몰두했지만, 어느 시점에 이르러서는 더 이상 소설을 창작하는 데 큰 열정을 느끼지 못하게 됐다. 오히려 내가 사랑했던 문학이나 영화에 대한 나름의 생각을 더 이야기하고 싶었다. 또한 내가 경험하고 성찰한 사회나 인간, 세계에 대해 허구가 아닌 더 직접적인 언어로 말하고 싶은 욕망이 커져 갔다. 그러다 보니 내가 쌓은 것들은 내 소설 창작의 영감이 되기는커녕, 도리어 그 자체로서 목소리를 내기 시작했다. 나는 그 목소리들을 차례로 받아 적었다. 그렇게 쏟아 내듯이 몇 권의 책을 썼다.

그 과정에서 분명히 배운 게 있었다. 나는 자신의 의지와 이성으로, 카뮈의 표현대로라면 '정신의 관점'에서 내 삶을 이끌어 간다고 믿었지만, 실은 삶이 나를 이끌었던 것이다. 단지 내게 필요한 것은 전심을 다해 현재에 몰두하는 일이었다. 지금이 모든 것이라는 마음으로 내가 읽고 있는 작품을 사랑하고, 마찬가지로 모든 감각과 의식을 몰입해서 그로부터 얻은 것을 표현하고자 애쓰는, 전적인 현재의 무한한 반복만이 나를 이끌어 갔다. 중요한 것은 어떤 삶의 가능성을 신뢰하며, 멈추지 않고, 어떻게든 나를 채우고 다시 내게로부터 빠져나가는 수용과 생산의 순환을 받아들이는 일이었다. 이는 이성의 합리적인 계획에 따른 것이 아니었다. 그보다는 카뮈가 말하는 대로 '고독과 동심의 실재'를 따르는 일에 가까웠다. 내가 청춘을 보내며 신뢰하게 된 이러한 태도를 카뮈는 '현존'이라 부른다.

> 나는 현존한다. 그런데 지금 이 순간 놀라운 느낌을 갖게 하는 것은 내가 여기서 한 걸음 더 나아갈 수가 없다는 점이다. 마치 종신징역을 받은 사람처럼 — 이리하여 그에게는 모든 것이 오직 현재일 뿐인 것이다. 그렇지만 동시에 내일 역시 다른 모든 날들과 마찬가지일 것임을 알고 있는 사람 같기도 하다. 왜냐하면 자신의 현존을 깨닫는다는 것은 곧 더 이상 아무것도 미래에 대하여 기대할 것이란 없음을 뜻하기 때문이다.[10]

> 불안감이 살아 있는 사람들의 가슴에서 싹튼다. 그러나 고요함이 그 살아 있는 가슴을 덮어 줄 것이다. 이것이 내가 가진 지혜의 전부다. (…) 포기와는 아무런 공통성이 없는 거부가 존재할 수 있다는 것을 이해하는 사람은 별로 없다. 여기서 미래라든가 더 잘되고 싶다든가 출세라든가 하는 말들이 무슨 의미를 가질 수 있겠는가?

(…) 내가 이 세상의 모든 '훗날에'를 고집스럽게 거부하는 것은 나의 눈앞에 있는 현재의 풍요를 포기하지 않겠다는 의지 때문이기도 하다. (…) 내가 요구하고 내가 얻어 내는 것은 바로 다름 아닌 생명의 어떤 무게라는 것을 알 수 있다. 이 수동적인 정열 속에 송두리째 자신을 맡길 것.[11]

카뮈는 모든 '미래'와 '훗날에'라는 허상을 고집스럽게 거부할 것을 요청한다. 인간은 현재의 불안을 견딜 수 없기 때문에, 항상 미래를 계획하고 그 상상에 기대어 살아간다. 나 역시 수많은 미래를 습관처럼 상상한다. 그러나 고백컨대, 내가 그토록 상상했던 미래가 그대로 도래했던 적은 없다. 삶은 언제나 상상의 영역 바깥에서, 그 나름의 규칙에 따라 짐작할 수 없는 방향으로 흘러간다. 우리에게 필요한 것은 불안을 회피하기 위해 허상을 창조하는 게 아니다. 불안을 그대로 견디면서 무방비 상태를 승인하고 고요해지는 것이다. 그 고요가 주는 무게에 자신을 내맡기고, 풍요를 얻는 것이다.

나는 카뮈를 생각할 때면, 어느 숲속에서 오두막을 짓고 홀로 살아가는 대장장이가 떠오른다. 그는 자기의 작업에 대한 묵묵한 신뢰가 있다. 매일 아침 일어나 장작을 패고 금속을 녹이며 하루를 시작한다. 피어오르는 굴뚝 연기 아래에서 끼니를 때우고, 해가 질 때는 차 한 잔을 마시며 숲 너머를 바라본다. 그와 똑같은 하루들이 평생 반복된다. 그러나 그는 하루도 그 작업을 멈추지 않고 이어 간다. 그에게는 과거도 미래도 없다. 그저 매일 시작해야 할 하루와 작업이 있을 뿐이다. 그는 전적으로 현재에, 무엇보다도 현재의 성실성에 속해 있다. 이러한 장인의 삶은 영원히 굴러 떨어지는 돌을 매번 묵묵히 산 위로 밀어 올려야 하는 시시포스의 삶과 같다.

## 사막을 걷는 순례자의 기쁨

카뮈는 현존의 풍요와 함께 주체성이나 능동성과는 반대되는 의미에서 '수동적인 정열'의 태도를 제시한다. 우리가 자신의 합리성을 신뢰하며, 미래를 기획하고 현재를 수단화하는 작업은 모두 '주체적인 정열'에서 기인한다. 모든 현대적 자기 계발서가 이런 주체적인 정열에 기반을 둔 이야기를 한다. 그러나 오히려 카뮈는 우리에게 수동적이 되라고 주문한다. 우리를 이끄는 현재의 그 무언가에 자신을 내맡기고, 그것이 자신을 전적으로 지배하게 만들고, 집요하게 그 속에 파묻히기를 고집할 때 우리는 '본연의 인간 조건'으로 되돌아간다.

> 인류의 온갖 악들이 우글거리는 판도라의 상자에서 그리스인들은 다른 모든 악들을 쏟아 놓고 난 후에 그중에서도 가장 끔찍한 악인 희망을 쏟아 냈다. 이보다 더 감동

적인 상징을 나는 알지 못한다. 왜냐하면 흔히들 생각하는 것과는 반대로 희망은 체념과 같은 것이기 때문이다. 산다는 것은 스스로 체념하지 않는 것을 의미한다.[12]

카뮈에게 희망은 체념과 같은 것이다. 미래를 상상하며 견디는 '희망'은 현재를 포기하는 '체념'이기 때문이다. 그렇기에 그는 희망하기는커녕, 오히려 희망에 반항할 것을 주문한다. 오직 현존의 상태에 충실하면서 그 밖에 우리를 유혹하는 모든 관념적이고 추상적인 것들을 거부하라는 것이다. 이는 결코 미래를 포기하라는 것이 아니다. 단지 미래라는 허상에 사로잡혀 삶의 진정한 방향성을 잃지 말라는 조언에 가깝다. 미래는 결국 현재로 여기 도래할 것이다. 우리는 미래를 향해 가는 것이 아니라 단지 현재를 걷고 있을 뿐이다. 이 현재에 어떤 미래가 오든 그 걸음에 몰두하는 것이야말로 삶의 전부다.

나의 반항이 옳다. 땅 위의 순례자처럼 무심하면서도 골똘한 모습으로 가고 있는 그 기쁨을 뒤쫓아 나도 한 걸음 한 걸음 따라가지 않으면 안 된다. 그 밖에 대해서는 나는 '아니다'라고 선언한다. (…) 오히려 삶이 무용하기 때문에 반항은 더욱 의미가 있다는 것을 나는 확실히 느낄 수 있다.[13]

카뮈는 사막을 걷는 순례자를 이야기한다. 그의 의식에는 무엇이 있을까? 끝없이 펼쳐진 뜨거운 대지는 그가 살아 왔던 모든 현실을 불태워 버리고, 미래조차 없애 버릴 것이다. 타인들의 시선에 묶여 살아갈 수밖에 없는 도시에서와는 전혀 다른 마음의 상태가 그를 지배할 것이다. 그는 오직 걷는 것, 기존의 자기 정체성을 이루던 자질구레한 허상들이 탈색된 걸음 그 자체에 몰두하는 일밖에 모를 것이다. 그는 세계를 만난다. 그리고 이 삶의 무용함을 깨닫는다. 그리하여 자기의 마음이 지시하는 바로 다음만을 알 것이다. 어디로 걸음을 옮겨야 할지, 어디에 이르러야 할지는 오직 그의 신체와 영혼의 지시만으로 결정될 것이다.

카뮈는 우리가 바로 그런 순례자의 마음으로 살아가야만 한다고 이야기한다. 인생의 너무 많은 시간이 미래라는 허상을 위해 허비된다. 또 그보다 더 많은 부분이 타자들을 의식하는 데 쓰인다. 우리가 충족시키고 채워야 할 현실의 기준들이 온통 우리 존재를 좀먹고 있다. 그 모든 것을 거부하며, 이 순간을 전적으로 사랑하는 현존에 이르는 것이야말로 카뮈가 말하는 '반항하는 인간'의 태도다.

현존을 채우는 내용은 저마다 다를 수 있다. 누군가에게는 곁에 있는 사람일 수도, 눈앞에 있는 낯선 고장일 수도, 누리고 있는 예술 작품일 수도 있다. 또한 전심을 다해 몰두하는 자신의 일일 수도, 나와 마주 앉아 이야기하는 친구일 수도, 육체의 한계를 시험하는 달리기일 수도 있다. 그 무엇이 되었든, 우리는 현존의

SAUF

경험을 이해하지 않으면 안 된다. 가능하면 그러한 순간이 우리 삶을 더 채우도록 해야 한다. 카뮈의 청춘이란 그런 것이다. 단지 십대나 이십대의 그리운 시절이 아니라, 생물학적인 나이가 어떻든 상관없이 우리가 도달할 수 있는 의식의 시간이 청춘인 것이다. 우리는 그 명징한 의식의 순간을 따라나서야 한다.

> 한 인간이 자기 삶의 내용을 이루던 것을 포기하는 것은 절대로 절망 때문이 아니라는 사실을 우리는 잘 이해하지 못한다. (…) 명징한 정신이 어느 도에 이르면 사람은 자기 가슴이 꽉 막히는 것을 느끼게 되고, 그리하여 반항도 요구도 하는 법 없이, 지금까지 바로 나의 삶이라고 생각했던 것, 다시 말해서 번다한 몸부림으로부터 등을 돌려 버리는 일도 있게 된다. 랭보가 단 한 줄의 시도 쓰지 않은 채 결국 아비시니아로 가고 만 것은 모험 취미 때문도 아니고 작가이기를 포기한 행위도 아니다. 그저 '그렇게 된 것이기 때문'이요, 의식의 어느 경지에 이르면 우리는 각자의 소명에 따라, 지금까지는 절대로 이해하지 않으려고 노력했던 것을 달게 받아들이고 말기 때문이다.14

현존을 고집하며 살아 냈을 때, 삶이 우리를 어디로 이끌지는 알 수 없다. 천재 시인이라 불리던 랭보조차 어느 날, 그저 더 이상 글을 쓰지 않고 문학의 세계를 떠나 버렸다. 카뮈의 말마따나 랭보가 떠난 것은 작가이기를 포기했거나 새로운 취미가 생겨서가 아니다. 그저 랭보는 자신의 삶이 이끄는 대로 따라나섰을 뿐이다. 다른 사람들이 보기에 랭보는 문학을 포기하고 다른 영역으로 갔다. 그러나 랭보는 처음부터 끝까지 자신의 삶 안에 있었다. 그는 늘 그러했던 대로, 시를 쓰기 시작할 때와 똑같은 감각으로 시를 떠났을 뿐이다.

나에게는 아직 살아갈 날이 많다. 그 날들이 어떻게 전개될지는 짐작조차 할 수 없다. 글쓰기를 고집하지만, 언젠가는 전혀 글 쓰지 않는 삶을 살고 있을지도 모른다. 하지만 그것이 포기는 아니었으면 싶다. 나는 한때 소설을 쓰는 데 몰두했지만, 지금은 다른 글을 쓰는 데 전념하고 있다. 하지만 한 번도 소설 쓰는 걸 포기하겠다고 생각한 적은 없다. 그저 다른 글을 쓰는 일이 더 자연스러워졌을 뿐이다. 마찬가지로 내가 글 쓰는 일을 고집하든 그러지 않든, 내가 삶의 자장에서, 현존의 범위에서, 청춘의 시간에서 멀어지지 않기만을 바란다. 그렇다면 무슨 일이든 좋을 것이다. 명증한 의식 속에서, 여전히 나는 나의 삶을 살고 있을 것이다. 삶에 대한 긍정과 신뢰, 그리고 애착이 언제까지고 내 안에 머물기를 희망한다.

2부

# 욕망을 상상하는 방법에 관하여

# 인간의 위대함을 이해하는 몇 가지 시선

**F. 스콧 피츠제럴드, 『위대한 개츠비』**

## 위대한 부적응자

『위대한 개츠비』를 접한 사람이라면 누구나 던지는 질문이 있다. '개츠비가 도대체 왜 위대하다는 거지?' 나 역시 마찬가지였다. 처음 이 책을 읽었을 때만 해도, 개츠비의 위대함이 납득되지 않았다. 개츠비의 이야기는 간단하고 진부하기까지 한데, 과거의 여자(데이지)를 잊지 못한 남자(개츠비)가 부자가 되어 그녀를 다시 찾아온다는 내용이다. 여기에서 위대함의 핵심이 부자가 된 것보다는 잊지 않고 그녀만을 '사랑'한 데 있는 건 분명해 보인다. 이러한 이야기는 소설의 저자인 피츠제럴드의 개인사와 무관하지 않을 것이다. 그 역시 부모의 반대로 헤어져야 했던 젤다 세이어를 잊지 못해, 작가로 성공한 후 다시 찾아가 결혼을 허락받았기 때문이다. 어쩌면 그는 자기 삶에 '위대하다'는 수식어를 붙여 주고 싶은 욕망으로 개츠비라는 캐릭터를 탄생시켰을지도 모른다.

지금도 마찬가지지만 이 책을 처음 읽었을 무렵에도, 나는 과거에 대한 광적인 집착이 '위대한 사랑'은 아니라고 생각했다. 오히려 언제든 진심을 다해 지금 눈앞의 사람을 사랑할 수 있는 능력이야말로 위대한 것 아닐까? 몇 번의 사랑을 거치는 동안 우리는 어떤 식으로든 상처를 받고, 상대를 저울질하게 되며, 여러 편견에 기초한 판단력을 기르면서 '능숙'해진다. 하지만 이는 진심을 다하는 방법을 조금씩 잃어 가는 과정이기도 하다. 나는 잠언집의 제목이자 세간에 떠도는 '사랑하라, 한 번도 상처받지 않은 것처럼'이라는 문장에 깊이 공감하고 있었다. 그랬기에 피츠제럴드가 붙인 '위대함'이란 굳이 공감할 필요도, 이해할 필요도 없는 것이라 생각했다.

시간이 흘러 다시 이 책을 집어 들게 된 것은 그저 무시하고 지나쳤던 개츠비의 위대함을 이해해 보고 싶어서였다. 돌이켜 보면 이십대 초반의 나에게는 이제 막 인간과 세상에 대한 이론을 알기 시작하면서 갖게 된 오만이 있었다. 충분히 사랑을 겪어 보기 전에 읽었던 에리히 프롬의 『사랑의 기술』과 같은 책들은 '올바른 사랑'에 대한 진리를 나에게 새겨 두었다. 한동안 내가 무척 신뢰했던 『사랑의 기술』에 의하면, 개츠비의 사랑은 진정한 사랑이기보다는 나르시시즘이나 병적인 사랑에 가까워 보였다.

그러나 몇 번의 실패와 좌절을 경험하면서, 사랑을 손쉽게 규정하기란 불가능하다는 걸 깨달았다. 각각의 사랑은 그 고유한 법칙에 따라 움직이며 저마다의 특색을 드러낸다. 모든 사람에게 통용되는 '단 하나의 진정한 사랑'의 형태란 존재하지 않는다. 오히려 그런 식으로 사랑을 규정하려 할수록, 사랑과 더욱 멀어질지도 모른다. 그렇기에 『위대한 개츠비』를 다시 읽고, 철저히 그의 입장에서 그의 사랑을 이해하는 일이란 내 지난 시절의 오만을 걷어 내는 과정이기도 했다.

> 매일 밤 상상했던 생생한 장면을 졸음에 안겨 잊을 때까지 그는 더욱 다양한 방식으로 공상에 빠졌다. 잠시 이런 백일몽이 상상력의 배출구가 되었다. 그것은 현실의 비현실성을 만족스럽게 암시했고, 이 세계라는 거대한 바윗덩어리가 요정의 날개 위에 단단하게 세워져 있다고 약속하는 것 같았다.[1]

개츠비를 이해하기 위해서는 일단 그에 대한 정의를 새롭게 할 필요가 있었다. 그를 과거의 여자에 집착하는 '병적인 인간'이라고 말하기 전에, 한번 선택한 자기 내면의 '이미지 혹은 꿈'을 결코 포기하지 않는 인간이라고 이해할 필요가 있었다. 개츠비가 기나긴 세월을 버티며 이루었던 현실의 모든 것은 그의 '내부적 이미지'를 위한 수단이자 도구에 불과했다. 이를테면 그가 현실에서

인맥을 구축하고, 돈을 벌고, 사회적 평판을 얻는 과정은 마음의 '수면 위'에서만 이루어지는 일이었던 것이다. '수면 아래'의 마음에는 오직 데이지라는 여성을 다시 만나겠다는 꿈만 존재했다. 그는 자기 내면에만 집착하는 '내부성'의 인간으로 살면서도, 천부적인 재능으로 '외부 현실'의 모든 것을 이용하는 데 성공한 것이다.

삶은 내부성에서 벗어나며 외부화되는 과정이다. 적어도 삶의 한 시기 동안, 우리는 내부성에 충실한 시간을 보낸다. 내 마음을 이끄는 것들을 향한 열망, 꿈을 이루기 위한 열의, 그 어떠한 잣대도 필요 없는 첫사랑, 낯선 곳을 향한 충동에 이르기까지 흔히 '청춘'이라 부르는 시기 동안만큼 내부적인 마음의 지도를 따라나선다. 그러나 청춘에서 벗어나 '어른'이 되어 가면서는 외부의 지도를 따라가게 된다. 즉 현실의 기준에 따라 꿈을 수정하고, 사랑을 선택하며, 삶을 조율한다. 그렇게 외부 현실은 우리 안의 내부성을 밀어내고 똬리를 틀기 시작하다가 우리의 선두가 된다.

하지만 일부나마 자신의 내면을 지켜 내는 사람들이 있듯이, 오직 내부성에 따라 살고자 하면서 끈질기게 현실에 저항하는 소수의 사람들이 있다. 개츠비 역시 그러한 소수에 속했다. 그는 사회에서 다른 모든 이들이 공유하는 '현실'이 아니라, "요정의 날개 위"에 세운 '자기 내면의 꿈'을 믿었으며 오직 그에 따라 살고자 했다.

> 개츠비는 자신의 과거에 대해 많은 이야기를 했다. 나는 그가 데이지를 사랑하는 데 바친 어떤 것, 자신에 대한

어떤 관념 같은 것을 되찾고 싶어 한다고 추측했다. 그 때 이후로 그의 삶은 혼란스럽고 무질서했지만, 출발점으로 다시 돌아가 모든 것을 아주 찬찬히 살펴본다면 그것이 무엇인지 찾을 수도 있을 것이다…….[2]

그는 데이지가 완벽한 여자였다고 생각했기 때문이 아니라, 데이지를 사랑했던 순간의 완벽함 때문에 그때로 되돌아가고 싶어 했다. 그 완벽함을 위해서라면, 삶의 모든 것을 기꺼이 희생할 수 있었다. 그는 타인들이 만들어 낸 일반적인 현실에 속하는 것이 무가치하다고 느꼈다. 아마 그에게도 적당히 괜찮은 여자를 만나 가정을 이루고 '남부럽지 않은' 삶을 살아갈 기회가 있었을 것이다. 하지만 그는 일반적인 삶이 아니라 오직 자기가 믿는 삶을 살고 싶었다. 데이지와 함께하는 삶, 그것만이 유일하게 살 만한 가치가 있는 삶이라 믿었다.

인간은 적응의 동물이다. 우리는 다른 동물들과 마찬가지로, 도래하는 수많은 상황에 익숙해질 수 있는 능력을 가지고 있다. 존재를 뒤흔든 첫사랑 다음에는, 적당히 조율하는 애정, 그러다 친구 같은 친밀감에 이르기까지 다양한 감정의 과정에 적응한다(흔히 부부는 사랑이 아닌 정으로 산다고 하지 않는가?). 마찬가지로 반드시 이루어야 했던 꿈에서, 적당히 현실과 조율 가능한 욕망으로, 그러다 안정적인 가정만 이루길 바라는 마음으로 이전하는 것에 큰 부담을 느끼지 않는다(대부분의 사람은 치기 어린 날의 꿈을 웃으며 떠올릴 수 있게 되지 않는가?).

개츠비는 적응하지 않는다. 결코 적응하지 않는 능력, 이것이야말로 우리가 여타의 동물과 다른 존재임을 상기시킨다. 어떠한 상황에서도 한번 선택한 결정을 포기하지 않고, 무수한 유혹에도 처음 자신이 품었던 이미지를 내려놓지 않고, 수많은 타인의 시선과 편견 속에서도 자신의 기준을 지켜 나가는 '부적응의 고집'이야말로 개츠비의 진정한 능력이다. 나는 이것이 진정으로 '인간적인 위대함'의 일부라 말하고 싶다. 개츠비는 잘 적응하지 않았기 때문에 위대했다.

## 개츠비가 지키고자 했던 것

개츠비는 자신의 환상을 유지하며 현실에 부적응하는 위대함을 보여 준다. 그는 어디까지나 환상의 편에 서 있다. 그러나 어느 인간도 오로지 환상 속에서만, 즉 "요정의 날개" 위에서만 살 수는 없다. 왜냐하면 한편으로 인간의 머리는 항상 하늘과 맞닿아 꿈을 꾸고, 이상을 추구하며, 의식의 왕궁 안에 살고자 하지만, 다른 한편으로 두 발은 땅을 디디며 우리에게 현실감을 불어넣고, 언제나 다시 현실로 돌아올 것을, 그리하여 흙을 매만지듯 현실의 냄새를 맡으며 살기를 요구하기 때문이다. 그는 데이지와 사랑에 빠졌던 순간으로 무한히 되돌아간다. 그렇게 오직 그녀를 다시 만날 날만을 기다렸다. 그러기 위해 그녀의 집 앞에 거대한 저택을 짓고 파티를 열어 그녀와 만날 기회를 만들어 냈다.

> 그는 지금까지 눈에 띄게 두 단계를 통과했는데, 이제 세 번째 단계로 넘어가려는 참이었다. 당황스러움과 이유를 따지지 않는 기쁨 이후에 그는 데이지가 있다는 사실에 대한 놀라움으로 완전히 마음을 빼앗겼다. 그는 너무나 오랫동안 이 생각만 했던 것이고, 끝까지 그것을 꿈꾸었고, 말하자면 상상조차 할 수 없을 정도로 이를 악물고 기다렸던 것이다. 이제 데이지를 실제로 보고 나니 그는 태엽을 지나치게 감아 놓은 시계가 풀리듯 그렇게 풀려 버렸다.[3]

끈질기게 지켜 왔던 내면의 환상이 눈앞에 도래한 순간, 그는 잠시간의 혼란을 경험한다. 이제까지 자기 안에서 오직 꿈으로만 존재했던 일이 일어나면서, 비로소 내부와 외부가 이어지며 뒤섞이기 시작한다. 몇 년째 짝사랑만 하던 사람과 드디어 연인이 되었을 때, 골방에 틀어박혀 공부만 하다 마침내 시험에 합격했을 때, 꿈으로만 그리던 아름다운 타지에 첫발을 내디뎠을 때의 심정이 이와 같을 것이다. 그런 순간들은 우리를 강렬하게 휘어잡지만, 완전히 몰두하게 하지는 못한다. 거기에는 필연적인 흔들림이 있다.

> 작별 인사를 하려고 개츠비에게 다가갔을 때 나는 그의

얼굴에 다시 당황한 빛이 어려 있는 것을 보았다. 지금의 행복에 대해 희미하게나마 의심 같은 것이 든 모양이었다. 거의 오 년이었다! 그날 오후조차 데이지가 그의 꿈에 미치지 못했던 순간이 틀림없이 있었을 것이다. 그녀의 잘못 때문이 아니라 그의 환상이 지나치게 생생한 것이기 때문이었다. 그 환상은 그녀를 넘어섰고, 모든 것을 넘어섰다. 그는 창조적인 열정을 갖고 환상 속으로 자신을 내던졌으며, 자기에게 날아드는 온갖 아름다운 깃털로 장식하며 내내 환상을 키워 왔다.[4]

우리 모두는 환상과 현실이 엇갈리는 순간에 대해 알고 있다. 너무도 완벽하다고 믿었던 사람의 추한 모습을 보게 된 순간, 원했던 직장에서의 생활이 꿈꾸던 것과는 천차만별임을 안 순간, 여행지에서의 기분이 사진으로 짐작하던 것과는 판이한 순간에 대해 모르는 사람은 없다. 그럴 때 우리는 환상을 선택하거나 현실을 선택한다. 그래도 이 사람이 여전히 내가 사랑에 빠질 만한 사람이었다고 자신을 설득하거나, 그래도 이 직장만 한 곳이 세상에 없다며 합리화하거나, 그래도 여행지에 카메라를 들이댈 때 우리는 여전히 환상의 편에 서는 것이다.

그렇기에 환상은 언제나 믿음과 짝을 이룬다. 우리가 자신이 한번 가졌던 환상, 즉 꿈꾸었던 이미지를 포기하지 않고자 할 때, 우리의 이성은 가능한 한 모든 힘을 동원하여 우리를 설득하는 데

협력한다. 꿈과 이성의 연합 전선으로, 우리는 이 사람이 여전히 내가 알던 '그 멋진 사람'이며, 이 직장이 아직도 내가 원하던 '그 훌륭한 직장'이고, 이 고장이 그토록 내가 가고자 했던 '그 꿈의 도시'임을 받아들인다. 그런 식으로 미래의 꿈은 지금 여기에 내려앉아 우리를 이루어 가고, 이윽고 현실과 어우러진 꿈-현실이 된다.

반면 눈앞에 있는 사람과, 내가 속한 직장과, 발 디딘 땅에 냉소할 때 우리는 현실의 편이 된다. 과거의 꿈이 잘못되었음을 시인하고 현실에 굴복하며 그 꿈을 내다 버린다. 여기에는 또다시 두 가지 선택지가 있을 수 있다. 하나는 영원히 현실의 존재로 이 땅에 발 디디며 살아가길 선택하는 것이고, 다른 하나는 새로운 꿈을 꾸는 것이다. 실제로 인간의 운명은 전자보다는 후자에 가깝다. 누구도 환상 없이는 살아갈 수 없기 때문이다. 단지 그 꿈의 형태가 기묘하게 왜곡될 뿐이다.

우리가 꿈을 내다 버리면서 현실을 택했다고 믿을 때도, 꿈은 영원히 사라지는 것이 아니라 묘한 형태로 재생되어 우리의 마음 한쪽에 들러붙는다. 흔한 방법은 자신이 가져야 했던 꿈을 대리할 수 있는 다른 존재, 대표적으로 자식에게 쏟아부어 투사하는 것이다. 응당 나의 것이어야 했던 꿈은 자식의 머리 위에 앉아 자식을 억누른다. 그런 식으로 우리 시대의 자식들은 자신의 꿈과 부모의 꿈이라는 두 가지 이상을 머리 위에 이고 살아간다. 그 근본적인 출발점에는 '부모가 버린 꿈'이라는 최초의 좌절이 자리 잡고 있다.

> 개츠비가 데이지에게서 바랐던 것은 톰에게 가 "당신을 사랑한 적 없어"라고 말하는 것이었다. 그 말로 데이지가 지난 사 년을 지워 버리고 나면 그들은 좀 더 실질적으로 앞으로 할 일을 결정할 수 있을 것이다. 그녀가 자유롭게 되고 나면 루이빌로 돌아가 마치 오 년 전처럼 그녀의 집에서 결혼하는 것이 그중 하나였다.[5]

개츠비는 데이지라는 환상을 이제 현실에 안착시키고자 한다. 비록 그녀가 그의 환상 속에서만큼 완벽하게 아름다운 존재는 아니지만, 그는 자기 앞에 도래한 다소 '덜 환상적인 환상'을 승인한다. 그는 확실히 끝까지 반쯤 정신 나간 상태로 그녀를 향한 집착을 내보이진 않는다. 데이지라는 환상에 대한 도취 대신, 소설의 후반부로 갈수록, 그에게는 매우 결연한 의지 같은 것이 엿보인다. 환상에 대한 도취, 이미지에 대한 욕망, 과거의 꿈에 대한 광적인 집착이 아니라 또 다른 미래를 향한 의지와 굳건한 믿음으로 자신을 다지는 모습을 보여 주는 것이다.

나는 이를 '자기 환상에 대한 윤리'라고 말하고 싶다. 그는 자신이 꿈꾼 세월에 대한 책임을 지고자 한다. 그를 사로잡게 되는 건 여전히 아름답기만 한 환상의 이미지가 아니라, 자신이 선택한 꿈에 대한 의무감이다. 자신이 선택한 꿈을 향한 집요한 추구가 개츠비의 첫 번째 위대함이었다면, 그 꿈이 비록 자신이 원한 그대로는 아닐지언정, 자신의 의지로 견뎌 온 세월을 책임지고자 히는 것이 그의 두 번째 위대함인 셈이다. 그 책임감은 사람을 살인한 데이지의 죄를 대신 뒤집어쓰는 데까지 이른다. 그것은 데이지에 대한 너무도 절절한 사랑이라기보다는 자기가 지켜 온 의지를 끝까지 놓지 않는 일에 가깝다.

흔히 무엇이 사랑이고 무엇이 사랑이 아닌가에 대한 교훈 같은 이야기들이 세간에 떠돈다. 그런 이야기들은 사랑하는 대상(상대방)에 대한 의존심, 집착, 소유욕, 환상 같은 것들은 진정한 사랑이 아니라고 속삭인다. 반면 진정한 사랑은 믿음과 책임감이며, 함께 살아가고자 하는 의지와 성장하고자 하는 의욕이라고 이야기한다(이는 『사랑의 기술』의 주요 내용이기도 하다). 그런데 개츠비를 지탱했던 것이야말로 믿음과 책임감이었다. 데이지와의 삶을 이루고자 했던 그 모든 노력과 결단에 대해 이야기한다면, 우리 '머릿속의 이론가'는 적지 않은 혼란에 빠지고 만다. 집착과 책임은 어떻게 다른가? 믿음과 환상은 서로 반대되는 것인가? 실제로 그와 같은 혼란이야말로 사랑의 진정한 모습에 가까울 것이다. 개츠비의 사랑이 '잘못된 것'이라는 속단만큼 사랑에 대한 '잘못된 편견'은 없다.

## 위대함의 이면

개츠비를 이해하게 되면서, 나는 확실히 사랑에서 '무엇이 옳은가'라는 기준을 다시 생각하게 되었다. 사랑에 대한 완벽한 기준

이나 편견을 내려놓을 때, 사랑은 더 가깝게 다가온다. 다른 이들의 잣대로 자신의 사랑을 평가하기보다는, 내가 하는 사랑을 그 자체로 이해하고 받아들일 수 있기 때문이다. 결국 개츠비를 이해하는 것은 사랑의 여러 측면을 받아들이는 일인 셈이다.

그러나 한편으로 개츠비를 이해하는 동시에 평가할 필요도 있어 보인다. 앞에서 말했듯이 그에게는 분명 위대한 측면이 있다. 그는 인간으로서 결코 쉽지 않은 일을 해냈다. 고집스럽게 자기 안의 환상을 지키며, 스스로 그 환상을 위한 노예가 될 만큼 강한 의지를 발휘했다. 하지만 그로써 인간의 위대함이 '완성'되었다고 보기는 어렵다. 그 위대함에는 미심쩍은 부분이 있다.

> 데이지는 그가 알았던 최초의 '멋진' 여자였다. 여러 가지 드러나지 않은 자격으로 그는 그런 사람들과 접하게 되었지만, 사이에는 언제나 잘 보이지 않는 가시 철망이 있었다. 그에게 데이지는 흥분을 불러일으킬 정도로 소망스런 존재였다. 그는 처음에는 캠프 테일러의 다른 장교들과 함께였지만 나중에는 홀로 데이지의 집을 방문했다. 그는 데이지의 집을 보고 깜짝 놀랐다. 그토록 아름다운 집에 들어가 본 적이 없었던 것이다. (…) 많은 남자들이 이미 데이지를 사랑하고 있다는 점도 그를 자극했다. 그래서 그의 눈에 데이지는 더욱 값진 존재였다.[6]

진정으로 어떤 인간에게 'Great'라는 수식어, 즉 우리말로 '위대한' 혹은 '멋진'이라는 말을 붙여 주고자 할 때, 개츠비가 그에 온전히 해당된다고 할 수 있을까? 개츠비는 피츠제럴드가 투영한 '아메리칸드림American Dream'의 전형적인 기준을 보여 주는 면이 있다. 이미 우리 사회의 가치관이 되기도 한 이 기준에 따르면, 자신이 한번 선택한 꿈과 욕망을 포기하지 않고 끝까지 추구하여 성취를 이루는 것이야말로 '가장 멋진' 삶의 전형이다. 이를 대표하는 것이 성공한 스포츠 선수, 연예인, 예술가, 정치가 등 대중의 주목을 받는 '스타'라는 개념이다.

현대인은 스타가 되기를 원한다. 수많은 사람이 선망하는 대상이 되어, 사랑과 인정을 받고 부를 거머쥐는 화려한 승리자의 모습이야말로 이 시대의 가장 멋진 인간, 욕망의 최종 지점이다. 또한 이를 위해 인고의 세월을 견디면서 청춘을 바치는 것이야말로 아름답고 멋진 삶의 표본이라고 할 수 있다. 개츠비는 언뜻 이러한 스타가 되고자 하는 열망과 무관한 듯 보이지만, 화려한 상류층 여성인 데이지의 이미지를 욕망한다는 점에서, 화려한 스타의 이미지를 욕망하는 삶과 다르지 않다.

미 대륙의 초기 정착민들에게는 황량한 대지를 개척하며 황금을 찾는 것이야말로 최고의 꿈이었다. 현대사회 역시 '화려한 이미지'를 향한 아메리칸드림의 가치관에 매몰되어 있다. 소설 속의 일인칭 화자인 닉은 개츠비가 '남들이 공유하는 현실'과 다른 자기만의 내면에 쌓아 올린 꿈을 추구하기에 위대하다고 이야기한다. 다시 말해 개츠비는 '자기에게 함몰된 존재'로서 칭송받고 있는 것이다. 그는 자기 안에 갇혀 벗어나지 않기 때문에, 그 속에서 오직 '자기만의 생생함'을 추구하기에 위대하다고 여겨진다.

> 개성이라고 하는 것이 일련의 성공적인 몸짓이라면 그에게는 어떤 화려한 면, 만육천 킬로미터나 떨어진 곳에서도 지진을 기록하는 정교한 기계들과 연결되어 있는 것처럼 인생에서 이룰 수 있는 것을 느끼는 고양된 감수성 같은 것이 있었다. 그렇게 민감하게 반응하는 능력은 '창조적 기질'이라는 명칭으로 그럴듯하게 포장된, 맥없이 쉽게 감동하는 것과는 전혀 다른 것이다. 그것은 희망을 향한 비상한 재능이었으며, 지금까지 내가 다른 누구에게서도 볼 수 없었고 앞으로도 볼 수 없을 낭만적 감응력이었다. 결국 개츠비가 옳았다.[7]

나에게도 개츠비를 위대하다고 명명하는 그 속성이 지배하던 시절이 있었다. 내 안에 갇혀 살던 청춘의 어느 무렵, 나는 때때로 언젠가 찬사를 받는 작가가 될 거라고 상상하면서 지난한 고립의 시간을 견뎌 냈다. 언젠가 세상의 이목을 받는 작가가 되어, 마음대로 세상을 돌아다니며 글을 쓰고, 내는 책마다 커다란 주목을 받는, 그렇게 늘 내가 생각하는 최고의 이미지에만 속해서 살아갈 미래를 기다렸다. 그런 상상 속에, 나를 둘러싼 타인과 세상에 대한 고려는 없었다. 내 열망을 채우고 있던 건 오직 자기만족적인 욕망뿐이었다. 그 시절 나의 추구는 나를 위한, 내 안의 꿈을 위한, 나의 만족만을 위한 것이었다.

하지만 나의 완벽한 만족, 완벽한 꿈, 완벽한 성공에 집착하면 할수록, 그토록 원했던 정신적 평온과 전방위적인 풍요는 멀어지기만 했다. 오히려 끊임없는 불안과 감정적 기복만 심해질 뿐이었다. 약간의 성취로 인한 흡족함 뒤에는 이루 말할 수 없는 공허감이 뒤따랐다. 그토록 갈망했던 이미지는 계속해서 왜곡되고 변화하며 나를 뒤흔들어 놓았다. 오직 '나의 만족'에만 초점을 맞춘, '무엇이 내게 가장 좋은 삶인가'에 대한 질문은 쉴 새 없이 도래하는 번뇌만을 만들어 놓았던 것이다.

그렇게 한 시절을 지나 보내며, 나는 점점 '최초에 갈망했던 이미지'에 대한 집착이 삶의 정답이 아닐 수 있다는 생각을 하기 시작했다. 실제로 내가 쓴 거의 모든 글은 그런 나 자신에 대한 반성이자 공격에 가까웠다. 또한 나를 지켜 주었던 많은 경험에는 조금씩이나마 타인들의 흔적이 깃들어 있었다. 나를 버티게 하고, 내 삶이 틀리지 않았다는 확신을 가지게 하고, 나를 조금씩이나마 이끌어 갔던 것은 매번 내게 도래한 크고 작은 인연들이었다. 내 곁에 있고, 내게 다가오며, 내게서 좋은 영향을 받았다고 말하던 사람들의 육성이야말로 내 삶에서 빼놓을 수 없는 힘의 원천이었던 것이다.

물론 개츠비의 방식이 일방적으로 잘못되었다고 말한 수는 없다. 나의 삶에서도 내면의 꿈을 스스로 지키고, 내 안에 머무는 방법을 발견하는 일은 중요했다. 하지만 내면의 저수지에 물이 빠지지 않도록 유지하는 것 이상으로, 그곳에 다가와 수면을 잔잔하게 흔들어 주는 존재들의 의미야말로 더욱 값진 것이었다. 개츠비의 위대함은 내부에서 벗어나지 않는 부적응의 능력으로 정의된다. 『위대한 개츠비』에는 "그 어떤 정열이나 새로움도 한 인간이 자신의 유령과도 같은 마음속에 가득 품고 있는 것에 감히 도전할 수 없는 것이다"[8]라는 말이 나오며, 이는 개츠비의 위대함에 대한 가장 명확한 정의다. 하지만 내가 아는 한, 타인과 영혼을 접속하며 서로의 삶의 맥락이 제시해 주는 울림을 듣는 순간보다 더 생생한 것은 없다. 내면은 때로는 지켜져야 하고 때로는 흔들려야 한다.

결국 나는 그의 위대함을 이해하면서도, 그것이 결코 위대함의 전부는 아니며 오히려 수정될 여지가 있는 위대함이라 이야기하고 싶다. 때때로 우리는 타인들과 차단되어 자기 내부에서 자기 삶의 개성을 찾기 위한 여정에 몰두할 필요가 있다. 실제로 개츠비는 그러한 측면에서 모범적인 면모를 보여 주었다. 그러나 우리 삶이 자기 안에서 시작되어 자기 안에서 완결된다는 믿음은 현대의 가치관이 조장하는 가장 큰 오만이자 착각이다. 내면의 길은 지평선까지 홀로 이어지는 영원한 오솔길이 아니다. 그 길은 무수한 타인들과 그 밖의 세계가 접속하며 만들어 가는 대로大路다. 가장 위대한 여정은 오솔길이 아닌 대로를 걸으며 존재의 새로운 생생함으로 들어서는 것이다.

나는 또한 개츠비가 데이지의 집 선창 끝에서 반작이는 초록색 불빛을 처음 보았을 때 느꼈을 경이로움을 생각했다. 그는 이 푸른 잔디밭까지 먼 길을 왔다. 그의 꿈은 손에 잡힐 듯 너무나 가까이 있는 것처럼 보였을 것이다. 그러나 그는 그 꿈이 이미 그의 뒤에서 공화국의 검은 대지가 어둠 아래 굽이치는 도시 너머 저 광대한 어둠 속 어딘가에 있다는 것을 몰랐다.[9]

# 삶을 상상하는 진정한 방법

**귀스타브 플로베르, 『마담 보바리』**

## 결핍과 갈망으로 채워진 삶

때때로 삶이 무엇이었나 하는 생각이 들 때가 있다. 들뜨거나 괴로웠던, 혹은 기쁘거나 절망적이었던 모든 날들은 이제 한낱 이미지로만 내 안에 남게 되었다. 그 모든 날을 증언해 줄 수 있는 것은 오직 내 안에 맴도는 언어와 이미지밖에 없다. 몇 장의 사진이 남아 있긴 하지만, 그조차도 한순간에 불과할 뿐이다. 결국 내가 스스로의 삶에 대해 하는 말, 내가 가지고 있는 기억만이 지나간 날들을 증명하고 있다. 스스로를 절묘하게 속일 수만 있다면, 더불어 타인들에게 적당히 꾸며 이야기하기만 하면, 없었던 일을 있었던 일로, 있었던 일을 없었던 일로 만들 수도 있다. 그렇게 보면 삶은 매번 어떻게 꾸미느냐에 달려 있는지도 모른다.

정신없이 살다 보면 어느덧 시간은 흘러 있고, 그 많은 시간이 모두 무엇으로 채워져 있었나 의아하다. 몇몇 결정적인 순간들, 이를테면 무언가를 강렬하게 갈망했던 순간 혹은 절망했던 순간, 또 지나치게 평온하거나 행복했던 순간, 잠시나마 일상을 벗어나 새로운 것들을 구경했던 순간 따위가 생각나지만, 그 사이사이에 있는 어마어마한 공백에 대해서는 침묵할 수밖에 없다. 단지 어렴풋하게 늘 무언가를 열망하고 있었다는 걸 짐작할 수 있을 뿐이다. 열망은 때때로 간절한 갈망이 되기도 했고, 때로는 평온한 소망이 되기도 했다. 어쨌든 아무것도 원하지 않는 순간이 있긴 했던가 의문스럽다. 하다못해 행복한 순간에도 이 순간이 더 오래 이어질 수 있기를 바라지 않았던가?

항상 무언가를 욕망하고 있었다는 것은 늘 무언가를 '향해' 있었다는 말이기도 하다. 또한 일반적으로 무언가를 욕망한다는 것은 그에 상응하는 결핍이 있다고 이야기된다. 가령 곁에 사랑하는 사람이 없기에 우리는 사랑을 욕망한다. 아직 명예와 부를 얻지 못했기에 그것들을 갈망한다. 의식주를 비롯한 사소하고 일상적인 것들 역시 마찬가지다. 하지만 이처럼 단순한 논리는 보다 복잡한 인간사의 열망을 설명하기에는 다소 부족하다. 우리는 사랑하는 사람이 있어도 다른 종류의 사랑을 상상하고, 아무리 돈이 많아도 더 큰 부를 욕망하며, 즐거운 여행에서도 또 다른 지방을 갈망하기 때문이다.

플로베르의 소설 『마담 보바리』의 주인공인 엠마 보바리 역시 그렇다. 이 소설의 줄거리는 단순하기 그지없는데, 엠마 보바리가 중년의 의사인 샤를르와 결혼하지만 만족하지 못하고 불륜을 저지르다 비극적 결말을 맞는 이야기라고 요약 가능하다. 그녀는 어릴 적 읽었던 삼류 로맨스 소설들의 주인공과 같은 삶을 꿈꾸었다. 하지만 화려하고 풍요로우면서 사랑과 열정이 가득한 소설 속의 삶은 그녀에게 주어지지 않았다. 결국 그녀는 그 상상의 이미지를 벗겨 내지 못한 채, '지금 여기'의 삶이 아닌 '다른 곳'의 삶만을 꿈꾸고 갈망하다 죽게 된다.

> 그녀 자신도 일하는 사이사이에 그 책의 긴 장들을 정신없이 읽어 넘기곤 했다. 그 내용은 한결같이 사랑, 사랑하는 남녀, 쓸쓸한 정자에서 기절하는 박해받은 귀부인, 역참마다 살해당하는 마부들, 페이지마다 지쳐 쓰러지는 말들, 어두운 숲, 마음의 혼란, 맹세, 흐느낌, 눈물과 키스, 달빛 속에 떠 있는 조각배, 숲속의 밤꾀꼬리, 사자처럼 용맹하고 어린 양처럼 부드럽고 더할 수 없는 미덕의 소유자로서 언제나 말쑥하게 차려입고 물동이처럼 눈물을 펑펑 쏟는 신사분들뿐이었다.[1]

우리 인간에게는 결핍을 만들어 내는 능력이 있다. 우리에게 없는 것을 적극적으로 상상하고, 그것들을 가져야 한다고 끊임없이

스스로 몰아세우는 기질을 갖고 있는 것이다. 비록 엠마 보바리와 같은 삶이 일반적인 경우는 아니라 하더라도, 우리 모두는 어느 정도 엠마 보바리다. 다만 엠마가 갈망의 원천을 어릴 적 읽었던 '소설'에서부터 길어 냈다면, 우리가 가지고 있는 욕망의 근원은 저마다 다를 수 있다. 많은 경우 우리는 어릴 적부터 봐 왔던 텔레비전 속 드라마나 광고, 영화, 혹은 SNS나 부모님을 비롯한 주변 사람들이 불어넣은 삶의 기준에 맞추어 결핍을 알게 된다.

돌이켜 보면 내 삶 역시 결핍을 알아 가는 과정이었다. 어릴 적에는 그다지 결핍을 알지 못했다. 동생과 함께 베란다에 커다란 우산을 펴놓고 그 아래에서 레고 놀이를 하는 것만으로도 충만했다. 아니면 내가 원하는 것이란, 혼자 책상 밑에 들어가 장난감을 가지고 놀거나 주말에 사촌들을 만나 주차장에서 뛰어 노는 것 정도였다. 어린 시절 나는 확실히 어머니의 보호와 애정 아래 있었는데, 어머니는 밤마다 양쪽 팔에 나와 동생을 하나씩 끼고는 올드 팝송이나 옛 가요를 불러 주었다. 또한 내가 굳이 욕망하지 않아도, 방학이면 우리 둘을 데리고 야외로 어디든지 달려가곤 했다.

내 인생의 가장 중요한 욕망이라고 할 만한 것은 청소년기 때 생겼다. 우연히 접하게 된 이야기에 무척이나 감동받아, 그와 유사한 줄거리의 소설을 써 보고 싶었다. 그리하여 어느 해의 중간고사가 끝나자마자, 곧바로 소설을 써서 가족들에게 보여 주었다. 가족들은 내가 쓴 소설을 좋아했다. 그 이후 낮에는 다른 공부나 일을 하며 소설을 구상하고, 밤마다 소설을 쓰는 생활을 이어갔다. 재미있는 이야기를 쓰고 싶다는 욕망은 작가가 되고 싶다는 갈망으로 연결되면서, 자유롭게 글을 쓰며 사는 작가들을 동경하기도 했다. 아직 작가가 되지 못했다는 결핍과 작가가 되고 싶다는 동경이야말로 내 청춘의 가장 근본적인 동력이었던 셈이다.

어떻게 보면 한심하거나 불쾌하기 짝이 없는 한 여성, 엠마 보바리가 보여 주는 욕망의 여정이 그저 남의 이야기로 보이지 않는 것은 그런 연유에서일 것이다. 우리 모두는 삶에서 무언가를 갈망하고 있다. 그러한 갈망이 기본적으로 우리 자신을 위한 것이라는 점에서, 설령 그것이 엠마의 경우처럼 허황되다 하더라도, 일방적으로 비난할 만한 것은 못 된다. 어찌되었든 우리 모두는 엠마와 다르지 않게, 스스로의 삶을 만족스러운 것으로 만들고자 분투하고 있다. 그 과정에서 무수한 시행착오와 절망, 일순간의 확신과 이후 이어지는 방황 사이를 오가고 있다. 그러니 엠마의 여정을 보다 섬세하고 친근하게, 약간의 경계심과 연민 어린 시선을 가지고 살펴보도록 하자.

> 결혼하기 전까지 그녀는 사랑을 느낀다고 여겼었다. 그러나 그 사랑에서 응당 생겨나야 할 행복이 찾아오지 않는 것을 보면 자신이 잘못 생각한 것이 아닌가 하는 의문이 생겼다. 그래서 엠마는 여러 가지 책들에서 볼 때는 그렇게도 아름다워 보였었던 희열이니 정열이니 도취

니 하는 말들이 실제로 인생에서는 도대체 어떤 의미인지 알고 싶었다.[2]

## 상상과 현실의 간극

『마담 보바리』는 엠마의 남편이 될 샤를르 보바리의 이야기로 시작한다. 의사인 그는 나이 든 과부와 결혼했으나, 얼마 안 가 부인이 죽게 되자 엠마와 재혼한다. 엠마는 처음에만 하더라도 샤를르에게 호감을 느꼈고 그를 사랑한다고 생각해서 결혼했다. 그러나 결혼 생활에는 그녀가 기대했던 열정과 정념이 없었다. 그녀는 언젠가 소설에서만 봤던 이야기들이 자기에게도 펼쳐지리라 믿고 있던 터라, 이대로 인생의 로맨스가 끝났다는 사실을 인정할 수 없었다. 그리하여 두 번에 걸친 불륜에 자기를 내던지게 된다. 그 과정에서 자식도 내팽개치다시피 하고, 사치스러운 생활을 하며 가정의 경제도 파탄 나게 만들어 결국 보바리 가족을 파멸로 이끈다.

단순하고 통속적인 이야기지만, 플로베르가 묘사한 엠마의 심리는 무척 섬세하다. 그녀의 심리 상태는 몇 가지 결정적인 과정을 거친다. 먼저 엠마가 결혼 생활에서 느끼는 '이상한 불안'의 감정이 있다. 그녀는 결혼에서 행복과 안정감을 얻기보다는, 자신에게 어울리지 않는 장소에 온 듯한 불편함을 느낀다.

> 지금 자기가 영위하고 있는 이 고요한 생활이 지금까지 꿈꾸어 왔던 바로 그 행복이라고는 아무래도 생각할 수가 없었다. (…)
> 어떤 토양에 고유한 것이어서 그곳 아니면 어느 곳에서도 잘 자라지 않는 식물이 있듯이 반드시 행복을 가져다주는 곳이 이 세상 어디엔가 따로 있을 것 같았다. (…)
> 아마도 그녀는 이런 모든 것들에 대한 속내 이야기를 누구에겐가 털어놓고 싶었으리라. 그러나 뜬구름처럼 변화무쌍하고 바람처럼 회오리치는 이 알 수 없는 불안을 뭐라고 표현한단 말인가? 그녀는 마땅한 말이 생각나지 않았다. 따라서 기회도, 용기도 없었다.[3]

우리는 때때로 명확한 이유를 알지 못한 채 이상하고 묘한 감정 상태로 빠져들곤 한다. 특히 그러한 감정은 새로운 세계에 진입할 때 우리를 엄습한다. 대학생이 되어 캠퍼스를 거닐기 시작할 때, '과연 이것이 내가 그렇게 기다리던 대학 생활인가?' 하는 의문을 갖게 되기도 하고, 여행을 떠나서도 이게 그토록 고대했던 자유의 느낌인지 의심스럽기도 하다. 엠마처럼 낯선 사람과 연애를 시작하면서, 과연 이것이 제대로 된 사랑이 맞는지 의구심을 가지기도 한다. 그 외에도 새로운 모임에 들어가거나 새로운 일을 시작하면서 우리는 드물지 않게 '낯선 불편함'을 경험하곤 한다.

그 이유는 일차적으로 '의식'이 '몸'보다 느리기 때문이라고 볼 수 있다. 우리는 '의식'으로 모든 것을 미리 파악한 다음에 '몸'을 옮기는 방식으로 살아가지 않는다. 오히려 대부분의 경우 '몸'이 먼저 새로운 상황에 내던져지고 '의식'은 천천히 적응하기 마련이다. 그 과정에서 아직 과거에 머물러 있는 의식의 반발 작용이 일어난다. 하지만 자의식이 아주 강하거나 과거에 집착하는 성향이 아니라면, 머지않아 의식은 새로운 상황에 적응하게 된다.

엠마는 무척 고집스러운 의식을 가진 경우라 볼 수 있다. 사람에 따라서는, 엄청난 정념이나 희열과 도취 같은 것이 없어도, 평화롭고 안정적인 결혼 생활에 적응하며 충분히 행복하게 사는 경우도 있을 것이다. 그러나 엠마는 자신의 의식에 한번 들어온 꿈의 영상들, 특히나 로맨스 소설을 통해 알게 된 상상의 세계를 결코 포기하지 못한다. 그녀는 '몸'보다 '의식'이 앞서 있는 기질의 인간이다. 자신의 의식에 맞지 않는 상황에 적응하기는커녕, 의식에 맞추어 상황을 어떻게든 뜯어고쳐야만 만족할 수 있는 종류의 인물인 것이다.

사실 그런 점에서 나는 엠마한테 적지 않은 동질감을 느꼈다. 나는 상황에 나를 맞추며 살아오기보다는, 나 자신에게 상황을 맞추며 살아온 편에 가까웠다. 중학생 무렵 친구들이 군말 없이 학원에 다니는 동안, 나는 마음에 안 든다며 부단히 학원을 옮겨 다니다 결국 혼자서 공부한 기억이 있다. 다소 거칠고 열악한 환경의 남자 고등학교에서도 다들 그럭저럭 생활에 적응하는 듯했지만, 나는 담임 선생님과 몇 번이나 자퇴 상담을 할 정도로 적응하지 못했다. 집단 따돌림을 당하거나 집안에 문제가 있었던 것도 아닌데 말이다.

대학교에 와서도 개강 파티니 일일 주점이니 하며 매일같이 모여 술을 마시고 떠드는 일은 내가 기대했던 청춘과 도무지 맞지 않았다. 나는 긴 여행을 떠나거나 기타를 치거나 글을 쓰는 일이 더 청춘다운 것이라 생각했고, 술자리를 피해 다니며 내가 원하는 일에 몰두하고자 했다. 사소한 일화들이긴 하지만, 나는 스스로 나에게 꼭 맞는 것만을, 즉 내 의식에 적중하는 것만을 원한다는 것을 알고 있었다. 그렇기에 엠마의 모습이 낯설기는커녕, 불편할 정도로 나와 비슷하게만 느껴졌다.

> '맙소사, 내가 어쩌자고 결혼을 했던가?'
> 그녀는 우연의 다른 짝맞춤으로 누군가 딴 남자를 만날 도리는 없었을까 자문했다. 그리고 실제로 일어나지 않은 그 사건들, 달라졌을 그 생활, 알지 못하는 그 남편은 어떤 모습이었을까를 상상해 보려고 애썼다. 과연 어느 누구도 저 남자와는 닮지 않았다. 그는 미남이고 재기발랄하고 품위 있고, 매력적인 사람이었을지도 모른다. 옛날의 수도원 친구들이 결혼한 상대는 정녕 모두 그럴 것임에 틀림없다.4

엠마는 자신에게 도래한 이상한 불안의 감정, 낯선 불편함에 '상상'을 덧입힌다. 과거든 미래든 공상이든 자기가 속한 현재의 부적절감을 해명하기 위해 상상의 이미지를 끌어오는 것이다. 흥미로운 점은 그녀에게 '상상'이 그저 한낮의 꿈으로 머무는 것이 아니라, 또 다른 실제 삶으로 자리 잡는다는 것이다. 그녀는 이곳이 아닌 저곳을 적극적으로 상상하고, 지금 여기보다는 다른 곳에 '진짜 삶'이 있다고 믿는다.

이곳이 아닌 다른 곳의 진짜 삶을 믿는 것은 우리 주변에서도 종종 일어나는 일이다. 이혼을 한 후 재혼을 해서 만족을 얻는 사람도 있고, 이민을 떠나서 해방되었다고 믿는 사람도 있다. 다른 삶에 대한 상상이야말로 현재의 현실을 이겨 내고 보다 진정한 삶을 향해 나아가는 근본적인 추동력이 될 수 있다. 그러나 엠마의 태도에서 결정적으로 문제 되는 점은 그러한 일이 '저절로' '어느 날 갑자기' 일어나리라 믿는 것이다. 현실과 상상의 간극을 실질적인 삶의 추구나 성실성으로 메우고자 하는 게 아니라, 기적에 대한 열망으로 채우는 것이다.

> [엠마는] 마음 깊은 곳에서는 어떤 돌발 사건이 일어나기를 기다리고 있었다. 조난당한 선원처럼 그녀는 삶의 고독 위로 절망한 눈길을 던지면서 멀리 수평선의 안개 속에서 혹시 어떤 흰 돛단배가 나타나지 않는지 찾고 있었다. (…) 그러나 매일 아침 눈을 뜨면 바로 그날 그 일이

일어나기를 바라면서 모든 소리에 귀를 기울였고, 자리를 차고 벌떡 일어나기도 했고, 그 일이 일어나지 않는 것에 놀라곤 했다. 그러다가 해가 지면 언제나 더 한층 마음이 슬퍼져서 어서 내일이 오기를 바랐다.[5]

연애란 요란한 번개와 천둥과 더불어 갑자기 찾아오는 것이라고 그녀는 믿고 있었던 것이다. 하늘에서 인간이 사는 땅 위로 떨어져 인생을 뒤집어엎고 인간의 의지를 나뭇잎인 양 뿌리째 뽑아 버리며 마음을 송두리째 심연 속으로 몰고 가는 태풍과도 같은 것이라고 말이다.[6]

갑작스럽게 자신에게 도래할 기적을 바라는 태도는 그녀의 '사랑 중심주의'에서도 그 원인을 찾을 수 있다. 그녀는 사랑의 열정, 도취, 희열 같은 것들이 삶에서 가장 중요하다고 믿는다. 그 이유는 그녀가 생각하기에, 사랑이야말로 가장 화려한 것이기 때문이다. 소설은 그녀의 사치스러운 성격에 대해 이야기하기도 한다. 결국 그녀는 자기 삶이 '화려한 이미지'로 채색되기를 원했다. 거기에는 반드시 자신을 데려가 줄 왕자 같은 남자가 필요했다. 그 남자가 그녀에게 화려한 삶을 선물해야 하는 것이다.

흔히 '신데렐라 콤플렉스'라고도 말해지는 이러한 심리 태도는 우리 모두에게 조금씩이나마 퍼져 있다. 굳이 '백마 탄 왕자'가 아니더라도, 수많은 사람이 삶을 한 번에 뒤바꾸어 줄 순간을 기대하며 복권을 산다. 부동산이나 주식 투자에 열을 올리기도 하고, 대박을 꿈꾸며 창업을 하거나 책을 쓰기도 한다. 나 역시 그러한 꿈이 없지 않았다. 특히 등단을 꿈꾸며 당선의 날을 기다리던 시절에는, 문학상을 받게 되면 내 삶도 존재도 완전히 달라질 거라고 믿곤 했다.

무엇보다 주변 누군가의 이야기는 이런 종류의 삶의 태도를 버릴 수 없게 한다. 결혼을 잘해서 팔자가 폈다거나, 주식 투자에 성공해서 떼돈을 벌었다거나, 공모전에 당선되어 화려한 삶을 살기 시작한 사람들이 어딘가에는 있다. 그들의 존재는 결코 한없이 멀리 있지 않기 때문에, 그 가까움 때문에, 우리는 그들처럼 될 수 있다고 생각한다. 엠마 역시 소설 속에서만 보던 인물이나 삶이 자기 '근처'에 나타나자 더욱 강렬한 열망을 느낀다. 화려한 무도회에서 본 상류층의 삶, 어떤 남작의 존재가 그녀에게 상상이 현실일 수 있음을 알려 준 것이다. 상상의 세계가 어딘가에는 실제로 존재하는 현실이라는 것을 확인하자, 그녀의 미칠 듯한 갈망은 걷잡을 수 없어진다.

> 이제 나날들은 언제나 똑같은 모습으로, 수도 없이, 이렇게 열을 지어 지나갈 뿐 아무 일도 일어나지 않을 것인가! 다른 사람들의 생활은 아무리 평범해도 적어도 어떤 사건이 일어날 기회는 있다. 때로는 우연한 일이 실마리가 되어 무한한 변화가 일어나고 주변의 환경이 달라

지는 것이었다. 그런데 그녀에게는 아무 일도 일어나지 않았다.[7]

엠마의 태도를 덮어놓고 비난하기에는, 정도의 차이는 있을지언정 모든 사람이 기적에 대한 소망을 갖고 있다. 사실 우리 삶에 기적의 가능성, 그러니까 한순간에 삶의 대전환을 맞이할 가능성이 전혀 없다는 것이야말로 거짓이다. 우리 삶에는 아주 작게나마 갑작스럽게 모든 게 뒤바뀔 가능성이 존재한다. 하다못해 갑자기 시골 땅이 개발된다고 하여 벼락부자가 되거나, 우연히 방송 카메라에 잡혔다가 스타가 되는 경우도 있지 않은가? 그러니 누구에게나 기적의 가능성이 있다는 것이야말로 인간사의 진실이다.

엠마 역시 그것을 알고 있었다. 그렇게 보면 그녀는 허구를 믿은 게 아니라 진실을 믿었던 셈이다. 나는 그녀가 확실히 진실과 거짓에 대한 감각이 있었다고 생각한다. 언뜻 보기에 그녀는 이 땅에 없는 싸구려 소설의 허구를 믿었던 것처럼 보인다. 그러나 모든 허구의 이야기는 진실에 뿌리내리고 있기도 하다. 그녀는 허구 속에서 진실의 흔적을, 이를테면 어떤 진실의 얼룩을 보았다. 우리 인간의 삶을 통째로 뒤흔들면서 이끌고 가는 것은 허구가 아니라 진실이다.

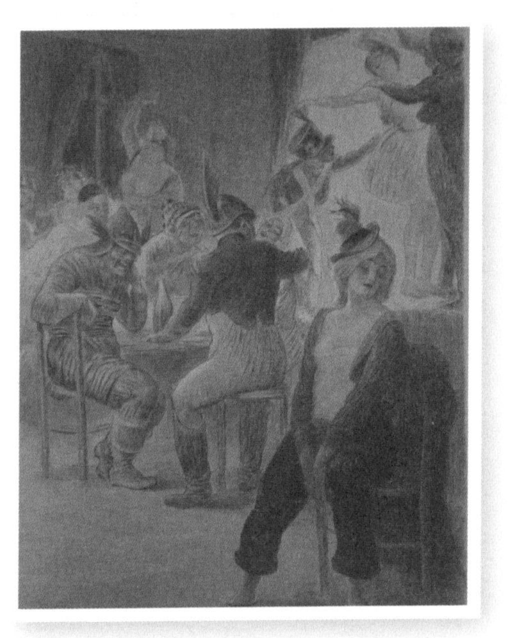

## 어떻게 상상할 것인가

엠마는 거짓과 진실에 관한 감각을 가지고 있었다. 이는 그녀가 "위선이 죽도록 싫었다"고 묘사되는 부분에서도 확인할 수 있다. 그녀는 진정한 삶이란 강렬한 정념이 있는 삶이라 생각했다. 적당히 가정을 이루면서 행복한 사람인 척하고, 자신의 현재와 타협하면서 살아가는 것은 거짓된 삶이라 생각했던 것이다.[8] 하지만 문제는 그녀가 거짓에서 탈피하여 진실이라 여긴 것을 추구하는 '방식'에 있었다. 그녀는 이 삶이 거짓인지는 알고 있었고, 다른 진짜 삶이 가능할 수도 있다는 진실도 알고 있었다. 하지만 진짜 삶이 무엇인지, 어떻게 해야 그리로 도달할 수 있는지에 관해서는 깊게 고민하지 않았다.

엠마는 현재의 삶이 자기가 꿈꾸는 삶과 같아지기를 원했다. 그러나 여기에는 두 가지 주체성이 결여되어 있었다. 하나는 자신의 삶을 자기만의 방식으로 상상하는 '상상력의 주체성'이고, 다른 하나는 자기가 원하는 삶을 스스로의 힘으로 건설하고자 하는 '건설의 주체성'이다. 우선 상상력의 관점에서 그녀는 거의 스스로 삶을 상상하지 않았다. 단지 어릴 적 읽었던 로맨스 소설들의 이야기를 모방하여 자기 삶을 상상했던 것이다.

> 그때 그녀는 옛날에 읽었던 책 속의 여주인공들을 상기했다. 불륜의 사랑에 빠진 서정적인 여자들의 무리가 그

> 녀의 기억 속에서 공감 어린 목소리로 노래하기 시작하며 그녀의 마음을 사로잡았다. 그녀 자신이 이런 상상 세계의 진정한 일부로 변하면서 그녀는 예전에 자신이 그토록 선망했던 사랑에 빠진 여자의 전형이 바로 자기 자신이라고 여기게 되었다. 이리하여 젊은 시절의 긴 몽상이 현실로 변하고 있는 것이었다.[9]

그녀는 불륜을 저지르며 자기가 책 속의 여주인공들과 같아지는 데서 엄청난 쾌감과 만족감을 느꼈다. 이러한 동질감에의 욕망, 모방 본능은 모든 사람이 어느 정도 가지고 있는 것이기도 하다. 우리는 타인들이 누리고 있는 화려한 이미지의 생활을 욕망하고, 그에 참여하면 쾌감을 느낀다. 거의 모든 텔레비전 광고가 그러한 인간의 본성에 따라 만들어진다. 사진 이미지 중심으로 이루어지는 SNS 역시 마찬가지다.

문제는 이러한 방식의 욕망이 우리 삶의 생산보다는 소비와 관련되어 있다는 점이다. 엠마가 그러한 이미지를 욕망하다가 결국 어마어마한 빚을 지고 파산에 이르는 것도 그 때문이다. 다른 사람들이 만들어 낸 이미지를 좇는 일은 끝이 없다. 그것은 스스로의 현실감각과 판단력, 무엇이 좋은 삶인가에 대한 주체적인 기준에 따라 만들어진 이미지가 아니기 때문이다. 그저 다른 이들의 욕망을 모방하여 그들과 같은 만족감을 얻는 방식은 또 다른 이미지들을 무한하게 좇는 연쇄를 만들어 낼 뿐이다. 그 과정에서 자기 자신의 주체성이라 부를 만한 것은 사라진다. 스스로의 중심을 세울 수 없게 되고, 단지 타자의 욕망만을 좇는 수동적 소비 상태의 인간으로 전락하게 되는 것이다.

> 지금은 이미 아무것도 남은 것이 없다! 그녀는 처녀 시절, 결혼, 연애, 이렇게 차례로 모든 환경들을 거치면서 갖가지 영혼의 모험들에 그걸 다 소비해 버리고 말았던 것이다 — 마치 길가의 여관에 묵을 때마다 재산을 조금씩 흘려 놓고 온 나그네처럼 그녀는 인생길 굽이굽이에서 그것들을 끊임없이 잃어 온 것이다.[10]

그녀는 타자의 이미지를 좇을 때마다 자기가 그 이미지를 소유한다고 믿으며 쾌락을 느꼈다. 그러나 실제로 그녀가 갖게 된 것은 아무것도 없었다. 설령 그녀가 파산하지 않고, 몇 가지 사치품을 가졌거나 정부가 도망가지 않고 인근에 있었다고 해도 크게 다르지 않았을 것이다. 그녀는 늘 그랬듯 그 모든 것에 권태를 느끼고 실망하는 길을 걸었을 것이다. 왜냐하면 그녀는 거짓과 위선을 끔찍이도 싫어하고 '진실'을 원하는 인간이었기 때문이다. 하지만 애석하게도 그녀의 방식은 삶의 진실에 도달하는 방식이 아니었다. 오히려 끊임없이 소비하고 잃으며 허망해지는 길이었을 따름이다.

> 그녀는 행복하지 않았고 한 번도 행복했던 적도 없었다. 인생에 대한 이런 아쉬움은 대체 어디서 오는 것일까? (…) 그러나 만일 어디엔가에 강하고 아름다운 한 존재가, 열정과 세련미가 가득 배어 있는 용감한 성품이, 하프의 낭랑한 현을 퉁기며 하늘을 향해 축혼의 엘레지를 탄주하는 천사의 모습을 한 시인 같은 마음이 존재한다면 그녀라고 운 좋게 그를 찾아내지 못하라는 법이야 있겠는가? 아! 턱도 없는 일! 사실 애써 찾아야 할 가치가 있는 것은 하나도 없다. 모두 다 거짓이다! 미소마다 그 뒤에는 권태의 하품이, 환희마다 그 뒤에는 저주가, 쾌락마다 그 뒤에는 혐오가 숨어 있고 황홀한 키스가 끝나면 입술 위에는 오직 보다 더 큰 관능을 구하는 실현 불가능한 욕망이 남을 뿐이다.[11]

그녀는 마지막 불륜이 허망하게 끝나 가는 시점에서도 기적 같은 어떤 남자의 도래를 꿈꾼다. 하지만 그러면서도 자신이 걷고 있는 길이, 지금껏 추구해 왔던 욕망의 방식이 결코 진실한 행복에 이르는 방법이 아니라는 것을 알고 있다. 그녀는 자신이 진실한 삶을 추구한다고 믿었지만, 실제로 그녀가 한 일은 자신의 삶을 갉아먹는 일에 지나지 않았다. 그녀가 위선적이고 거짓으로 점철된 삶에서 벗어나고 싶었다면, 삶을 소비할 게 아니라 생산해야 했다. 그녀가 가진 아름다움과 정열, 상상력, 고집스러운 의지로 어떻게 하면 삶을 진실하게 건설해 나갈 것인지를 고민해야 했던 것이다.

타자의 이미지만을 좇는 삶, 건설과 생산의 차원으로 이르지 못하고 소비만으로 점철된 삶은 필연적으로 공허에 이른다. 그 공허는 고요하지조차 않다. 거기에는 평온이 아니라 시끄러운 허망감이 자리 잡는다. 그러면서도 또 다음의 이미지를 향한 불나방 같은 욕망이 벗겨지지 않은 채 들러붙어 있다. 소란스럽고 평화가 없는 공허 속에서 우리는 삶 전체를 생각한다. 도대체 행복이란 무엇인가? 무엇을 위해 그토록 전전긍긍하며 살아야 하는가? 내가 진정으로 행복했던 적이 있기나 했던가?

삶은 욕망에 의해 빛난다. 그 무엇도 욕망하지 않고서는 그 어떠한 기쁨도 얻을 수 없다. 하지만 모든 종류의 욕망이 같은 것이라고 볼 수는 없다. 우리를 보다 허무하게 만드는 종류의 욕망이 있고, 우리를 더 활력 있는 생기로 이끄는 욕망이 있다. 주체적으로 삶을 건설하겠다는 의지로 점철된 욕망, 그리하여 실질적으로 삶을 지어 나가는 기쁨을 아는 욕망, 자신이 삶의 주인이라는 자긍심을 동반하는 욕망이 후자의 욕망이다. 반면 엠마의 욕망은 삶을 건설하기보다는 파괴하는 방향에, 자신의 중심을 쌓기보다는 잃는 것에 가까웠다. 그렇기에 파멸은 이미 예견된 것이나 마찬가지였다.

### 편지를 쓰고 있노라면 어떤 다른 남자의 모습이 떠오르

곤 했다. 그것은 그녀의 가장 뜨거운 추억들과 가장 아름다웠던 책들의 내용과 가장 강렬한 욕망들이 한데 어울려 빚어낸 환영이었다. 마침내 그것이 어찌나 실감나고 손에 만져질 듯한 것으로 변했는지 그녀는 황홀하여 가슴을 두근거렸다. 그러나 그것을 뚜렷하게 상상할 수는 없었다. 그만큼 그것은 신처럼 너무 많은 속성들 속에 감추어져 있었던 것이다. (…) 이런 막연한 사랑의 흥분이 질탕한 음란 행위보다도 더 그녀를 지치게 했던 것이다.[12]

그녀는 결혼을 하면서도, 또 무도회에서 어떤 남작을 봤을 때도, 이후 두 번의 불륜을 저지르면서도 항상 눈앞에 있는 상대가 아니라 어떤 '환영 속의 남자'를 보고 있었다. 그 남자는 '신처럼' 모든 속성을 가진 막연한 환상이었지 현실이 아니었다. 모든 사랑의 순간에는 어느 정도의 환상이 함께한다. 그렇기에 상대에 대한 환상을 잃고 실망하여 사랑이 끝났다고 믿는 경우도 적지 않다. 엠마에게 사랑이란 오직 환상과 정념이었다. 그녀는 그것을 위해서 자기 삶의 모든 것을 내던져도 좋다고 믿을 만큼 정열적이었다.

인간은 환상 없이 살 수 없다. 모든 사람이 삶에 대해서든, 사랑에 대해서든 어느 정도의 환상을 가진 채 평생을 살아간다. 이번 주말에 떠날 곳에 대한 환상, 십여 년 뒤 내가 살아갈 모습에 대한 환상, 취직이나 결혼 이후에 펼쳐질 삶에 대한 환상 등 우리 머릿속에는 늘 상상의 이미지가 들러붙어 있다. 사랑에 대해서도, 우리는 상대에 대한 모종의 상상적 믿음을 지니고 있다. 이를테면 인기가 많은 게 분명했을 멋진 사람이라든가, 함께하면 틀림없이 행복할 것 같은 성격의 사람이라든가, 내가 사랑하는 것 이상으로 나를 사랑하고 있을 거라는 짐작과 믿음이 모두 상상의 범주에 속한다. 삶도, 관계도 상상에 의해 지탱되는 것이다.

그렇게 보면 삶에서 가장 중요한 일은 '어떻게 상상할 것인가'인 셈이다. 그 상상이 엠마처럼 과장된 로맨스 소설의 차원에만 머물러서는 안 될 것이다. 반대로 모든 인간이나 인생이란 뻔한 것이라 생각하여 일찍이 냉소하고 상상을 저버린다면, 우리는 곁에 있는 사람도, 내 삶도 사랑할 수 없을 것이다. 중요한 것은 우리의 삶과 관계에 도움이 되는 방식으로 상상하는 일이다. 내 삶을 진실로 풍요롭게 만들어 줄 삶의 방향을 상상하고, 그 안에서 실질적으로 내가 쌓아 갈 수 있는 나의 모습을 상상하고, 또 곁에 있는 사람과의 행복할 가능성을 믿으며 상상을 멈추지 않아야 한다. 반면 우리 삶을 무너뜨리고 갉아먹을 게 명백한 방향의 상상들은 쳐낼 필요 또한 있을 것이다.

엠마 보바리의 이야기는 우리 삶이 얼마나 상상 혹은 환상과 밀접한 관련이 있는지를 보여 준다. 우리는 항상 스스로의 상상과 환상을 점검할 필요가 있다. 우리는 너무나 쉽게 자기 자신에 대한, 사랑하는 사람에 대한, 나아가 가깝고 먼 타인들에 대한 상상을 만들어 내기도 하고 폐기하기도 한다. 상상력은 인간의 삶을 이끄는 가장 강력한 힘일 테지만, 동시에 나 자신과 타인들을 왜곡할 수 있는 가장 손쉬운 기제이기도 하다. 문학은 우리가 상상하는 방식에 관하여 끊임없이 되돌아보게 만드는 힘이 있다. 특히 고전이라 불리는 일련의 문학은 우리가 자기 자신과 타인의 마음을 섬세하게 바라보고 이해할 수 있는 가장 좋은 모범이 된다. 그렇기에 우리는 인생의 매 시기마다 고전을 다시 읽어야 한다. 우리 존재는 생각보다 너무 쉽게 우리의 통제를 벗어나고, 우리는 매번 자신의 통제력을 충전할 필요가 있기 때문이다.

나 역시 이런저런 환상들 속을 헤매기도 하고, 또 몇 가지 상상은 과감하게 쳐내면서 하루하루를 살고 있다. 지금도 새롭게 피어오르는 미래에 대한 환상들을 매일같이 솎아내며 삶의 방향을 정립하기 위해 애쓰고 있다. 아마도 이 삶이 끝날 때까지, 내 안에는 이런저런 환상들이 각축을 벌이며 내 삶을 끌고 가려 할 것이다. 그럴 때마다 나는 때로는 순응하고 때로는 거부하며 내게 가장 어울리는 환상으로 이끌려 갈 수 있기를 소망한다. 그리하여 언제나 이 하나뿐인 삶을 잘 만들어 왔다고, 또 잘 만들어 가고 있다고 믿고 싶다.

# 현실감을 갈망하는 인간의 운명

**밀란 쿤데라, 『참을 수 없는 존재의 가벼움』**

## 무거움과 가벼움의 이중주

내게 삶이란 무거운 것이었다. 특히 '삶의 선택'이라는 문제를 생각한다면 결코 삶을 가볍게 여길 수 없었다. 가깝거나 먼 사람들의 삶을 보고 들은 바에 의하면, 그들은 크고 작은 선택 때문에 삶을 충분히 살 만한 것으로 만들기도 했고, 비참한 것에 이르게도 하는 것 같았다. 그랬기에 매일같이 내가 선택하고 있는 것들을 생각해야 했다. 나 자신도 모르게 잘못된 선택을 하지는 않았는지, 혹은 이다음에 무엇을 선택하는 것이 삶에서 합당한지를 끊임없이 판단해야 했다. 삶의 올바른 판관이 되기 위하여, 주변 어른들이나 흔히 성공했다고 말해지는 사람들, 그리고 여러 문학가와 철학자의 말을 귀 기울여 듣기도 했다. 무엇보다 나 자신이 스스로를 속이거나 기만하고 있지는 않은지, 합리적이고 정확하게 살아가고 있는지 알기 위하여 일기를 포함한 많은 글을 썼다.

내게는 '최고의 삶'을 살고 싶다는 욕심이 있었다. 이때의 '최고'를 다른 모든 사람이 우러러보는 부와 명예를 거머쥔 것이라고 단정 지을 수는 없었다. 오히려 나는 '최고의 삶'이 무엇인지를 알고자 문학과 철학, 예술의 세계에 발을 들여다 놓은 셈이었다. 때때로 '최고'는 역사에 이름을 남길 정도로 진정한 작품을 쓴 예술가가 되는 것이었고, 혹은 많은 돈을 벌어 화려한 소비생활을 누리는 것이었다. 아니면 세상을 등지고 완전한 자유의 상태에서 방랑하듯 살아가는 것이기도 했다. 그게 무엇이든 나는 최고의 삶이 아닌 삶은 살고 싶지 않았다. 또 타고난 것을 바꿀 수는 없지만, 삶의 여정은 그때그때의 선택에 따라 천차만별로 달라진다고 믿었다. 그랬기에 내가 매번 최고의 삶을 향하고 있는지를 언제나 확인하지 않으면 안 되었다.

그래서인지 밀란 쿤데라의 『참을 수 없는 존재의 가벼움』은 그 제목만으로도 어딘지 반감을 불러일으켰다. 내용을 알 수는 없지만, 적어도 제목이 암시한다고 느꼈던 '삶의 가벼움'이라는 것을 그다지 받아들이고 싶지도, 이해하고 싶지도 않았다. 그랬기에 이 책은 쿤데라의 다른 소설들을 읽을 때까지도 내가 본능적으로 읽기를 미루던 책이었다. 실제로 책을 읽고 났을 때도, 나는 온전히 이 소설의 의미를 흡입하지 못했다. 그저 괴이한 인물들의 그로테스크한 여정, 이를테면 병적인 인간들이 펼치는 지저분한 욕망의 향연 정도라고 받아들였다. 이 책을 처음 읽었던 당시에 이 책은 나에게 적중할 만한 무언가를 가지고 있지 못했던 것이다.

그로부터 십여 년 정도의 시간이 흐르고, 나는 삶을 보다 철저히 이해할 수 있는 계기를 찾고 있었다. 삶을 살아 내기도 전에 읽었던 문학작품들 중에서, 이제 어느 정도 삶을 살아 냈다고 믿는 시점에 자연스레 손이 가는 책들이 있었다. 그중에서는 나에게 깊게 와 닿았으나 잘 기억나지 않는 책들도 있었던 반면, 그다지 의미가 없었다고 기억하는 작품들도 있었다. 후자 중 하나가 이 소설이었다. 나는 이제 정확하게 책을 고르고 명확하게 이해하여 내 안에 그것들을 남겨 두고 싶었다. 그렇게 보면 나는 여전히 매일 '가장 중요한 것을 해야 한다'는 무거움의 강박에 사로잡혀 있는 셈이기도 했다.

『참을 수 없는 존재의 가벼움』은 도입부에서부터 니체의 '영원회귀 사상'을 언급하며 삶의 무거움과 가벼움에 관해 논한다. 쿤데라가 제시하는 맥락에서, 니체의 영원회귀 사상은 우리가 하는 매 순간의 선택이 영원히 반복된다는 것을 의미한다. 만약 전생과 후생이 존재해서 우리가 이미 했던 선택이 앞으로도 영원히 반복된다면, 우리는 사소한 선택 하나에조차도 심혈을 기울일 수밖에 없다. 선택에는 무한한 책임의 짐이 떠안겨지고, 매 순간은 한없이 무거워질 수밖에 없다.

> 짐이 무거우면 무거울수록, 우리 삶이 지상에 가까우면 가까울수록, 우리 삶은 보다 생생하고 진실해진다. 반면에 짐이 완전히 없다면 인간 존재는 공기보다 가벼워지고 어디론가 날아가 버려, 지상의 존재로부터 멀어진 인간은 겨우 반쯤만 현실적이고 그 움직임은 자유롭다 못해 무의미해지고 만다.[1]

밀란 쿤데라는 책 전체에 걸쳐서 시종일관 무거움이나 가벼움 어느 한쪽을 옹호하지는 않는다. 그가 제시하는 네 명의 인물이 각기 무거움과 가벼움에 사로잡히는 장면들을 제시할 뿐이다. 그는 우리 삶이 무거움을 통해 '의미를 획득'할 가능성도, 혹은 가벼움을 통해 '무의미의 춤'을 추는 모습도 부정하지 않는다. 그렇기에 네 인물이 벌이는 사랑과 욕망의 여정을 보고 있노라면, 삶에 관한 그 무엇도 확실히 손에 잡히지는 않는다.

훌륭한 문학을 정의하는 방식은 다양하다. 인간 삶의 모순과 부조리를 있는 그대로 보여 주는 문학, 삶의 여정에 대한 하나의 명확한 대답을 제시하는 문학, 이전에 없던 상상력을 발휘하여 기발한 이야기를 하는 문학, 시대적이고 현실적인 문제를 꼬집어 비판하는 문학 등 사람들마다 치켜세우는 문학의 종류는 다르다. 하지만 적어도 나에게는 문학을 읽는 이유가 '더 혼란해지기 위해서는' 아니었다. 나는 삶을 해명하고 답을 얻기 위해 먼지 쌓인 책들을 다시 끄집어냈다. 그래서 이 책 역시 그런 나의 목적에 기여해야만 했다.

> 모든 것이 일순간, 난생 처음으로, 준비도 없이 닥친 것이다. 마치 한 번도 리허설을 하지 않고 무대에 오른 배우처럼. 그런데 인생의 첫 번째 리허설이 인생 그 자체라면 인생에는 과연 무슨 의미가 있을까? 그렇기에 삶은 항상 밑그림 같은 것이다.[2]

삶은 밑그림이기에, 아니 밑그림조차 아니기에 무의미하다. 이는 어떤 삶에도 '완성된 의미' 같은 것은 존재하지 않는다는 것을, 그저 모든 것은 결과를 모르는 선택 속에서 이루어지고, 우리는 의미도 결과도 알 수 없는 삶을 살아갈 뿐이라는 것을 뜻한다. 이를테면 우리가 사랑하는 사람을 선택하면서 '그 사람일 수밖에 없는' 온갖 설명을 통해 운명적인 의미를 덧씌운다 하더라도, 그 사람과의 삶이 어떻게 결정될지는 알 수 없다. 상대방을 만난 것이 운명적인 일이라 믿었더라도, 이별하면서 그 의미는 모두 허공으로 증발해 버리곤 한다. 혹은 내가 선택한 사람과 행복한 삶을 일구더라도, 다른 사람과의 삶 역시 그만큼 행복했을지도 모를 일이다. 어쩌면 내가 선택한 '적당한 행복' 대신 내 운명을 뒤바꾸어 줄 정도로 더 멋지고 아름다운 삶을 놓쳤을지도 모른다. 따라서 우리는 결코 인생의 진실을 알 수 없다. 그저 삶을 받아들이거나 그러지 않을 수 있을 뿐이다.

인간 존재의 '참을 수 없는 가벼움'에 대한 성찰은 이렇게 시작된다. 운명적인 감정에 사로잡혀서 혼신의 힘을 다해 이성을 작동시키고 의지력의 극한을 통해 결단을 내리더라도, 그처럼 가장 '무거운 순간'으로 삶을 살아 내더라도, 우리는 신이 아니기에 이 인생의 진실을 알 수 없다. 그렇기에 어떤 이들은 삶의 무거움을 버리고, 가벼움을 향해서만 무한히 나아가고자 한다. 반대로 어떤 이들은 끝까지 삶의 의미를 지키고 믿으면서, 자기 삶의 무거운 중심을 지켜 내고자 하기도 한다. 하지만 그보다 더 많은 경우, 아니 거의 모든 사람은 가벼움과 무거움 사이에서 방황하며 삶을 견뎌 나간다.

## 상상에 사로잡힌 인간

『참을 수 없는 존재의 가벼움』에서는 토마시, 테레자, 사비나, 프란츠 등 네 인물의 이야기가 핵심적으로 다루어진다. 특히 이들이 자신의 욕망에 따라 서로 사랑하거나 증오하고, 혹은 집착하거나 회피할 때 그들의 '자아'에서 무슨 일이 일어나는지를 분석적으로 보여 준다. 쿤데라가 사랑과 욕망을 다루는 방식에는 확실히 특이한 점이 있다. 각 인물들에게서 나타나는 욕망의 양상을 개인사 혹은 개인적인 자아의 문제로 환원하여 제시한다는 점이다. 다시 말해 이 네 사람은 모두 고유하면서 고집스러운 자기만의 문제를 겪고 있다. 각각의 인물은 어딘지 결핍 혹은 병적인 부분을 가지고 있고, 그러한 부분을 채우거나 해소하기 위해 사랑을 한다. 그러니 이들의 사랑 방식은 모두 다르고, 심지어는 같은 '사랑'이라는 이름으로 부를 수 있는가 하는 의문마저 생긴다.

사실 우리 시대의 사랑에는 그처럼 복잡한 자아의 문제가 덜 개입하는 것처럼 보인다. 사람들이 선호하는 남성 혹은 여성의 유형은 거의 정해져 있다. 외모가 준수하고, 성격이 모나지 않으며, 충분한 경제적 능력을 갖춘 사람을 누구나 선호하며(각각의 요소가 뛰어날수록 더욱 많은 사람의 호감을 얻는다), 그럴 때 각자의 자아 문제 같은 건 그리 중요하지 않다. 우리 시대에 연애나 사랑은 외모 혹은 능력 같은 외적인 요소로 극히 단순화되었다.

어쩌면 그렇기에 이 소설이 더 각별하게 읽혀야 할지도 모른다. 우리는 자기 자신을, 그리고 사랑을 조금 더 조심스럽고 깊이 있게 다룰 필요가 있다. 누군가를 사랑한다고 느낄 때, 그 사람이 나에게 적중하는 부분이 무엇인지를 섬세하게 알 필요가 있다. 단순한 설명은 우리의 사랑을 더욱 왜소하게 만들고, 우리의 자아마저 알 수 없게 한다. 각각의 사랑에는 저마다 고유한 설명이 필요하다. 몇 가지 기준을 가지고 손쉽게 자신의 사랑을 평가하고, 자신을 세상의 평판에 맞추어 획일화시키는 방식으로는 결코 사랑을 제대로 알 수 없다. 이 소설의 네 인물은 우리의 사랑을 되돌아보게 하는 힘이 있다. 특히 우리의 자아에서 사랑이 얼마나 차지하는지에 대해서 그렇다.

그녀는 애인도, 부인도 아니었다. 그녀는 송진으로 방수된 바구니에서 꺼내져 그의 침대 머리맡에 내려놓인 아기였다.[3]

그 당시 토마시는 은유란 위험한 어떤 것임을 몰랐다. 은유법으로 희롱을 하면 안 된다. 사랑은 단 하나의 은유에서도 생겨날 수 있다.[4]

토마시는 부인과 이혼한 이후 매번 여자를 갈아 치우며 관계를 맺고 다니는 바람둥이다. 그는 한 여자에게 정착하지 못한 채, 강박적으로 새로운 여자들을 찾아다닌다. 그런데 오직 테레자만이 그가 벗어날 수 없는, 도망가고 싶지 않은 여자로 자리 잡는다. 흥미로운 점은 그가 무수한 여자들과 성관계를 맺었음에도 함께 잠을 자고 싶지는 않아 했는데, 오직 테레자와만 함께 잠을 자게 된다(동반 수면)는 것이다. 그 이유는 당연하게도 테레자에게만 사랑에 빠졌기 때문이다.

토마시라는 인물의 핵심적인 특징은 '상상력'이다. 그의 자아와 욕망, 사랑은 모두 상상력에서 시작하여 상상력에서 끝난다. 그가 무수한 여자들과 성관계를 맺고 다니는 것도 단순한 동물적인 욕망 때문이 아니다. 그는 다른 여자들이 옷을 벗은 모습, 성관계를 하는 방식, 쾌락을 느끼는 모습에 대한 '상상' 때문에 새로운 여자를 찾아다니는 것을 멈추지 못한다. 어떤 여자든지 성관계를 맺게 되면, 그가 상상하지 못했던 새로운 모습이 발견된다. 그에게 새로운 여자와의 성관계란, 항상 자신의 상상을 넘어서는 미지의 그 무엇인 것이다.

그가 테레자를 사랑하게 된 결정적인 이유 또한 상상력 때문이었다. 그는 테레자를 자신에게 떠내려 온 '아이'로 상상했고, 한번 사로잡힌 이 상상의 은유, 즉 상징의 이미지에서 벗어나지 못한다. 다시 말해 그가 벗어날 수 없는 것은 여자 자체도 아니고, 테레자 자체도 아니라 자기의 상상력인 것이다.

> 동정심보다 무거운 것은 없다. 우리 자신의 고통조차도, 상상력으로 증폭되고 수천 번 메아리치면서 깊어진, 타인과 함께, 타인을 위해, 타인을 대신해 느끼는 고통만큼 무겁지는 않다.[5]

토마시는 자신의 상상력 때문에 테레자에 대한 동정심에 묶여 버린다. 그는 테레자를 자신에게 떠내려 온 '아기'로 생각하는 걸 넘어, 그녀의 입장에서 그녀가 자신 때문에 겪는 모든 고통과 기쁨을 상상한다. 그는 이미 그녀가 되어 버렸고, 자기 내부에서 치솟아 오르는 상상력의 작용을 멈출 수 없다. 결국 그를 사로잡는 가벼움과 무거움은 모두 상상력 때문에 생겨난 셈이다. 온갖 여자들을 만나며 성관계를 맺고 다니는 것도, 그러면서도 테레자를 떼어 놓을 수 없는 것도 모두 그에게는 '어쩔 수 없는' 일이다. 심지어 외과의사라는 그의 직업조차 사람의 몸을 열어 안을 들여다보고 싶다는 상상력의 열망으로 선택된 것이다.

이처럼 상상, 상징, 은유, 이미지와 같은 측면에 사로잡힌 토마시의 특성은 다른 세 인물의 토대를 이루는 것이기도 하다. 다시 말해 밀란 쿤데라가 그려 내는 인간이란 모두 저마다의 상상적이고 상징적인 차원에 사로잡혀 있는 존재다. 어떤 인간은 삶을 가벼움으로 상상하고, 다른 인간은 삶을 무거움으로 상상한다. 혹은 그 양자 사이를 오가면서 방황한다.

나는 이들의 이야기를 보면서 묘한 비현실성을 느꼈다. 우리의 삶은 좀처럼 특정한 상상에 사로잡힌 자아의 이야기로 환원되지 않는다. 오히려 우리를 장악하는 것은 언제나 현실적이고 외부적인 상황, 조건, 압박인 것으로 보인다. 우리는 삶 전체를 통해서 좋은 조건을 얻기 위해 노력한다. 그래서 좋은 조건을 얻기만 하면, 이를테면 부와 명예를 포함한 사회적인 성공을 성취하기만 하면 모든 문제는 자연스럽게 해결될 것이라 여긴다. 내면적인 문제는 외부적인 문제(특히 돈 문제)가 해결되면 자연스레 해결되는 것이지, 결코 우리 삶 전체를 이끄는 추동력이나 근본적인 원인이 되지 못한다.

실제로 우리의 자본주의사회는 돈으로 모든 것을 해결할 수 있는 방향으로 나아가고 있다. 교육, 건강, 외모, 주거, 여가 등 삶의 총체적인 '질'을 결정하는 행복의 문제 역시 돈을 통해 모두 해결 가능한 것처럼 말해진다. 그런 상황에서 내면을 채우고 있는 자아나 욕망, 혹은 무거움과 가벼움 같은 문제가 무엇이 그리 대수겠는가? 문제는 오직 충분한 돈을 가지고 있지 않다는 것, 혹은 많은 돈을 벌더라도 시간을 빼앗겨 여유가 없다는 정도의 단순한 것 아니겠는가?

하지만 이 소설을 읽고 있노라면, 돈 문제 같은 것은 우리 인생에서 거의 비중을 차지하지 않는 것처럼 느껴진다. 중요한 것은 오직 우리의 자아이고, 우리가 자아를 상상하는 방식이며, 그로 인해 욕망을 느끼고 살아가는 삶의 형태다. 다시 말해 이 소설은 우리의 사랑이나 삶이 우리가 자기 자신을 상상하는 방식에 달려 있는 것처럼 이야기하고 있다. 삶을 결정하는 것은 우리 내부의 자아와 상상이지, 우리 외부의 현실적이고 물질적인 조건이 아니라는 것이다.

사실대로 말하자면, 나는 이러한 관점이 필요했다. 삶의 어느 시점이 지나면, 우리는 자기 인생을 온통 외부적인 조건들의 목록으로 바라보는 경향이 생긴다. 나 역시 예외일 수 없었다. 사랑하는 사람을 택하거나 대할 때도, 그 사람이 내 존재에 얼마나 의미 있느냐는 판단 못지않게 그 사람이 가진 객관적인 조건이 중요해진다. 이는 쿤데라가 말하는 인생의 가벼움도 무거움도 아니다. 오히려 그것은 삶의 범주에조차 해당하지 못한다. 우리는 자신의 자아, 존재, 영혼의 가벼움과 무거움의 연주라는 삶을 통째로 내다 버리면서, 외부적인 조건과 현실의 노예가 되어 버린다. 그러면서 자기 자신의 고유함도, 내 자아의 특별함도, 내 삶의 자긍심도 잃어버린다.

따라서 밀란 쿤데라를 읽어야 하는 이유가 있다면, 그것은 인생을 가볍게 살거나 무겁게 살기 위해서가 아니다. 오히려 우리가 잊고 지냈던, 그럼으로써 거의 잃을 수밖에 없었던 내 자아의 문제를 들여다보기 위해서이다. 우리는 돈이 없거나 직장이 나쁘다는 종류의 문제가 아닌, 내 자아의 결핍과 병, 상상과 같은 차원의 문제를 알아야 한다. 그를 통해, 본질을 마주하는 삶을 살아 내야 한다. 어쩌면 이것이야말로 우리가 문학을 읽어야 하는 이유다.

## 자아의 고유성과 아름다움의 지배

토마시에게 테레자는 결국 그가 선택하게 된 새로운 배우자, 즉 함께 잠을 자는 동거인인 반면, 또 한 명의 연인인 사비나는 그와 오랫동안 '에로틱한 우정'을 유지해 온 정부다. 토마시가 가벼움과 무거움 사이에서 방황하는 존재라면, 테레자는 무거움 자체를 상징하고, 사비나는 가벼움 자체를 상징한다.

테레자와 사비나는 각기 무거움과 가벼움에 짓눌려 있는 인물로 나타나지만, 공통점 역시 존재한다. 그들은 서로 다른 방식이긴 하지만, 공통적으로 '자아의 고유성'과 '아름다움'을 추구한다. 이는 그들 인생의 방향을 결정하는 동시에 사랑의 방식을 결정한다. 다시 말해 테레자와 사비나는 모두 자기 자아의 고유성을 언거나 지키기 위해, 그리고 자신의 세계를 아름답게 느끼기 위해 사랑을 한다.

> 〔테레자는〕 자신의 육체를 유일하고 대체 불가능한 것으로 만들기 위해 그〔토마시〕와 함께 산 것이다. 그런데 이제 토마시 역시 그녀〔테레자〕와 다른 여자들 사이에 평등의 선을 그었다.[6]

테레자는 자기 육체이자 자아의 고유성, 즉 유일함과 특별함을 얻기 위해 토마시를 사랑했다. 그러나 토마시는 수많은 여자와 성관계를 맺고 다니는 바람둥이였기 때문에, 그러면서도 동시에 오직 테레자만을 사랑하고 그녀와 함께 살았기 때문에, 테레자는 엄청난 딜레마와 고통을 겪는다. 그녀는 그와 헤어져서 어머니에게 돌아가면 다시 자신의 고유성이 사라지는, 모든 사람이 동등(평등)한 세계로 추락하리라는 걸 알았기에 그를 떠날 수 없었다. 하지만 그의 곁에 있어도 문제는 해결되지 않았다. 그래서 그녀가 원하는 것은 그저 그가 다른 여자들을 만나고 다닐 수 있는 힘을 잃는 것이 된다.

우리는 왜 일부일처제라는 연장선에 있는 일대일의 연인 관계에 그토록 집착할까? 적어도 테레자의 관점에서, 그것은 내 자아의 고유성과 관계되어 있기 때문이다. 연인 관계에서 가장 용납할 수 없는 일이 상대가 바람을 피우는 것이라면, 다른 말로 사랑에서 가장 중요한 것은 '상대로 인한 나의 고유성'을 확보하는 일이다. 이는 사랑의 관계에서, 나아가 우리의 인생에서 가장 중요한 것이 '자아의 고유성'일 수도 있다는 점을 짐작하게 한다.

> 고민으로부터 그녀[테레자]를 불쑥 구원하고 새로운 삶의 욕구를 그녀 가슴에 채워 준 것은 다름 아닌 아름다움의 의미였다. 다시 한 번 우연의 새가 그녀 어깨에 내려앉았다.[7]

테레자에게 사랑은 아름다움에 대한 집착이기도 했다. 그녀는 몇 번의 우연이 중첩된 상황을 운명적이라 생각했고 아름답다고 느꼈다. 이러한 우연의 아름다움에서 오는 운명적인 느낌이야말로 그녀의 무거움을 상징한다. 토마시가 그녀를 자신에게 떠내려온 유일무이한 '운명의 아기'라고 생각했듯이, 테레자는 그를 이전에 없던 우연들이 겹쳐 만들어 낸 '운명의 남자'라고 생각했다. 이렇게 한번 운명의 '무거운 느낌' 혹은 '무거운 의미'가 자리 잡으면, 이를 떨쳐 내기는 무척 어렵다.

반면 사비나도 자신의 고유성과 아름다움을 추구하기는 하지만, 테레자의 무거운 방식과는 정반대다. 테레자는 자신의 고유성을 얻기 위해 한 남자에게 절대적으로 머무는 무거운 선택을 했다. 아름다움을 느낄 때도 운명적인 느낌이라는 무겁고 떨쳐 낼 수 없는 순간에 초점을 맞추었다. 그러나 사비나는 고유성을 얻기 위해 기존의 세계로부터 끊임없이 도망가면서, 자신을 옭아매려는 세상을 배반하고자 한다. 그 무엇도 자신을 붙잡아 고정시키지 못하는 데야말로 자신의 고유성이, 즉 완전하고도 아름다운 자유가 있다고 믿는 것이다.

> 배신이란 줄 바깥으로 나가 미지의 세계로 떠나는 것이다. 사비나에게 미지로 떠나는 것보다 더 아름다운 것은 없었다.[8]

사비나는 항상 자기를 둘러싸고 있던 사람과 세계를 버림으로써, 이곳이 아닌 다른 곳이라는 '미지의 세계'를 향해 간다. 이는 소설의 중반부쯤, 토마시와 테레자가 일시적으로 헤어지는 장면에서 토마시가 느낀 것과 일맥상통한다. 토마시는 거리에 넘쳐나는 수많은 여자를 바라보며 '미래로부터 오는 존재의 가벼움'을 느낀다. 그렇게 보면 테레자는 토마시의 무거움과 일치하는 존재고, 사비나는 그의 가벼움과 일치하는 존재인 셈이다. 조금 더 상징적으로 말한다면, 무거운 아름다움에서도 가벼운 아름다움에서도 벗어나지 못하는 토마시가 현현한 각각의 반쪽들이 테레자와 사비나인 것이다.

흥미롭게도 자아의 고유성과 아름다움의 세계, 무거움과 가벼움이라는 네 요소의 협주는 확실히 우리 삶을 설명해 준다. 가령 우리 삶을 지배하고 있는 소비생활은 자아의 고유성과 아름다움의 지향이라는 이중주 속에서 이루어진다. 우리는 타인들과 구별되기 위하여, 다시 말해 자기 자신의 고유성을 얻기 위하여 소비한다. 명품에 대한 소비, 자신을 치장하는 온갖 외적인 요소들에 대한 소비가 그렇다. 최근에는 아름다운 곳에서 커피를 마시고, 밥을 먹으며, 여행을 하면서 만들어 낸 사진 이미지를 SNS 등에 전시하는 것이 이러한 소비행위의 변주에 해당한다. 우리는 왜 그토록 소비를 갈망하는가? 자아의 고유성과 아름다운 이미지에 대한 추구에서 벗어나지 못하기 때문이다.

소비는 자아의 고유성과 아름다움의 세계에 이르는 가장 간편하면서도 휘발적이고 일시적인 방법이다. 보다 진지한 차원에서 이 문제는 사랑과 일, 즉 어떤 사람과 무엇을 하며 살지에 관여한다. 우리 시대의 삶에서 자아의 고유성은 자기가 선택한 바로 단 한 사람, 즉 연인 혹은 반려자에 의해 상당 부분 결정된다. 여러 가지 면에서 배우자의 수준은 곧 자신의 수준을 나타내는 지표가 되고, 성공한 혹은 행복한 삶의 척도가 된다. 바로 타자의 평판에 의해서 자기의 고유성을 획득하는 것이다. 이와 더불어, 내 일이 가지고 있는 상징적 가치, 즉 타인들이 가치 있다고 여기는 정도가 높을수록 우리는 자기 삶을 아름답게 바라보며 긍정하게 된다.

이처럼 자아의 고유성과 아름다움의 문제는 우리를 지배하는 삶의 모습을 여전히 명쾌하게 드러낸다. 한편 무거움과 가벼움의 문제는 보다 복잡하게 우리를 딜레마에 처하게 한다.

그녀[테레자]는 세상일을 너무 심각하게 받아들이며 매사를 비극적으로 생각했기 때문에 육체적 사랑의 가벼움과 유쾌한 허망함을 결코 이해하지 못했다.[9]

자아의 고유성과 아름다움을 위해 '무거운' 삶을 선택하는 사람은 반드시 다른 이들의 '가벼운' 삶에 의해 추궁을 당한다. 일부일처제란 정말로 사랑이 훌륭하게 보존될 수 있는 제도인가? 대부분의 부부는 결국 권태를 겪다가 무덤덤한 관계를 유지하게 되지 않는가? 혹은 고유한 사명을 짊어지고 어떤 일에 투신할 때, 과연 그 일이 다른 것들을 포기할 만큼 가치 있다고 확신할 수 있는가? 오히려 손해 보며 사는 멍청한 일에 불과하진 않은가? 허울 좋게 꿈을 추구한다는 것은 또 어떤가? 결국 궁극적으로 우리 모두가 원하는 것은 화려한 소비생활, 부와 명예에 불과할 뿐 자신만의 꿈과 같은 단어에 대단한 의미를 부여할 필요가 있는가?

사비나는 그녀를 둘러싼 공허를 느꼈다. 그리고 바로 이 공허가 그녀가 벌인 모든 배신의 목표였다면?[10]

반대로 '가벼운' 삶을 선택하는 이들 역시 사비나처럼 '공허'라는 적을 피할 수 없다. 삶에 대단한 의미 따위는 없으며, 그저 최대한 가벼운 마음으로, 무언가를 지켜야 한다는 강박 없이 자유

롭게 사는 것의 '끝'은 어디인가? 결국 다른 사람들은 하나둘 삶의 묵직한 의미를 짊어지기 시작할 때, 즉 가정과 아이에 대한 책임, 사회에 대한 사명, 자아실현에 대한 가치 부여 등으로 자기 삶을 무겁게 고정시켜 갈 때, 자기 혼자만 바깥으로 밀려나 허공에 떠 있다는 느낌을 피할 수 있을까? 혹은 한 이성에게 운명을 덧씌우는 삶이 허구적이라 생각하여 무수한 이성들을 그때그때 만나며 살아가는 삶도 언젠가는 지치게 되고, 더 이상 자유롭다는 기분을 느끼기는커녕 자유 자체에 짓눌려 버리는 상황이 도래하진 않을까?

나는 이와 같은 문제가 마찬가지로 내 삶을 지배해 왔고, 앞으로도 지배하리라는 걸 깨달았다. 나는 매사에 삶을 운명으로 여기는 무거움의 관점에서 벗어날 수 없고, 동시에 삶의 가벼움을 향한 충동 역시 버릴 수 없을 것이다. 또한 양자의 어떠한 방식을 통해서든, 내 자아의 고유성을 더 공고하게 찾아가면서, 가장 아름다운 삶으로 향하는 일을 포기할 수 없을 것이다.

다만 내가 원하는 게 있다면 언제나 삶의 본질, 혹은 자아의 진실을 잊지 않는 것이다. 정말로 내가 바라는 게, 나아가 모든 사람이 원하는 게 자아의 고유성과 아름다움이라면, 그를 위한 보다 진정한 방식이 있다고 믿는다. 나는 삶을 정립하는 일에 관심을 기울이고 싶다. 그러기 위해서는 운명이나 충동, 혹은 옳음이나 그름과는 다른 종류의 척도가 필요하리라는 생각이 든다. 그 척도를 위해 다른 한 인물과, 한 동물의 이야기를 들어 보려 한다.

## 생생한 현실감의 세계

아직 네 주요 인물 중 프란츠에 대한 이야기를 하지 않았다. 그는 토마시가 떠난 뒤 사비나의 새로운 애인으로 등장한다. 그는 무거움의 상징에 사로잡힌 존재로 죄의식과 정조를 중시하면서, 사비나와 헤어진 이후에도 '상상의 사비나'와 함께 사는 몽상적인 인물로 그려진다. 문학 교수인 그는 자기가 속한 학문의 세계가 답답한 비현실이라 느끼는 반면, 거리에서 혁명의 행진을 하는 이들의 세계야말로 현실이라고 느낀다. 그가 사비나에게 사랑에 빠지는 것 역시, 사비나가 그러한 '현실 쪽'에 속하는 여자라고 상상했기 때문이다.

프란츠를 굳이 앞의 세 인물과 함께 다루지 않은 이유는 그가 지닌 '현실과 비현실'이라는 구도의 독특함 때문이다. 소설 내에서 다른 인물들은 어떠한 상황에서도 어느 쪽이 현실이고, 다른 어느 쪽이 비현실이라는 식으로 생각하지 않는다. 그들에게는 모든 것이 현실일 뿐이다. 토마시가 여러 여자를 쫓아다니거나 테레자를 사랑하는 것도 같은 현실이고, 테레자가 토마시에게 집착하거나 그를 증오하는 것도 같은 현실이며, 사비나가 다른 이들을 배신하며 느끼는 희열이나 공허도 같은 현실일 뿐이다. 그러나 프란츠만은 자기의 세계에서 현실과 비현실을 구분한다.

프란츠는 책에 파묻힌 그의 삶이 비현실적이라 생각했다.

> 그는 현실적 삶, 다른 남자들, 혹은 다른 여자들과 나란히 걸으며 느끼는 접촉, 그들의 환호 소리를 희구했다.[11]

프란츠는 도서관과 연구실에 갇힌 자신의 삶을 '비현실적'이라고 느꼈다. 사랑이 없는 그의 가정생활, 부부 관계도 마찬가지였다. 그가 원한 것은 오로지 '현실감'이었다. 사비나를 만나면서, 권태롭고 무미건조했던 도시는 그에게 온통 활기를 띤 모험의 도시로 보이게 되었다. 거기에 더해, 사비나가 혁명의 나라에서 왔다는 사실이 그녀에게 더 '생생한 현실감'을 불어 넣었다. 이후 그는 그 현실감의 세계를 따라서 혁명의 대장정에 참여했다가 목숨까지 잃게 된다.

나는 인간을 설명하기 위해 쿤데라가 도입한 개념들, 그러니까 자아의 고유성, 아름다움의 세계, 무거움의 의미, 가벼움의 춤과 같은 것보다 이 '현실감'이야말로 내 삶을 설명하는 가장 적절한 단어라는 생각이 든다. 지난 삶이란 오직 나에게 현실이라고 믿어지고 느껴지는 것을 향해 좇아온 시간이었다고 생각되기 때문이다.

처음 대학교에 입학했을 때만 하더라도 동기와 선배들이 공유하던 세계는 나에게 그다지 현실이라고 느껴지지 않았다. 평소에는 학점 관리를 하거나 취직 준비를 하고, 그 외의 시간에는 술을 마시며 노래방이나 당구장 따위를 다니는 일상이 도무지 '나의' 현실이라고는 느낄 수 없었다. 나에게는 이전부터 사랑했던 무한한 철학과 예술의 세계, 특히나 과거 유럽으로 상징되는 먼 땅에 대한 낭만적 지향이 있었다. 그래서인지 오히려 혼자 관련된 책을 읽거나 공부를 할 때, 더 강렬한 현실감을 느끼면서 '현실 쪽'으로 가고 있다는 느낌이 들었다.

현실감을 느끼는 방향은 몇 번의 전환을 겪기도 했다. 너무 오랫동안 책과 씨름하며 몽상의 세계에 빠져 있다 보면, 때때로 참을 수 없는 답답함을 느꼈다. 그럴 때는 바다를 보러 가거나 화려한 시내로 나가서 시간을 보내곤 했는데, 그 모든 것은 나에게 현실감의 균형을 찾는 일이었다. 어쨌든 나는 스스로가 현실이라고 믿을 수 없는 곳에서는 늘 불안이나 초조함, 갑갑함 같은 것을 느꼈다. 그런 나의 '감정'이야말로 내가 가장 신뢰할 만한 나침반이라고 생각했다. 그렇게 내가 할 일과 내가 속할 세계를 골라 왔다.

그렇기에 내가 가장 동질감을 느낀 인물은 프란츠였다고 해도 무방하다. 프란츠는 현실감을 강렬하게 느낄 수 있는 세계야말로 가장 아름답다고 생각했다. 무엇을 진짜 현실이라 믿을 것인가, 하는 문제야말로 삶에서 핵심적인 것이다. 자신이 걸치고 있는 상품들의 수준으로 서로를 비교하는 소비의 세계, 얼마나 더 세부적인 지식을 많이 알고 있냐로 겨루는 학문의 세계, 많은 사람과 웃고 떠들며 소속감과 행복을 느끼는 세계 같은 것들이 있을 수 있다. 반대로 사랑하는 사람과 이루어 가는 둘만의 세계, 내가 진정으로 열의를 느낄 수 있는 일에 몰입하는 세계, 가치 있는 것들을 이루어 간다고 믿어지는 세계가 있을 수 있다. 내가 원하는 세계가 후자 쪽이었다는 점에서, 오직 그러한 세계만을 현실로 믿고 싶었다는 점에서 나는 프란츠처럼 '몽상가적 인물'로 분류되어도 이상하지 않을 듯싶다.

그렇게 보면 쿤데라가 제시했던 고유한 자아, 아름다움, 무거움, 가벼움의 요소들에 따른 인간의 분류도 무엇을 '현실'이라고 느끼는지에 관련된다고 볼 수 있다. 현실감이라는 손에 잡히지도 않고 측정할 수도 없는 '묘한 감각'이야말로 그 모든 것들에 앞서 존재하는 우리 내부의 핵심이 아닐까? 결국 우리가 특별하고 고유해지고 싶다거나, 아름다움을 느끼고 싶다거나, 인생의 운명적인 의미를 얻고 싶다거나, 가볍게 춤을 추듯 도망가고 싶다거나 하는 그 모든 것들이 '무엇을 더 생생한 현실'이라고 느끼는지에 따라 '이미' 결정되어 있는 것은 아닐까?

그렇다면 가장 중요한 것은 우리가 무엇을 현실로 선택할 것인지, 나아가 현실로 느낄 것인지가 되는 셈이다. 쿤데라의 인물들은 이러한 '현실 선택'에서 그다지 현명함을 발휘하지 못하는 이들이다. 토마시는 여러 여자에 대한 충동과 테레자에 대한 책임 사이에서 끊임없이 방황하며 휘둘리는 존재로 묘사된다. 테레자 역시 토마시를 떠나 온전한 삶을 쟁취하지 못한다. 사비나도 궁극적으로는 공허에 이를 수밖에 없는 무한한 배신과 회피의 삶으로 이끌려 간다. 프란츠 또한 현실과 몽상을 뚜렷이 구분하지 못한 채 죽음에 이른다. 쿤데라가 볼 때 이는 인간의 운명이기도 하다. 우리 인간은 머릿속을 지배하는 일련의 관념, 상상, 상징, 의미 따위에 휘둘릴 수밖에 없는 것이다. 그런데 인간이 아닌 동물에게는 이러한 문제가 없다.

> 무엇보다도 어떤 인간 존재도 다른 사람에게 전원시를 선물할 수 없다. 오로지 동물만이 할 수 있는데, 동물만이 천국에서 추방되지 않았기 때문이다. (…)
> 카레닌이 개가 아니라 인간이었다면 틀림없이 테레자에게 오래전에 이렇게 말했을 것이다. "이봐, 매일같이 입에 크루아상을 물고 다니는 게 이제 재미없어. 뭔가 다른 것을 찾아줄 수 있겠어?" (…) 인간의 시간은 원형으로 돌지 않고 직선으로 나아간다. 행복은 반복의 욕구이기에, 인간이 행복할 수 없는 것도 이런 이유 때문이다.[12]

개는 무겁지도 가볍지도 않다. 개는 자기 삶의 운명적이고 무거운 의미를 추구하지도 않고, 가벼운 자유를 향한 충동에 이끌려 가지도 않는다. 개는 그저 매일 반복되는 일상 속에서, 매번의 생생함을 느끼고, 삶 전체를 생생한 현실로 받아들인다. 개에게는 외부가 없다. 개는 지금 여기의 현실이 아닌 다른 곳을 꿈꾸며 현실이라 믿지도 않고, 이곳의 현실이 반복된다고 권태를 느끼지도 않는다. 매일 똑같은 산책, 똑같은 식사, 똑같은 놀이에서 같은 생생함을 느낀다. 그렇기에 개의 삶은 전원시적이다. 전원시 같은 영구한 행복, 영원히 똑같은 평화, 생생한 축복의 삶이 가능하다.

인간 삶의 온갖 아이러니와 복잡다단함에 대해 이야기하는 『참을 수 없는 존재의 가벼움』이 “카레닌의 미소”라는 제목의 장으로 마무리되는 것은 흥미롭다. 언뜻 느끼기에, 이는 인간에게 ‘출구가 없음’을 드러내는 것처럼도 보인다. 우리가 물질적 안정을 위해 공무원이 되거나 열정적인 꿈을 좇아 예술가가 되든, 아름다운 가정에 대한 희망으로 일부일처제의 삶을 살거나 자유로운 욕망을 좇아 혼자 사는 삶을 살든, 도시에서 부대끼며 성취하는 세계를 택하거나 시골에서 사는 평온한 세계를 추구하든, 우리는 정답을 알 수 없고, 자신이 하지 않은 선택을 꿈처럼 바라보며, 또 늘 새로운 현실감을 얻기 위해 전전긍긍할 수밖에 없을 것만 같다.

책을 덮고 나서 꽤 오랫동안 고민이 이어졌다. 인간이 근원적으로 천국에서 추방당한 존재이고, 그 어느 쪽을 택하더라도 온전한 삶 따위는 불가능하다면, 나는 무엇을 내 척도로 삼고 살아야 할까? 하나 분명한 것은 이 소설에 등장한 어떠한 인물의 삶도 내 삶이길 바라지 않았다는 점이다. 차라리 나는 테레자의 애완견인 카레닌을 닮고 싶었다. 매일 크루아상을 물고 다니는 것으로도 충만한 삶을 살고 싶다고 생각했다.

그렇다면 나에게 ‘크루아상을 물고 다니는 것’이 무엇인지 생각하지 않을 수 없었다. 우리의 삶은 매일이 다르고, 또 매년이 다르다. 그러나 먼발치에서 바라보면, 언제나 반복하게 되는 것들이 있다. 나에게 필요한 것은 반복의 승인이었다. 매일 시작해도 새로운 아침의 느낌, 매일 짓더라도 새로운 문장들의 글쓰기, 매일 만나더라도 새롭게 발견하는 연인의 습관, 매일 걸어도 질리지 않는 산책길의 느낌, 매일 마감해도 달콤한 하루의 끝과 같은 영원함이 필요하다는 생각을 했다. 아무래도 삶에서 그 밖의 것들은 미천한 것이다.

결국 생각은 어쩌면 밀란 쿤데라가 의도했던 바대로, 처음으로 되돌아간다. 이 소설은 '니체의 영원회귀'에 대한 서술로 시작되었다. 그리고 영원한 반복의 오늘 속에 사는 개의 이야기로 끝이 난다. 니체의 영원회귀는 우리의 모든 순간이 영원히 되풀이된다고 말하는, 우리에게 절대적인 책임을 부여하는, 순간과 선택에 관한 가장 무거운 관점이었다. 그러나 개의 순간들이 그토록 무거운 의미 속에서 반복된다고는 말하지 못할 것이다. 오히려 개가 가진 전원시적 풍요는 순간을 대하는 무한한 가벼움에서 온다고 말할 수도 있다. 다시 말해 그것은 가장 무거운 순간이자 가벼운 순간이라 볼 수 있으며, 그 어느 쪽도 아니라고 말할 수 있기도 하다. 그저 '가장 생생한 순간의 영원한 반복'이라고 이름 지을 수 있을 뿐이다.

나는 이 반복적인 삶을 승인하고 싶다. 삶의 거창한 서사도, 대단한 의미도, 성공과 실패의 관점에서도 벗어나 그저 반복되고 싶다. 애초에 생각했던 '최고의 삶'이란 이곳이 아닌 다른 어떤 곳에서 나를 기다리고 있는 진짜 현실이나, 더 생생한 현실이나, 더 아름다운 무엇이 아니라 그저 늘 반복되고 있는 오늘임을 믿고 싶다. 오늘도 나는 크루아상을 입에 물고 꼬리를 잘도 흔들었다고 생각하고 뿌듯한 피로를 느끼며 잠들고 싶다. 그렇게 하루하루를 승인할 수만 있다면, 나에게 더 필요한 것은 없으리라는 생각이 든다. 매일 오늘 하루도 생생한 현실감을 느꼈느냐는 질문에 그렇다고 대답할 수 있다면, 삶의 복잡한 번뇌 같은 건 그다지 필요하지 않으리라.

# 3부

# 삶의 운명을 믿는 일에 관하여

# 어려운 삶을 향한 고집

**라이너 마리아 릴케, 『젊은 시인에게 보내는 편지』**

## 운명을 다시 만나는 일

릴케의 『젊은 시인에게 보내는 편지』는 어느 날, 아무런 예고도 없이 내 안에 날아들었다. 아무런 무게감도 없이 기억 저편에 묻혀 있던 책이었다. 그러나 무슨 이유에서인지 나는 그 책을 꼭 다시 읽어야만 한다는 생각에 사로잡혔다. 기억하기로는 어느 시인 지망생에게 몇 가지 조언을 하는 편지 모음집이었는데, 차분한 고독이 중요하다는 이야기 정도가 담겨 있는 책이었다. 이십대를 시작하던 무렵, 나는 책의 무덤에 갇혀 있었다. 세상에는 나를 유혹하는 책이 너무 많았다. 나는 거의 이삼 일에 한 권 꼴로 책을 읽어 젖혔는데, 그러다 보니 당시 읽었던 대부분의 책이 희미한 이미지만 남아 있을 뿐 제대로 기억나지 않았다. 릴케의 서한집 역시 하루인지 이틀에 걸쳐 읽고 스쳐 지나갔던, 무덤의 일부에 불과했다.

나는 그런 문학의 기억상실증을 조금 극복해 보고 싶어졌다. 과거에 읽었던 책을 모두 다시 읽을 수는 없었다. 방학이니 휴학이니 해서 언제까지고 책만 읽을 수 있던 시절은 확실히 지나 있었다. 아마 앞으로도 평생 그런 시간은 오기 힘들 것이다. 해야 할 일들은 달력 가득히 나를 기다리고 있었다. 대학원 공부와 조교 업무, 이후 일종의 프리랜서 생활을 하면서 나는 스스로의 시간을 책임져야 하는 입장에 있었다. 그러니 마음 편히 다시금 문학의 무덤에 갇히는 일은 불가능했고, 몇 권의 책만 골라 읽어야 했다. 그중 처음으로 떠오른 책이 『젊은 시인에게 보내는 편지』였다는 것은 여전히 이상한 일로만 생각된다. 정말이지 나는 그 책을 지난 십여 년간 거의 생각조차 하지 않았기 때문이다.

그 책을 읽어야만 한다는 생각에 사로잡혀, 집안을 뒤져 보았으나 찾을 수 없었다. 나는 서울에서 혼자 자취를 하고 있었기 때문에, 책들이 천 단위가 넘어가면서부터는 반드시 다시 읽고 싶은 책을 제외하고는 꾸준히 고향집으로 보내고 있었다. 책이 내 방에 없는 걸 확인하고, 아버지께 전화해서 책을 찾아 달라고 부탁했으나 며칠째 감감무소식이었다. 결국 나는 더 참지 못하고 집 앞의 서점으로 나섰다. 다행이 꽂힌 지 오래되어 살짝 빛이 바랜 한 권이 남아 있었다. 나는 집에 오자마자 침대에 누워 책장을 넘겼다. 그래도 될 법한 오후였다. 마침 책 한 권의 초고를 탈고한 상태였고, 딱히 만나고 싶은 사람도 없었으며, 계획이라야 밀린 빨래를 해야겠다는 것 정도밖에 없었으니까.

『젊은 시인에게 보내는 편지』를 다시 읽고 싶다고 생각했을 때, 먼저 떠오른 것은 그 책을 처음 읽던 당시의 느낌이었다. 나는 햇볕 드는 오후에, 혼자 방 안의 침대에 앉아 그 책을 읽고 있었다. 약간 지루하기도 했지만, 그보다는 깊은 평온함을 느꼈다. 존대어로 번역된 릴케의 차분한 언어에는 어딘지 마음을 가라앉히는 데가 있었다. 그는 계속해서 '고독해야 한다'라고 강조하는데, 그 반복되는 말들이 음악이 되어 묵직하게 박혀 들어오는 듯했다. 당시에는 그다음에 읽어야 할 책의 무한한 리스트 때문에 그 책에 오래 몰입하진 못했지만, 그 오후만큼은 내게 확실히 남아 있었다. 아마도 나는 그 느낌을 다시 찾아 책을 집어 들었을 것이다.

> 우리는 우리가 운명이라고 부르는 것이 바깥으로부터 우리의 안으로 들어오는 것이 아니라 우리 자신으로부터 생겨나는 것이라는 사실을 서서히 인식하게 될 것입니다.[1]

릴케의 편지들을 다시 집어 든 것도 하나의 운명이라 볼 수 있을까? 그렇다면 운명은 내 안에서부터 시작된 것이었다. 꽤 오랫동안 나는 문학을 멀리하고 있었다. 문학을 전공하고 있었지만, 진심으로 문학을 대하던 마음은 오히려 줄어들고 있었다. 논문이나 과제를 위해 억지로 문학을 뜯어 읽고 나면, 혼자 있는 시간에는 차라리 사회학이나 종교 서적 등 다른 종류의 책을 읽는 게 더 좋았다. 문학에 진심으로 감응하여 내 존재와 삶을 이해하고 받아들이던 것은 먼 옛날의 일에 불과했다. 더군다나 문학 이론이라는 것을 공부하면 할수록, 모든 문학은 점점 더 뻔하게만 느껴졌다. 이를테면 이 작품은 무슨 시대의 낭만주의 문학이고, 또 다른 작품은 당대의 사회상이 잘 반영되어 있고, 또 어떤 작품은 수용자적 관점에서 훌륭한 점들이 있고…… 따위로 단순화되는 것이었다.

하지만 릴케의 편지를 하나씩 읽으면서, 나는 머릿속이 정화되는 듯한 경험을 했다. 이 편지들은 확실히 나에게 무언가를 되돌려주려 하고 있었다. 내가 읽었던 세계에 대한 느낌, 삶에 대한 감각, 문학과 언어를 대하던 태도 같은 것들이 되살아나고 있었다. 문학작품을 통해 삶을 만나는 것, 진정한 세계와 접속한다는 그 오랜 느낌이 어렴풋이 도래했다. 그러한 느낌은 총 열 편의 편지 중에서 네 번째 편지를 지나면서부터 찾아왔다. 나는 이 책이, 다시 문학이 믿고 싶어졌다. 그러니 이 책은 내게 운명이나 마찬가지였다. 이로부터 내 안의 가장 절실한 기억이자 지난 시절의 전부나 다름없었던 문학이 다시 시작되었다.

우리의 미래가 우리의 내면으로 들어서는 언뜻 보기에 아무런 사건도 없는 경직된 순간이, 미래가 마치 외부로부터 우리에게 작용하듯이 일어나는 시끌벅적하고 우연한 시점보다 훨씬 더 삶에 가까이 있기 때문입니다. 우리가 슬픔에 젖어 있을 때 더 조용해지고, 더 인내심을 갖고, 더 마음을 열수록, 새로운 것은 그만큼 더 깊고 더 확실하게 우리의 가슴속으로 들어옵니다. 그만큼 더 훌륭하게 우리는 그것을 우리의 것으로 만들고, 그만큼 더 많이 그것은 우리의 운명이 됩니다.[2]

릴케가 말하는 운명이란, 사주팔자나 점성술에서처럼 이미 예정되어 있는 '외적인 사건'이 아니다. 운명은 우리 자신도 모르게 우리 내부에서 쌓여 오던 어떤 '요구'다. 우리의 마음은 우리가 잘 알지 못하는 방식으로, 완전히 파악할 수 없는 과정을 밟아 움직이고 있다. 그 마음을 알기 위하여 조용해지고, 인내심을 갖고, 내면의 귀를 열다 보면 우리에게 요구되는 '운명'을 알 수 있게 된다. 우리는 자연스레 그 운명으로 이끌려 갈 것이다. 그럴 때 필요한 것은 그저 운명을 받아들이는 태도다.

릴케는 우리 삶이 우리 바깥에 있는 어떤 사건이나 현실에 의해 진행되는 게 아니라고 말한다. 오히려 삶은 우리 안에서 축적되어 오던 가능성들이 퍼져 나오며 실현되는 것이다. 그렇기에 자신의 마음에 충실한 사람에게는 삶의 모든 것이 필연이자 운명이 된다. 그 무엇도 일어나서 안 될 일은 없다. 내가 한동안 문학에 미친 듯이 빠져들었던 것도, 그러다 문학을 완전히 내버리듯 했던 것도, 또다시 문학으로 되돌아온 것도 어떤 필연적인 과정이었을지 모른다.

## 주변의 세계와 세계의 넓음

릴케를 다시 읽던 무렵, 내 주변은 꽤나 메말라 있었다. 친구들은 하나둘 각자의 직장이나 가정이 있는 세계로 멀어졌다. 나 역시 내가 속한 영역에서, 이를테면 학계라든지, 출판계라든지, 언론계라든지 하는 분야의 사람들만 간헐적으로 만나고 있었다. 작가라는 직업의 특성상 공고한 소속감을 주는 곳은 없었다. 또한 내 성격상의 결함 때문인지 주변 세계라고 할 만한 것도 단단하지 못했다. 그저 혼자 일어나 오늘 쓸 것이나 읽을 것을 생각하는 하루들의 무한한 연속, 그리고 이따금 연인을 만나 보내는 날들이 있을 따름이었다.

주변 사람들과의 관계는 이십대 내내 나를 괴롭히던 문제였다. 특히 '친구'라는 문제는 이십대를 시작할 때부터 끝날 때까지 내 머릿속을 가장 혼란스럽게 하고 마음을 어지럽히던 것이었다. 항상 연락하며 서로의 기쁨과 고충을 나누고, 공허한 밤이면 허름한 뒷골목에서 만나 함께 소주 한 잔을 들이켜며, 세월이 흘러도 변치 않고 이어지는 우정이라는 것이 내게 없다는 사실만큼 나를 몰아세우던 문제는 없었다. 나는 그 문제에 직면할 때면, 스스로가 치명적인 결점이 있는 인간으로 느껴지곤 했다. 어떻게든 좋은 친구를 만들거나, 멀어진 옛 친구를 붙잡아야 한다는 강박이 머릿속을 떠나지 않았다.

하지만 거의 비슷한 비중으로, 나는 소위 친구들을 만나는 일에 대한 회의 또한 느끼곤 했다. 내게는 학교나 같은 공동체에서 누군가를 우연히 만나 정이 들어, 때때로 모여 술을 마시며 시시한 농담을 하고 노래나 부르는 일이 나 자신에 대한 배반처럼 생각되곤 했다. 당시 나한테는 무시무시할 정도로 드넓어 보이던 세계가 있었다. 그 속에는 세상의 온갖 음악과 예술, 영화, 문학, 철학 따위가 평생을 투자해도 모자랄 만큼 쌓여 있었다. 나는 그 '세계의 더미'들을 파헤치는 것이야말로 삶에서 가장 가치 있는 일이라고 확신했다. 그러나 내 주위에는 그 세계를 온전히 공유할 수 있는 친구가 없었기에, 언제나 '친구들이 있는 세계'와 '내가 지향하는 세계'는 분리될 수밖에 없었다.

그런 갈등 속에서 어언 십여 년을 보내고, 릴케를 다시 만났다. 십여 년간 길들여져서 그런지, 타인이라는 문제는 이전만큼 내게 골칫거리는 아니었다. 나는 일상적인 외로움을 느끼거나, 박탈감 속에서 괴로워하거나, 회의감에 뒤엉켜 지내고 있지는 않았다. 오히려 내게는 때때로 아주 깊은 평온이 도래하곤 했는데, 특히 온전히 글을 쓰는 아침으로 시작해서, 글을 읽는 밤으로 마감하는 날들이 그랬다. 그럴 때면 세상의 온갖 시끄러운 현실들은 완전히 지워지고, 아주 드넓고 고요한 어떤 세계에 속해 있다는 느낌을 받곤 했다. 사람이라곤 아무도 없는, 그러나 결코 어둡거나 소외되지도 않은, 도리어 아주 밝고 안온한 어떤 세계에 접속해 있는 듯한 느낌이었다. 내가 의지하고 신뢰할 수 있는 건 그럴 때 도래했던 '세계감'이었다. 나에게 성숙이나 성장이라는 게 있었다면 그 세계감 안에 조금 더 오래 머무르는 방법을 익히게 된 것이었다.

> 당신의 고독을 사랑하고 고독이 만들어 내는 고통을 당신의 아름답게 울리는 비탄으로 견디도록 하세요. 왜냐하면 당신은 당신 가까이에 있는 사람들이 멀리 느껴진다고 말씀하셨는데, 바로 그것이 당신의 주위가 넓어지고 있음을 보여 주는 것이기 때문입니다. 당신 가까이에 있는 것들이 멀리 있는 것처럼 느껴진다면, 당신의 영역이 이미 별들 바로 밑에까지 다다를 만큼 커졌음을 반증하는 것입니다.[3]

이 짧은 몇 문장이 내게 준 위안을 이루 말하기 힘들다. 별을 상상하는 것은 보통 어린아이의 일이고, 관대함을 발휘한다 해도 이십대 초반까지나 어울리는 감수성일 것이다. 그럼에도 온갖 갈등과 고민을 겪은 이십대를 바감할 때까지도, 나에게 가장 큰 위안을 준 것들은 어딘가에서 여전히 떨어지고 있을 유성과, 어느 툰드라의 오두막에서 피어오르고 있을 굴뚝 연기와, 살인적인 추위만이 남아 있는 북쪽 벌판의 오로라와 같은 것들이었다. 우리 모두는 저마다의 상상으로 삶을 견디고 있다. 내가 삶을 견뎌 낸 방식은 릴케의 방식과 같았다. 세계의 드넓음을, 그 무한함을 상상하며 그 세계감을 잃지 않는 것, 나아가 그 감각을 확장시켜 나가는 일이야말로 내가 배운 가장 값진 것이었다.

주변의 세계가 좁아진다는 것은 내 안의 세계가 넓어진다는 것을 의미했다. 매주 만나야 할 각기 다른 사람들과의 술자리보다는, 이따금 새롭게 느껴지는 산책길과 계절과 밤의 느낌을 나는 더 사랑했다. 오히려 사람들을 만나는 일은 나를 흩트려 놓거나 분열시킨다는 느낌을 줄 때가 더 많았다. 혼자 있는 시간을 사랑한다는 것이 때때로 묘한 죄의식을 느끼게 할 때도 있었다. 하지만 그러한 감정도 극복하고 나면, 반드시 내 안의 괴로움 너머에 있는 어떤 세계를 만날 수 있었다. 누군가 필요하다는 갈망은 세계를 사랑하는 열망으로 대체될 수 있었다. 내가 평온과 행복을 느끼는 방식도 그에 더 가까웠다. 그것은 잘못도, 죄도, 결함도 아니었다.

> 우리는 우리의 현존재를 우리가 할 수 있는 한 되도록 폭넓게 생각해야 합니다. 그리하여 모든 것, 심지어 전대미문의 것까지도 그 범위 내에서 가능해야 합니다. 이것이 근본적으로 우리에게 요구되는 유일한 용기입니다.[4]

릴케를 생각하면 해안 절벽의 한 오두막이 떠오른다. 오두막에는 붉은 장미가 풍성하게 핀 작은 정원이 있다. 그곳으로 향하는 숲길은 좁고 길어서, 대로변에서 내리면 한참을 걸어야 다다를 수 있다. 하지만 일단 숲을 벗어나고 나면 드넓은 평지가 나타난다. 인적이 드문 곳에서 시인은 매일 바다와 마주하며 지내고 있다. 그런데 어쩐지 황량하다는 느낌은 들지 않는다. 오히려 외롭지 않을 정도의 방문객이 언제나 있어서 늘 아늑함과 따뜻함이 가득한 곳이라는 예감이 들게 한다. 아무리 세월이 흘러도 변치 않을 곳에서, 그는 언제까지고 고독을 지키며 세계와의 굳건한 연대감을 유지하고 있을 것만 같다.

릴케는 홀로 있을 수 있는 용기에 대해 이야기한다. 하지만 자세히 들여다보면, 그것은 그저 홀로 있는 것이 아니다. 오히려 이 드넓은 세계 전체, 전대미문의 모든 것과 함께 있는 것이다. 타인이 없는 자리에는 세계가 있다. 그 세계는 결코 빈 공간이 아니며, 온 생명과 자연, 우주가 함께 있는 곳이다. 그러한 세계 속에서 우리는 현재의 입장이라는 것을 벗어날 수 있다. 어느 시대의 어느 사회에 태어나서, 어느 도시에 살고 있는, 어느 직업의 '나'라는 입장이 항상 우리를 사로잡고 있다. 그 입장에 갇혀서는, 끝도 없는 고민과 걱정, 일희일비하는 불안만 있을 따름이다. 릴케는 우리의 입장이나 현실, 주변의 타인이 아닌 '세계'에 접속하라고 속삭인다. 세계 속에서 인간은 자유롭고 고독하다.

## 어려운 것을 향하는 사랑

세계의 드넓음에 접속함으로써 얻게 되는 고독, 또 그러한 고독 안에서의 평온에 대한 긍정은 릴케가 내게 준 가장 큰 위안이었다. 한편 '어려운 삶'에 대한 그의 확신은 내 삶의 가장 중요한 지표이자 기준이 되어 주었다. 릴케는 '반드시 어려운 것을 향해야 한다'고 끊임없이 이야기하는데, 내 기억 속에 그토록 확신에 가득 차서 이와 같은 말을 한 사람은 없었다. 그런 책도, 그런 음악도 없었다. 그렇기에 릴케가 말하는 '어려운 것'을 이해하는 데는 다소간의 시간과 노력이 필요했다.

> 당신은 당신의 고독을 깨고 바깥으로 나가고 싶은 소망이 당신의 가슴속에 존재한다는 사실로 인해 당혹해 하지 말기 바랍니다. 바로 이와 같은 소망이 — 당신이 이 소망을 조용하고도 신중하게 그리고 마치 하나의 도구처럼 사용한다면 — 당신의 고독을 드넓은 땅 위로 펼치는 일을 도와줄 것입니다. 사람들은 지금까지 (인습의 도움을 빌려) 모든 것을 쉬운 쪽으로만 해결해 왔습니다. 쉬운 것 중에서도 가장 쉬운 쪽으로만 말입니다. 그러나 우리가 어려운 것을 향해야 한다는 사실은 분명합니다. 살아 있는 모든 것은 어려운 것을 향합니다.5

흔히 '젊은 날 고생은 사서도 한다'고들 한다. 육체의 한계를 체험하는 무전여행이라든지, 하루 일당을 받는 막일이라든지, 다양한 이성을 만나 보는 욕망의 여정 같은 것들이 이 범주에 속할 것이다. 그래서 항상 행동을 앞세우며 부딪치고, 실패하고, 많은 경험을 한 청춘만이 인생의 진리를 깨닫고 성숙에 이르게 된다는 통념이 널리 퍼져 있다.

하지만 릴케가 말하는 '어려운 것'은 그러한 통념의 '고생'과는 달라 보인다. 릴케는 우리가 무차별적으로 경험하는 그 모든 것을 "인습적인 것"이라고 말하는데, 이를 "아무런 힘도 결실도 없는 비개성적인 우연한 결단일 따름"[6]이라고 규정한다. 다시 말해 그는 일반적인 청춘의 경험이라는 것을 모두 '쉬운 것'이라 말하는 셈이다. 다양한 종류의 아르바이트, 틈 날 때마다 떠나는 여행, 매번 만났다 헤어지는 연애의 경험은 사실 아무런 결실도 없는, 그저 당혹감만을 부추기는 비개성적이고 뻔한 일의 나열에 불과하다는 것이다.

그러면서 릴케는 우리가 진정 추구해야 할 '어려운 것'이란, "무슨 희생을 치르더라도 그리고 어떠한 저항에라도 맞서면서" 자신의 "고유성"을 지켜 나가는 것이라 말한다. 소위 청춘의 경험이라는 것들은 그 자신의 고유성과 개성을 더 깊이 있고 강하게 만들어 줄 때만 의미가 있다. 자기 존재의 진정한 고유성이란, 다양한 일을 그저 양적으로 많이 경험한다고 해서 얻을 수 있는 게 아니다.

실제로 여러 경험이 항상 우리를 성숙시키는 것 같지는 않다.

결국 젊은 날 부지런히 다양한 아르바이트를 하더라도, 대부분은 일정 시기가 지나면 다른 이들처럼 대기업이나 공직에 들어가는 것을 목표로 하게 된다. 연애의 경우에도 청춘을 거치며 진정한 사랑을 깨달아 간다기보다는, 그저 몇 번의 만남과 헤어짐 이후 현실적 조건을 앞세워 결혼 상대자를 찾는 게 일반적이다. 여행 또한 우리의 진정한 자아를 깨닫게 하거나 고유하고 개성적인 존재로 만들어 주는 특별한 계기라기보다는, 그저 다른 사람들이 좋다는 곳을 쫓아다니고, SNS에 전시하고, 현실로 돌아오는 일의 지난한 반복 정도에 불과하다.

> 사회적 통념은 온갖 형태의 피난처를 만들어 놓았습니다. 사회적 통념은 애정 생활마저도 오락 같은 것으로 만들어 버렸습니다. 그 결과 다른 일반 오락들처럼 애정 생활 역시 쉽고 값싸고 위험 없고 그리고 안전한 것으로 만들어질 수밖에 없었습니다.[7]

> 그들은 함께 당혹감을 느끼며 행동합니다. 그들은 그들의 눈에 띄는 인습적인 것을 가급적 피해 보려 하지만, 결국에는 좀 덜 소란스럽기는 하지만 마찬가지로 치명적인 인습적인 해결의 촉수에 걸려들고 맙니다. 왜냐하면 그들을 둘러싸고 있는 모든 것은 여전히 인습이기 때문입니다.[8]

결국 우리가 수많은 곳을 여행하고, 다양한 봉사활동과 아르바이트를 하고, 여러 사람과 만났다 헤어지며 복잡다단한 경험을 하더라도, 그것 자체로는 '어려운 삶'과 본질적으로 관련이 없다. 그 모든 것은 사회적 통념과 인습 안에서 일어나는 일들로, 우리 존재의 본질적인 영역에 관여하지 못한다. 그렇기에 그것들은 진실로 위험한 일도, 어려운 일도 아니다. 진정으로 위험하고 어려운 일이 있다면, 그것은 우리 존재를 송두리째 바꾸면서 성숙시키고 더 깊게 만들며, 존재의 개성을 깨닫게 하는 것이어야 한다.

릴케는 인습과 반대되는 곳에 '사랑'을 놓는다. 어려운 삶이란 사랑을 실천하는 삶이다. 사랑은 가장 흔하게는 이성 간에 나타날 수 있다. 하지만 그럴 때도, 우리는 대부분 '인습적인 연애'를 할 뿐 진정한 사랑을 경험하지 못한다. 두 사람이 만나 데이트를 하고, 스킨십을 하고, 몇 가지 즐거운 일을 해 나가는 '일반적인 애정 생활'이라는 것은 어렵지도 위험하지도 않다. 그러한 연애는 우리 존재를 진정한 고유성으로 이끌지 못한다.

> 사랑은 개인이 성숙하기 위한, 자기 안에서 무엇이 되기 위한, 하나의 세계가 되기 위한, 즉 상대방을 위해 자체로서 하나의 세계가 되기 위한 숭고한 동기입니다. 사랑은 개인에게 주어지는 위대하고도 가혹한 요구입니다. 즉 사랑은 한 개인을 지목하여 그에게 원대한 사명을 부여하는 그 무엇입니다.[9]

사랑은 사랑하는 자를 위대한 세계로 만든다. 사랑은 현실, 인습, 편견, 사회적 통념 같은 것들과 맞서는 자리에만 존재한다. 사랑할 때, 우리는 어떤 의미에서 세상을 버리고 세계를 택해야 한다. 세상은 모든 사람이 공유하는 인습이 사는 곳이다. 그 속에서 우리는 이성을 획일화된 기준으로 판별하며, 그 기준에 따라 쾌락과 애정을 느낀다. 하지만 사랑하는 자의 세계는 통념과 인습, 세상의 기준과 맞선다. 사랑하는 두 사람은 오직 둘만의 관계성 안에서 서로를 위한 세계가 되고자 몸부림친다. 진정으로 가치 있는 것, 진실로 좋은 것, 진짜로 아름다운 것이 무엇인지 고민하며 이전에 없던 사랑을, 세계를 만들어 간다.

그렇기에 릴케는 '어려운 것'으로 향하는 첫걸음으로 사랑을 꼽는 것이다. 여기서 사랑이 반드시 이성 간의 사랑만 의미하는 건 아니다. 릴케는 오히려 '자연'을 사랑해 보라고 말하기도 한다. 우리에게 주어진 세상의 사물을 찬찬히 사랑하는 법을 익혀 나갈 때, 우리 자신만의 고유한 감정, 사유, 감각이 깨어나리라 말하는 것이다. 타인들이 모두 같이 좋아하는 연예인, 명품, 유행에 매달려서야 우리의 고유성은 탄생할 틈조차 없다. 삶을 이끄는 것이 정말로 우리 내부의 고유성이라면, 즉 어떤 개성적이고 독자적인 마음이라면, 그것은 기존의 인습이 아닌 별도의 세계로부터 와야 한다.

당신이 자연을 향해 다가간다면, 그러니까 자연 속의 소박한 것, 거의 눈에 띄지 않는 작은 것, 느닷없이 커져 측정할 수 없는 것 쪽으로 다가간다면, 당신이 보잘것없는 것들에 대한 사랑을 가슴에 품고서, 주인을 모시는 하인처럼 아주 겸손한 태도로 빈약해 보이는 것들의 신뢰를 얻으려고 노력한다면, 모든 것이 당신에게 더 쉽고, 당신과 더 한 몸이 되고 그리고 더욱 친근한 관계가 될 것입니다.[10]

세계를 사랑하는 자, 혹은 서로가 서로의 세계가 되어 사랑하는 연인은 어려운 길을 간다. 릴케에 의하면, 오직 그것만이 옳다. 물론 그러한 사랑은 흔하지도 않고 나 역시 그러한 사랑을 해 왔다고 말할 자신도 없다. 하지만 나는 그의 말에서 거부할 수 없는 매혹을 느낀다. 우리는 단 한 번 산다. 삶은 번복할 수도, 되돌릴 수도 없다. 그렇기에 필사적으로 어떻게 하면 이 삶을 가장 잘 살 수 있을지 고민해야 한다. 나는 그 대답이 타인들이 이룬 것들, 즉 인습적인 것들을 나 또한 답습하며 느끼는 만족감이라고는 생각할 수 없다. 할 수만 있다면, 릴케가 말한 세계를 이루어 가는 삶을 살고 싶다. 비록 언젠가는 끝날 삶이겠지만, 고유하고도 어려웠던 삶의 흔적을 이 세계와 함께 남겨 두고 싶다.

## 삶의 확신감을 얻는 여정

내가 릴케의 '어려운 삶'에 매혹을 느끼는 건 사실이지만, 이러한 취향이 흔치 않을지도 모른다. 릴케는 우리가 어려운 삶을 추구했을 때, 무엇을 얻을 수 있는지 명확하게 이야기하지는 않는다. 편지를 받는 사람이 일종의 시인 지망생이었다는 것을 생각한다면, 그가 원한 것은 좋은 시를 써서 위대한 시인이 되는 일이었을 것이다. 하지만 릴케는 어려운 삶을 추구하다 보면 위대한 시인이 될 수 있다고 말하지 않는다. 오히려 글이 써지지 않는다면, 글 같은 건 쓰지 않아도 그만이라고 말한다. 각자 삶이 이끄는 길이 있을 테니, 그 길을 좇아 어렵게 사는 것만이 우리에게 주어진 일이라는 것이다.

자기 계발서는 항상 우리가 현실적으로 '얻을 것'을 목표에 두고 이야기한다. 부든 명예든, 멋지고 아름다운 이성이든, 화려한 삶이든 자기 계발에는 언제나 얻어야 할 분명한 대상이 있다. 릴케식으로 말한다면, 자기 계발서는 우리에게 사회적 통념과 인습을 추구하게 한다. 일종의 '쉬운 길'인 셈인데, 그럴수록 우리는 더 사회적인 성취나 인습적인 행복에 가까워질 수도 있다. 반면 어려운 길을 고집한다면 사회적 인정으로부터는 멀어지고 고립되면서 박탈감과 열등감에 노출되는 처지가 될 수도 있다. 그렇게 보면 릴케가 꽤나 무책임한 이야기를 하고 있는 건 아닐까?

나는 릴케가 보다 본질적인 것을 말하고 있다고 생각한다. 현실적으로 무엇을 얻을 것인가는 물론 중요하다. 그러나 일반적인 삶이 지나치게 '현실적으로 얻을 것'을 향해 있는 것도 사실이다. 우리 대부분은 거의 평생에 걸쳐 무언가를 얻기 위해 분투한다. 지난 시절들이란, 대체로 '얻지 못해서' 전전긍긍하던 나날들이 아닌가? 우리가 무언가를 정말로 '얻었다'고 믿었던 순간들은 지극히 짧다. 우리에게는 끊임없이 얻어야 할 것들이 주어져 있다. 더 높은 사회적 지위, 더 많은 부, 자식대로 이어지는 더 큰 성공 따위가 우리를 쉴 새 없이 몰아붙이고 있다. 그러나 우리가 실로 원하는 것이 과연 그런 것들일까?

> 고독한 개인만이 하나의 사물처럼 심오한 법칙 아래 놓여 있습니다. 그리하여 그가 집을 떠나 막 터오는 아침 속으로 걸어 들어가거나, 밖으로 나가 사건들로 가득 찬 저녁을 응시하면서 거기서 일어나는 것들을 직접 몸으로 느낄 때, 그가 아직 힘차게 살아 있을지라도 모든 세속적 지위는 마치 죽은 사람에게서 떨어지듯 그에게서 떨어져 나갈 것입니다.[11]

나는 사람들이 진정으로 원하는 것이 있다면, 삶에 대한 어떤 믿음이라고 생각한다. 지금 우리가 발 딛고 있는 순간에 대한 확신을 얻고 싶은 것이다. 우리는 평생 내가 '잘못되지 않았다'는 확신을 느끼기 위해 살아간다. 그러기 위해 진학을 하고, 취업을 하고,

결혼을 하고, 아이를 낳고, 부동산에 투자하고, 자식을 걱정한다. 문제는 그 방법에 있다. 우리는 삶의 진정한 의미와 감각을 원하지만, 그것을 얻는 방법을 모르기 때문에 타인들이 사는 삶을 따라간다. 타인들이 사는 대로 따라 이루면서 안도감을 얻는다.

하지만 우리가 실로 원하는 것은 우리 마음의 가장 깊은 곳에와 닿는 확신감이다. 스스로가 매우 특별한 순간에 속해 있고, 우리 삶이 고유한 가치를 지닌 것이라 느끼길 원한다. 누군가는 그 느낌이 강남 아파트 단지의 생활에, 비행기의 퍼스트 클래스에, 하와이의 풀빌라에, 여의도의 국회의원실에 있다고 생각한다. 또 다른 누군가는 이태원의 클럽에, 멋진 이성과의 잠자리에, 자기 소유의 건물 옥상에 있다고 여긴다. 그러나 릴케가 볼 때, 존재의 확신감이란 그와 같은 '외부'에 있는 것이 아니다. 오히려 우리 내부를 가득 채우며 우리 '안'으로부터 치솟아 오르는 것이다.

때때로 평생에 걸쳐 자기 존재를 찾아 헤매다가 종교에 귀의하는 사람들이 있다. 그들은 재산을 비롯한 물질과 시간을 온통 종교에 헌납하기를 주저하지 않는다. 나는 그들이 이 세상 어디에서도 느끼지 못했던, 이를테면 명품이나 해외여행, 사회적 명예에서도 얻을 수 없었던 어떤 확신감을 종교에서 찾아낸 것이라 생각한다. 세상 그 무엇보다도 자신의 예술에 집착하는 어느 예술가의 마음이 그와 다르지 않을 것이다. 혹은 인생을 다 바쳐 누군가를 사랑하는 사람의 느낌도 그와 같을 것이다. 그들은 때때로 자신이 쌓아 온 사회적 지위나 가정마저 버리기도 한다. 아니, 세상 모든 걸 다 얻었다고 하는 사람들의 광적인 종교 생활이나 불륜, 성과 예술에 대한 탐닉은 얼마나 흔한가? 그런 빈번한 사례들이야말로 우리 삶이 결코 '현실적인 것'만으로는 해결되지 않는다는 증거인 셈이다.

> 이 세계가 공포를 지녔다면, 그것은 우리의 경악이요, 이 세계가 심연들을 갖고 있다면, 그 심연들은 마땅히 우리의 것이며, 이 세계 속에 위험들이 존재한다면, 우리는 그것들을 사랑하려고 노력해야 합니다. 늘 어려운 쪽을 향해야 한다는 기본 원칙에 따라서 우리가 우리의 삶을 이룩해 나간다면, 지금 당장은 우리에게 낯설어만 보이는 것도 우리에게 더없이 친숙하고 소중한 것이 될 것입니다.[12]

우리의 내면은 고유한 시간의 과정을 밟아 나간다. 그렇기에 현실적인 의무들만을 철저히 밟아 살아가는 인생이야말로, 가장 심각한 종류의 정신적 문제들이 동반되기도 한다. 한참의 세월이 흘러 도래하는 일상적 히스테리와 갱년기 우울증, 삶에 대한 회의, 사랑이 없는 인생에 관해 우리는 너무도 잘 알고 있다. 이는 어쩌면 '쉬운 길'만을 찾아 살아 온 우리에게 존재의 가장 깊은 부분이 가하는 복수일지도 모른다.

릴케는 현실의 과정과 별개로 진행되는 삶에 대해 말한다. 현실

속에서 적당히 성취를 이루며 살아가는 과정이 아니라, 우리 존재의 뿌리 깊은 곳에서부터 우리를 이끌어 당기며 지배하는 '존재감'에 대해 이야기한다. 우리가 어떤 '현실'을 살아가든, 어려운 것을 향한 '삶'을 포기하지 말아야 한다고 고집스럽게 말하는 것이다.

어려운 삶이란 우리 존재의 내부에서 시작되는 운명을 믿는 삶이다. 그 운명을 따르고자 한다면, 우리는 필연적으로 세상의 인습과 맞서게 된다. 그럴 때, 고유한 세계와의 유대가 우리를 보호해 줄 것이다. 우리가 지어 가는 세계는 우리에게 가장 깊은 고독과 평안, 존재의 확신감을 선물할 것이다. 또한 궁극적으로 우리가 그토록 바라마지 않는 우리 존재의 진정한 개성에 다다르게 할 것이다. 릴케는 결국 '신'을 언급하는데, 어쩌면 그러한 삶에 이르는 여정이야말로 인류가 오랫동안 찾아왔던 신을 향하는 길일지도 모른다.

> 마음속에 늘 충분한 인내심을 지니십시오. 또한 소박한 마음으로 믿으십시오. 어려운 것을 더욱더 신뢰하십시오. 그리고 그 말고는 삶이 당신에게 벌어지는 대로 놔두십시오. 내 말을 믿으십시오. 삶은 어떠한 경우에도 옳습니다.[13]

릴케가 말하는 것을 나 역시 훌륭히 실천해 왔다고 말할 자신은 없다. 하지만 지난 시절 동안, 어쩌면 나도 그가 말한 '어려운 것'을 향해 왔을지도 모른다는 생각을 조심스럽게 해 본다. 청춘의 끝에서, 나는 도대체 무엇을 향해, 무엇을 위해 그 지난한 시간을 견뎌 왔는지를 고민하고 있었다. 작가로서의 성공? 가장이 되는 삶? 자유로운 쾌락? 그 무엇도 염두에 두지 않은 건 아니었지만, 그중 어느 것도 내가 본질적으로 지향한 것은 아니라는 생각을 지울 수 없었다. 단지 나는 언제나 내게 가장 아름다운 평온을 주었던 세계 속에 있고 싶었다. 그 세계가 주던 감각을 잃지 않고자 했다. 할 수만 있다면 더 그 세계를 연장하기를 원했다. 그런 마음이 때로는 현실에 대한 태만이나 회피처럼 느껴질 때도 많았다.

릴케가 좋았던 이유는 내가 나태하지 않았다고, 도망치려 했던 게 아니라고, 그저 행복만을 바랐던 철없는 어린아이가 아니라고 말해 주는 것 같아서였을지도 모른다. 내가 지향했던 건 쉬운 것이 아니라 정말로 어려운 것이었다는 말을 누군가에게 듣고 싶어서였을지도 모른다. 한 시절을 마감하고, 나는 또다시 어려운 쪽을 향해 한 발을 더 내딛었다고 믿고 싶다. 그럴 때 필요한 것은 세상이나 주변 사람들의 증언이 아니라, 내면에서부터 북받쳐 오르는 고요한 확신이라는 것을 믿고 싶다. 시간이 흐를수록, 나의 외부는 왜소해질지언정 내부는 그 누구도 흔들 수 없을 만큼 가득해질 것을 간절히 바란다.

# 운명을 따르는 삶

**헤르만 헤세, 『데미안』**

## 운명을 찾는 사람들

성인이 된 이후, 서울은 내게 전부나 마찬가지였다. 대학교를 다니며 서울에 살기 시작했을 때, 처음에는 거의 학교 주변을 제외하고는 다른 곳으로 나서지 못했다. 고등학생 때까지 산과 강, 바다 가까이 지내면서 학교와 집만을 왕복했기에, 스무 살의 내게는 카페와 식당, 술집과 노래방 따위가 있는 시내라는 것 자체가 낯설었다. 심지어는 대학교 주변의 작은 번화가라고 할 만한 곳도 잘 가지 않았다. 그저 학교와 도서관, 기숙사, 그리고 뒷산 언저리 정도만이 내가 마음 놓고 다닐 수 있는 활동 반경이었다.

기숙사 생활에 잘 적응하지 못해서 작은 원룸을 빌려 나왔을 때는 더 방에 있는 걸 좋아했다. 과외 수업을 하러 다른 동네를 다니긴 했지만, 스무 살 내 세계의 대부분은 방과 학교였다. 아니면, 책들 하나하나가 만들어 내는 세계들이 바깥세상과 단절된 느낌을 주는 서점을 좋아했다. 시내에 혼자 나설 때면, 나는 거의 빠짐없이 광화문의 교보문고를 들렀다. 그 외에는 안심하고 머물 수 있는 곳이 없었다. 혼자 시내를 걸으면, 사람들이 모두 나를 쳐다보는 듯한 압박감에 쫓겨나듯 방으로 돌아오곤 했다.

방에는 수북이 쌓인 책들과 작은 창문으로 드는 햇빛, 그리고 하늘이 있었다. 방학이면 느지막이 일어나 방 안에 떠다니는 먼지를 바라보고, 혼자 음악을 들으며 요리를 하고, 책을 읽는 게 좋았다. 나는 정신이 좀 산만한 편이었기 때문에, 오후 내내 책을 잡고 있어도 고도로 집중하며 읽진 못했다. 오히려 철저하게 안전하면서도 고요한 내 방에 속해 있는 것 자체를 좋아했다. 떠오르는 생각들을 모두 노트에 적으면서 조금씩 책장을 넘기다 보면, 서서히 해가 저물며 저녁이 왔다. 그렇게 찾아온 저녁은 조금 불안한 느낌을 주면서도, 다가올 밤에 대한 예감으로 젖어들게 했다.

그런 마음속의 풍경은 내 이십대의 절반 이상을 차지하고 있다. 여러 책들 중에서도 일련의 고전문학들과 내가 살았던 방은 떼려야 뗄 수 없는 장면으로 얽혀 있다. 특히 나를 문학의 세계로 이끌다시피 했던 소설가, 내 청춘에 가장 큰 영향을 미쳤던 문학가를 단 한 명 꼽으라면 나는 고민 없이 헤르만 헤세를 고를 것이다. 그는 그 무엇보다도 나의 정신세계를 강하게 지배했던 단 한

명의 인간이었다. 나는 이 세상 그 무엇에도 헤르만 헤세에게만큼 깊이 공감해 본 적이 없었다.

헤세의 전집을 모두 읽고 나서, 온갖 고전과 현대 문학을 뒤져 가며 나를 완전히 젖어들게 할 책을 찾았지만 그럴 수 없었다. 더 쓸쓸했던 것은 시간이 흐르면서, 헤세의 소설을 다시 읽어도 이십대 초반만큼의 전적인 공감을 느낄 수 없었다는 점이다. 그랬기에 전적으로 몰두하고 공감할 수 있는 것을 누리는 방법은 내가 직접 창작하는 것밖에 없었다. 헤세는 내게 일종의 원체험이었다. 나는 처음 헤세를 읽었던 그 세계의 전적인 느낌, 빈틈없이 완벽하게 동일시되었던 느낌을 되찾기 위해 소설을 쓰고, 에세이를 쓰고, 책을 썼다.

그래서 이십대를 마감하고 헤르만 헤세를 다시 읽은 내 감회는 남달랐다. 나는 한때 '헤세의 세계'로부터 벗어났다고 철석같이 믿고 있었다. 헤세는 어디까지나 내가 이십대 초반에 좋아하던, 나에게 문학과 세계 그 자체를 주었지만 점점 멀어져 아득해진 소설가였다. 그럼에도 『데미안』을 다시 폈을 때 처음 본 문장은 그때와는 또 다른 울림으로, 여전히 내 안의 가장 깊은 곳으로 꽂혀 들었다. 결국 나는 『데미안』을 다시 줄을 긋고, 메모를 하고, 페이지를 접어 가며 끝까지 읽지 않을 수 없었다.

> 내 안에서 저절로 우러나오려는 것, 난 그것을 살아 보려 했을 뿐이다. 그게 왜 그리 힘들었을까?[1]

막 성인이 되었을 무렵, 나는 이 문장을 진실로 이해하지 못했다. 아니, 앞으로 나의 삶이 쉽지 않을 거라는, 무던한 내면의 투쟁 속에서 불안과 방황을 겪을 거라는 사실을 예감하고는 있었지만, 실질적으로 알고 있던 건 아니었다. 그러나 그로부터 십여 년이 지나 다시 읽은 이 문장에서, 나는 여전히 헤세로부터 떠나지 않았음을, 오히려 더 그와 가까워졌음을 느꼈다. 내 지난 삶을 단 두 문장으로 설명하고자 한다면, 이보다 더 적절한 문장은 찾을 수 없다. 나는 내 안에서 우러나오는 것들에 따라 살며, 마음의 길에 충실하면서 걷고자 했다. 그러나 그러기 위해 적지 않은 좌절과 방향 전환, 만성적인 불안과 강박을 겪으며 자신을 견뎌야 했다.

내가 유독 다른 사람들보다 더 힘든 청춘을 보냈다거나, 더 많은 방황을 하며 고생을 했다고 말할 생각은 없다. 오히려 나는 몇 가지 점에서 축복을 받았다. 한 번도 돈 버는 일을 손에서 놓은 적은 없었지만 어느 정도 부모님의 경제적 지원도 받았고, 나를 사랑하고 응원하던 사람들이 있었으며, 사회생활에서 몇 가지 운도 따랐다. 오히려 나의 문제는 정신적이고 내면적인 것에 가까웠다. 내가 어떤 존재인지에 관한 정체성의 문제, 어떤 인생을 어떤 태도로 살아야 할 것인가에 관한 삶의 고민, 무엇을 선택하고 포기해야 하는지에 관한 끊임없는 충돌이 청춘 내내 나를 따라다녔다. 이를테면 그것은 『데미안』의 핵심을 관통하는 문제인 '자신의 운명을 찾아내는 것'과 다르지 않았다.

Demian
Die Geschichte einer Jugend
von
Emil Sinclair
S. Fischer Verlag
Berlin

누구나 진정으로 해야 하는 일은 오직 하나, 자기 자신에게 이르는 것이었다. 그는 시인으로 혹은 광인으로, 예언자로 혹은 범죄자로 끝날지도 몰랐다. 이는 그가 관심 가질 일이 아니었다. 그렇다, 결국 그런 건 중요하지 않았다. 그가 해야 할 일은, 아무래도 좋은 임의의 어떤 운명이 아니라 바로 자기 자신의 운명을 찾는 것이고, 그 운명을 자기 내면에서 온전히 끝까지 살아 내는 것이었다.[2]

어쩌면 자신의 운명 따위를 찾는 것은 사치스러운 문제일지도 모른다. 그러나 여전히 오직 현실적인 문제 때문이 아니라, 자기 내면적인 문제에 사로잡히고, 그에 따라 살고, 그것이 가장 중요한 종류의 사람들이 존재한다. 이를테면 예술가들, 종교인들, 학자들 중에 인생의 다른 요소들이야 어찌되든 상관없이 자기의 길에 몰두하는 이들이 있다. 그렇기에 나는 이것이 팔자 좋은 고민이나 시의적절하지 않은 종류의 방황이라고 생각하지 않는다. 여전히 헤르만 헤세를 읽을 수밖에 없고, 그의 자장에서 벗어날 수 없는 이들이 있다. 외적인 현실보다는 내적인 운명에 더 관심 있는 이들이 존재하는 한, 헤세가 읽히지 않는 날은 이 땅에 오지 않을 것이다.

## 운명을 믿는 인문학도의 모순

『데미안』은 주인공 싱클레어의 기나긴 성장 과정을 담고 있다.

부모님이 만들어 내는 순수하고 아름답던 '빛의 세계'에 포근하게 속해 있던 싱클레어는 뜻하지 않게 다소 불량한 친구들과 얽히며 '어둠의 세계'를 알게 된다. 그렇게 부모님에게 숨기는 비밀들이 생겨나고, 점점 독립된 인격체로 자라는 과정에서 데미안이라는 친구를 만난다. 데미안은 인간과 세계의 비밀을 알고 그에 가까이 있는 존재로 묘사된다. 이후 데미안과 헤어지며 학교를 졸업하고, 다른 인물들을 만나면서 끊임없이 자기의 운명을 찾아가는 내면의 과정이 그려진다. 데미안의 어머니를 사랑하고, 다시 데미안과 재회하고, 전쟁에 참가하는 등 몇 가지 이야기도 이어진다.

스토리라인이 있긴 하지만, 이야기 자체의 재미를 느끼며 읽을 만한 소설은 아니다. 오히려 소설은 싱클레어의 내면 서술과 다른 인물들을 통해 나타나는 철학적 성찰에 중점을 두고 있다. 그렇게 보면 재미있는 이야기라기보다는 한 문학인의 자전적인 철학 에세이처럼 느껴진다. 실제로 『데미안』의 문장들은 인물의 개인적인 체험에 대해서만 서술하는 게 아니라, 인간 일반에 대한 나름대로의 보편적 진실을 전달하고자 한다.

> 그것은 아버지의 신성함에 새겨진 첫 칼자국이었다. 내 유년의 삶을 떠받치고 있는, 그리고 누구든 자기 자신이 되기 위해선 넘어뜨려야 하는 큰 기둥에 난 첫 번째 칼자국이었다. 우리들 운명의 내면적이고 본질적인 선線은 아무도 보지 못하는 이런 체험들로 이루어진다. 그런 칼

자국과 균열은 점점 수가 늘어나고, 아물고, 잊혀 가지만, 우리 마음속 가장 비밀스러운 방에서는 여전히 살아남아 계속 피를 흘린다.[3]

헤세는 우리 인간의 '보이지 않는 부분'에 주목한다. 헤세의 소설이 너무나 지루하고 이해가 안 된다는 사람들을 종종 보는데, 그 이유는 아마도 '보이지 않는 측면'으로서의 자기 자신에 대해 둔감하기 때문일 것이다. 반대로 말하면, 대부분의 사람은 보이는 것에 주로 관심이 있다. 자기 자신을 생각할 때도, 외모라든가 사회적 지위라든가 보유한 자본 등 '볼 수 있는 것'으로 자신을 구성한다. 인생의 고민이라는 것 역시 대체로 '보이는 것'과 관련되어 있다.

실제로 우리 시대에 '나는 누구인가'라는 질문은 상당히 곤혹스럽게 여겨진다. 우리는 그런 종류의 질문에 몰두할 만큼 여유롭지 못하다. 인생의 단계에는 항상 해야 할 일들이 주어져 있어서, 그 일들을 서둘러 해치우는 것만으로도 우리는 쉽게 고갈되어 버린다. 학창 시절 우리는 공부를 잘하거나 못하는 사람이다. 그 이후에는 취직에 적합하거나 그렇지 않은 사람이고, 나중에는 결혼하기에, 아이를 키우기에, 중산층에 진입하기에, 해외여행을 다니거나 평안한 노후를 누리기에 충분하거나 그렇지 못한 사람일 뿐이다. 이런 인생의 무한한 현실적 과정에서 '보이지 않는 나'를 고민할 여지는 별로 없어 보인다.

헤세에 유독 이끌리는 사람들은 보이지 않는 것, 즉 '관념적인 것'에 관심이 많은 이들이다. 나는 어떤 본성을 지니고 있는지, 어떤 성향들로 이루어져 있는지, 마음의 중심을 어떻게 잡아야 할지 등 이미 우리 사회에서는 덜 중요하게 취급되고 있는 영역의 고민들이 여기에 속해 있다. 그렇게 보면 나는 이십대의 절반 정도를 그처럼 '중요하지 않은 고민'에 매달려 있는 편이었다. 내 주변에서 이러한 고민을 진지하게 나눌 수 있는 친구가 거의 없었던 걸 생각한다면, 확실히 '관념적인 인간'이 흔한 종류의 사람은 아닌 셈이다.

적어도 이십대의 한동안, '보이지 않는 나'의 존재를 밝혀내는 것보다 중요한 문제는 나에게 없었다. 예를 들어 내가 예술가적 성향의 인간인지, 학자적 성향의 인간인지를 거의 매일같이 고민했다. 만약 내가 예술가적 성향의 인간으로 밝혀진다면, 나는 계속해서 소설을 써야 한다고 믿었다. 반면 학자적 성향의 인간으로 판명 난다면, 소설을 창작하기보다는 문학이나 철학을 공부하는 연구자의 길을 가는 게 운명이라고 생각했다. 아니, 내가 궁극적으로 어떤 직업을 갖게 될지조차 부차적인 것에 불과했다. 그저 나의 운명적인 성향을 아는 것 자체가 더 중요했다. 그러니까 나는 운명을 믿는, 운명론적인 인간이었다. 나 자신의 역할이라는 게 있다면, 나의 운명적인 성향을 밝혀내 그것에 순응하는 것이라 믿고 있었다.

단 하나, 내가 할 수 없는 게 있었다. 내 내면에 어둡게 숨어 있는 목표를 끄집어내 다른 사람들이 하듯 눈앞에 분명히 그려 보이는 일이었다. 교수나 판사, 의사나 예술가가 될 것이고, 그러자면 얼마나 걸리고 어떤 장점들이 있는지를 정확히 아는 다른 사람들처럼 말이다. 난 그것을 할 수 없었다. 아마 나도 언젠가는 그런 무엇이 되겠지만, 내가 그걸 어떻게 안단 말인가. 아마 나 또한 찾고 또 계속 찾아야겠지, 여러 해 동안. 그러고는 아무것도 되지 못하고, 어떤 목표에도 도달하지 못할지도 모른다. 어쩌면 어떤 목표에 도달하지만, 그것은 악하고, 위험하고, 끔찍한 것일지도 모른다.[4]

'운명'이나 '목적', '내면의 본질'과 '고유의 소명' 같은 헤세의 소설을 지배하고 있는 언어들은 확실히 보이지 않는 것의 존재를 가리킨다. 사실 이런 단어들은 현대 철학의 특정 조류에서는 거의 사장된 단어들이나 다름없다. 여전히 뉴에이지New age라 불리는 문화적이고 종교적인 운동에서는 이와 같은 단어들을 사용하며 사람들의 공감을 얻고 있지만, 포스트모더니즘postmodernism을 필두로 한 현대 철학의 경향에서는 기만적인 이야기로 취급된다. 인생의 운명을 운운하는 것은 선진국의 팔자 좋은 중산층 사람들이 하는 자기 합리화에 불과하다는 것이다. 뉴욕에 살며 매달 오천 달러쯤 버는 사람에게는 운명이 있을 수 있다. 그러나 케냐에서 태어나 물 부족으로 사망한 아이에게 운명을 운운할 수는 없다.

문학과 철학 언저리를 헤매며 공부했던 나 역시 그런 영향에서 자유로울 수 없었다. 내가 몇 권의 책을 쓰며 일관되게 이야기했던 것 또한 인간에게 운명 같은 건 없으며, 단지 '운명에 대한 감수성'만이 존재한다는 것이었다. 그럼에도 불구하고 청춘 시절 한없는 불안과 우울에 떨어지는 날이면, 나를 견디게 했던 것이 운명에 대한 믿음이었다는 사실은 부인할 수 없다. 이는 나의 가장 결정적인 자기모순이었다. 나는 철학 공부에서 받은 영향으로 철저하게 운명을 부정했지만, 동시에 운명에 대한 믿음으로 청춘을 견뎠다. 나 자신의 나약함이 한심하고 부끄러웠지만, 그러지 않고는 도저히 그 날들을 버틸 수 없었다. 내 운명은 나를 틀림없이 이끌고 있으며, 언젠가 운명이 실현될 가장 적절한 그날로 나아가고 있다는 신앙이야말로 나를 버티게 했다.

그해 겨우내 나는 이루 형용하기 힘든 내면의 폭풍 속에 지냈다. 고독에는 익숙해진 지 오래라 그로 인해 힘들지는 않았다. 나는 데미안과, 매와, 나의 숙명이자 애인이었던 거대한 꿈속의 이미지와 더불어 살았다. 그 속에서 살기에는 충분했다. 모든 것이 크고 광대한 세계를 내다보고 있었고, 모든 것이 아브락사스를 암시했기 때문이다. 그러나 이 꿈들 중 어느 것도, 내 생각들 중 어느 것도 나에게 순응하지 않았다. 나는 그것들 중 어느 것도 불러낼 수 없었고, 그 어느 것에도 내 마음대로 색을 입힐 수 없었다. 그것들이 와서 나를 사로잡고, 나를 지배하고, 나를 살아가게 했다.[5]

청춘을 정의하는 한 가지 방법은 청춘이 '미결정'의 시기라는 것이다. 아직 인생의 형태가 고정되지 않아서, 어디로도 향할 수 있는 잠재성의 상태가 청춘이라 볼 수 있다. 인생은 대체로 취직을 하고, 결혼을 하고, 아이를 낳으면서 고정되어 간다. 그 이후에도 삶의 변화 가능성이 없는 것은 아니지만, 현실적으로 책임져야 할 것들이 늘어날수록 무한한 잠재성은 줄어 갈 수밖에 없다. 매달 대출을 갚아야 하고, 보험료를 내야 하고, 노후 대비 저축을 해야 하는 조건 속에 묶이면서 우리의 삶은 한정된다. 그렇기에 장기간의 여행을 하고, 다양한 일에 도전하고, 삶의 방향 전환을 비교적 자유롭게 해 볼 수 있는 상황이야말로 청춘을 정의한다.

싱클레어는 어떠한 고정적인 형태의 삶을 결정하지 못한 채 방황하는 청춘을 보낸다. 우리 시대의 입장에서 이는 일종의 특권처럼 보이기도 한다. 애초에 대기업과 공무원, 전문직 같은 지표를 향한 열망이 우리 시대의 일반적인 욕망이기 때문이다. 여기에는 특별한 선택의 여지가 없다. 그저 동일한 목표를 두고 성취하는 소수와 실패하는 다수만이 있을 뿐이다. 하지만 싱클레어에게 중요한 것은 성취하느냐 마느냐가 아니라, 그 무엇도 선택할 수 없다는 점이다. 그에게는 다른 사람들이 원하는 직업과 삶의 형태에 대한 열망이 없다. 그는 오직 자기 내면의 운명에 따라 살고자 한다. 그 운명이 자신을 어떤 형태의 삶으로 이끌지는 결코 알 수 없다.

> 우리가 의무요 운명이라고 느끼는 것은 오로지, 각자 완전히 자기 자신이 되고, 자기 내면에서 작용하는 자연의 싹의 요구에 따라 그 뜻대로 살며, 알 수 없는 미래가 무엇을 가져오든 그에 대한 준비를 하며 사는 것, 바로 그것이었다.[6]

헤세는 우리에게 다가올 미래에 대한 각오를 다질 것을 제안한다. 어떠한 미래가 오더라도 후회 없이 받아들일 용기가 필요하다는 것이다. 하지만 여기에는 반드시 필요한 전제 조건이 있다. 바로 처절할 정도로 자기 운명을 찾기 위한 과정을 겪어야 한다는 것이다. 그저 방탕하게 하루하루를 보내며 멍하니 미래를 기다리는 것은 헤세가 말하는 '운명 찾기'에 해당되지 않는다. 책을 읽든, 영화를 보든, 여행을 하든, 다양한 일을 경험하든 그 모든 것은 자기의 진짜 운명을 찾기 위한 열의로 점철되어 있어야 한다. 이는 진리를 찾고자 하는 고행자의 여정처럼 끊임없이 깨어 있어야 하는 일이다.

> 우리는 깨어난 사람들 혹은 깨어나고 있는 사람들이었

다. 그리고 더 완벽하게 깨어 있기 위해 노력했다.[7]

공무원이 되기 위해 매일 공부하는 고시생처럼, 교수가 되기 위해 매일 도서관을 오가는 대학원생처럼, 자기의 운명을 찾고자 하는 이는 매일 깨어 있어야 한다. 자기에게 도래하는 불안과 좌절감, 우울과 박탈감 역시 운명으로 향하는 일부임을 직시하면서 삶의 전 과정을 견뎌 낼 수 있어야 한다. 그렇게 운명에 충실한 시간을 보낸다면, 그다음에 무엇이 오든 받아들일 수 있을 거라고 헤세는 속삭인다. 그것이 우리의 진짜 운명이라면 말이다.

## 운명에 현실감각을 더하기

헤르만 헤세는 분명 나의 한 시절을 견디게 한 가장 중요한 문학인이었다. 나는 헤세로부터 시작하여 문학의 세계에 접어들었고, 이후 수년이 흐르도록 인문학의 영역을 공부하면서도 헤세에게서 얻은 본질적인 태도를 잃지 않았다. 그것은 어떻게든 내면에서 운명을 찾는 일에 몰두하다 보면, 어딘가 나에게 가장 어울리는 곳에 이르리라는 믿음이었다. 다른 친구들이 하나둘 취직 준비에 골몰하며 멀어져 갈 때도, 나는 골방에 갇혀 문학과 철학의 세계에 파고 들어가는 데 몰두했다.

그러나 한계는 이십대 중반이 넘어가고, 후반에 이르면서 찾아왔다. 다소 자폐적이라 할 만한 세계에 몰두했던 탓에, 내가 전심을 다해 쓴 소설들은 심각하고 고루하다는 평가를 듣기도 했다. 현대의 대중이 좋아할 만한 이야기도, 문체도 아니라는 것이었다. 내가 천착했던 학문의 영역 역시, 일반인들이 보기에는 상아탑 안에서 전공자들끼리 모여 나누는 이해할 수 없는 언어유희에 불과했다. 내가 충실하고자 했던 것은 사실 내 운명의 본질이라기보다는, 그저 몇몇 사람들의 관심만을 받는 소외된 취향의 영역인 것처럼 보였다.

스스로는 나 자신의 본질, 나아가 인간과 세계의 진리를 탐구하며 운명을 찾아간다고 여겼지만, 가장 가까운 사람들에게조차 나의 언어들을 이해받기 힘들었다. 헤르만 헤세는 그처럼 남들에게 이해받지 못하는 성향이야말로 '천재성'의 징표이고 자연과 결부된 '특별한 존재'의 증거라고 속삭였다. 그러나 시간이 흐를수록 그 모든 건 그저 자기 안에 갇힌 자폐증, 자기도취에 머무르는 나르시시즘, 자기 합리화에 불과한 기만이 아닌가 하는 의심을 지울 수 없었다. 무엇보다도 더는 헤세가 말하는 '소외된 천재성'과 같은 것에 머무르고 싶은 생각이 없었다. 나는 한때 스스로를 천재라 믿고 싶었으나, 이제는 천재가 아니어도 좋았다. 내가 원하는 것은 더 이상 갇혀 있지 않는 것이었다.

> 우리가 내면에 지니고 있는 것 이외의 현실이란 없어. 그래서 대부분의 사람들이 그처럼 비현실적으로 사는 거지. 바깥에 있는 것들을 현실이라 여기고 자기 안에 있

> 는 그들 본연의 세계는 입도 뻥끗 못하게 하니까. 뭐 그러면서도 행복할 수는 있겠지. 그러나 일단 다른 것을 알게 되면, 그다음엔 더 이상 대부분의 사람들이 가는 길을 선택할 여지는 없어. 싱클레어, 대부분의 사람들이 가는 길은 쉽고, 우리가 가는 길은 어렵다네.8

내게는 헤세가 좀처럼 강조하지 않았던 것, 헤세의 범주에서 벗어나는 무엇이 필요했다. 그것을 한마디로 요약하자면 '(내면의 바깥에 대한) 현실감각'이었다. 더 이상 내면의 운명을 찾는 집요한 추구가 아니라, 나 자신이 처해 있는 시대적이고 사회적인 위치를 객관적으로 아는 일, 즉 내가 속한 이 시공간에서 타자들과 관계 맺으며 나의 역할을 찾고, 이 세상의 한 지점에 나를 위치시킬 감각이 필요했다. 헤세는 끊임없이 '자기 안의 현실'을 강조하지만, 나는 그가 거부하는 '자기 바깥의 현실'에서 나를 찾을 필요가 있다고 느꼈다.

처음 그 감각을 열어 준 것은 우리 시대 '청춘의 현실'이라는 것이었다. 그것은 헤세가 말하는 모든 인류가 겪는 청춘의 정신적 방황이 아니라, 우리 사회의 우리 세대가 겪는 구체적이고도 현실적인 문제였다. 그 무렵 나는 우리 시대의 청춘을 이야기하는 글이나 책을 읽으면, 헤세를 읽을 때와는 전혀 다른 느낌의 강렬한 공감에 휩싸이곤 했다. 헤세에게서 얻은 공감이 내면적이고 관념적인 인간 본질에 관한 공감이었다면, 청춘 담론에서 얻은 공감은 보다 살갗을 떨리게 만드는 종류의 적나라하고 서슬 퍼런 공감이었다. 나는 그때부터 문학과 철학보다는 여타 사회과학에 관심을 가지고 관련된 책들을 읽기 시작했다. 그렇게 머지않아 청춘으로서 나 자신의 목소리를 담은 첫 책을 출간할 수 있었다.

이후 우리 시대의 사회와 문화에 관한 여러 책을 집필하면서, 나는 지속적으로 헤세에게서 멀어져 간다고 느꼈다. 사실 그것은 문학 자체로부터 멀어지는 일이기도 했다. 몇 년간 나는 주로 현대 사회와 문화를 설명할 수 있는 사회학이나 문화인류학 분야에 매력을 느껴 몰두했다. 또한 강연과 집필, 방송, 그 외 사회생활의 일환으로 다양한 사람을 만나거나 여러 종류의 일을 하며 정신없이 지냈다.

다른 모든 사람도 마찬가지겠지만, 나 역시 마음의 중심을 지킨다는 게 쉽지 않았다. 선택은 거의 매일같이 찾아왔다. 수백 명이 모인 강연장에 나서서 열띠게 이야기를 할 때는 세상이 온통 내 것인 것처럼 집중할 수 있었다. 그러나 돌아서고 나면, 당장 소속 없는 삶에 대한 회한이 밀려왔다. 다른 사람들이 적어도 안정적인 직장 안에서 삶을 기획할 수 있었다면, 나는 또 끊임없이 새로운 책을 떠올리고, 다음의 벌이를 생각하며, 망망대해 같은 미래를 바라보아야 했다. 그 무엇도 고정적이지 않았기 때문에, 나에게 안정을 줄 수 있는 직장에 들어가거나 사업을 해 볼 생각도 했다. 애석하게도 나는 흔들림 없이 운명에 대한 확신을 가지고 삶을 밀어붙일 수 있는 종류의 인간은 아니었다

일련의 고전문학들을 다시 읽기 시작한 건 그 즈음이었다. 특히 나에게 문학의 상징과 같았던 헤르만 헤세를 다시 펼쳐 들었을 때는 오랜 세계를 되찾은 듯했다.

> 틀림없이 나한테 말하지 않은 꿈들이 있다는 걸 알아. 그걸 알고 싶은 생각은 없네. 그러나 말해 두지만 그것을 살게, 그 꿈들을, 그것들을 연주하게, 그것들에 제단을 세우게! 아직 완전하지는 않지만 그것은 하나의 길이야. (…) 마음속에서 우리는 그것을 날마다 새롭게 해야 해. 그렇지 않으면 그것은 우리와 더불어 아무것도 아니야. (…) 두려워하지 말게! 그것들은 자네가 가진 최고의 것이라네! 날 믿어도 돼. 나는 자네 나이에 내 사랑의 꿈들을 너무 억눌렀기 때문에 많은 것을 잃었다네. 그래선 안 돼.[9]

나는 주변의 사람들로부터 조언을 얻으려 하기도 했다. 내가 가진 고민들을 털어놓고, 그들의 말을 귀담아 들었다. 그러나 어떤 누구에게서도 해답을 얻을 수는 없었다. 아무도 타인의 삶에 완전히 접속하여 그 사람의 운명을 알아낼 수는 없다. 결국 종국에는 우리 스스로 자기의 삶을, 자신의 오늘을 선택해야 한다. 하지만 스스로를 전적으로 신뢰할 만큼 나는 심지가 강하지 못했다. 대신 몇몇 문학인들이 자신의 온 마음을 다해 쓴 말들을 믿기로 했다. 동시대의 무수한 사람들이 적당히 내뱉는 말은 혼란만을 가중시켰지만, 영혼을 다해 삶을 마주한 문학인들의 말이라면 믿을 수 있었다. 아니, 믿고 싶었다.

만약 오르간 연주자 피스토리우스가 말한 위의 대사처럼, 내가 가진 '가장 좋은 것'에 따라 내 안에서 세계를 매일 새롭게 만들면서 내 안의 꿈대로 놀이할 수만 있다면, 적어도 그러한 삶의 태도를 유지할 수 있다면, 어떠한 후회도 없이 이 삶을 살 수 있을지도 모른다. 결국 내 삶의 형태를 내가 결정할 수 있다는 오만을 버리는 일이 필요한 셈이다. 내 삶을 만드는 것은 내가 아니라 내 안의 꿈이자 운명인 것이다. 삶의 형태를 내가 결정지어야만 한다는 강박에서 벗어날 때, 도리어 내 안의 운명이 내 삶을 내게 가장 어울리는 것으로 지어 줄지 모른다.

관건은 믿음과 함께 실천하는 것이다. 내 안의 꿈대로 살며 매일 새로운 세계를 만들어 나간다는 것은 무엇을 의미할까? 그에 대한 명확하고 구체적인 답은 없을 것이며, 사람마다 그 방식도 달라야 할 것이다. 다만 적어도 나의 소질과 관련해서, 이것은 끊임없이 쓰는 일 외에 다른 것이 아니라는 생각이 들었다. 무수한 흔들림 속에서도 나를 지켜 낸 것이 하나 있다면, 글쓰기였다. 나는 조금이라도 시간이 나면 글을 쓰려고 했다.

글쓰기야말로 내가 청춘 전체를 통해 일관되게 했던 유일한 것이었다. 스무 살 때의 나와 서른 살 때의 나는 다른 방식으로 다른 고민을 하며 흔들렸다. 그러나 다르지 않은 게 있다면, 홀로

Smith Premier No 1

내 방의 책상에 앉아서 타자를 두들기는 일이었다. 나의 성격이나 모습도, 하고 있는 고민이나 생각도, 곁에 있는 사람이나 살고 있는 곳도, 다시 말해 내 자아나 생활을 이루는 모든 게 달라졌지만 내가 여전히 글을 쓰고 있다는 사실만은 달라지지 않았다. 오로지 방에 앉아 글을 쓰고 있는 나만이 과거로부터 미래로 '마음'을, 어떤 꿈을, 내면의 운명을 이어받고 있었다.

> 내가 만약 아무 요구 없이 아주 단순하게 운명에 몸을 맡긴다면, 그게 더 위대하고 더 옳은 일일 거야. 하지만 난 그렇게 할 수 없다네. 그게 내가 할 수 없는 유일한 일이지. 아마 자네는 언젠가 할 수 있을 거야. 그것은 어려워. 이보게, 그것은 세상에 단 하나 진짜로 어려운 일이라네. (…) 정말 자신의 운명 이외에 아무것도 원하지 않는 사람에게는 이미 동류란 없어. 완전히 홀로 서 있고, 주위는 그저 차가운 우주 공간이 감싸고 있을 뿐이지.[10]

왜 그런지는 정확히 모르겠지만, 나는 나의 의지나 바람과는 상관없이 끊임없이 헤세가 말하는 운명으로, 글을 쓰는 나의 공간으로 홀로 되돌아오고 있다. 그럼에도 여전히 '온전하게 운명에 자신을 맡기지는' 못하고 있다. 온갖 걱정과 번뇌, 고민이 매일같이 머릿속을 휩싸고 돈다. 하지만 나는 신을 믿듯이 헤르만 헤세를 믿고 싶다. 내가 이다음에 어디로 발을 뻗게 되든, 내 온 마음이 지시하는 그 발걸음을 옮길 수 있으리라고, 반드시 그 마음에 따르고야 말겠다고 다짐한다. 그 언젠가는 더 이상 '글 쓰는 일'이 내 운명이 아니라고 믿게 될지도 모른다. 그때는 그것대로 좋다는 생각을 한다.

하지만 적어도 지금은 내게 글쓰기만큼 운명적인 느낌을 주는 것이 없다. 다른 그 무엇에서도 느낄 수 없는 안정과 몰입을 여기에서 얻는다. 글 쓰는 순간만큼은 내가 잘못된 곳에 있지 않다는 확신을 느낀다. 아마도 우리가 삶에서 할 일이란, 그런 확신을 따라나서는 일일 것이다. 헤세를 믿는 일이란, 나아가 나에게 문학을 믿는 일이란 그런 삶의 태도를 믿는 것과 다르지 않다. 또다시 십여 년이 흐르고, 다시 내 손끝이 헤르만 헤세에게 닿는 순간을 상상한다. 그때도 여전히 지난 십여 년 못지않은 흔들림의 순간들 속에서도, 나의 운명을 배반하지 않고 걸어왔음을 다행이라 여길 수 있으면 좋겠다. 무엇이 되어 무엇을 하고 있든, 다시 헤세로 돌아왔음을 느끼고 싶다.

> 사람은 저마다 그 자신일 뿐만 아니라, 단 한 번뿐이고 아주 특별한, 그 어떤 경우에도 중요하고 주목할 만한, 이 세상의 여러 현상들이 단 한 번, 반복되는 일 없이, 거기서 그렇게 교차하는 하나의 점點이기도 하다. 그래서 한 사람 한 사람의 이야기가 중요하고, 영원하고, 신성한 것이다. 때문에 어떻게든 살아가며 자연의 의지를 실현

해 가고 있는 한, 한 사람 한 사람은 경이롭고 충분히 주목받을 만한 가치가 있는 것이다.[11]

# 새로운 신이 필요한 시간

**칼릴 지브란, 『예언자』**

## 신이 있었던 날들

소설가가 되겠다는 열망은 십대 중반부터 시작되었는데, 이십대 중반 무렵까지 이어졌으니 어언 십여 년간 소설을 쓰며 보냈다. 십대 시절에는 야간자율학습을 마치고 자정이 넘어 집에 도착하면, 새벽 서너 시까지 혼자 소설을 쓰는 게 일상이었다. 다른 친구들이 텔레비전을 보거나 게임을 하며 스트레스를 풀 때, 나는 혼자만의 공상을 누리며 시간을 보냈다. 그렇게 비로소 이십대가 되었을 때는, 원하는 만큼 소설을 읽고 쓸 수 있는 자유가 생겼다며 기뻐했다. 무슨 마음의 힘이 있었던지, 세간에는 우리 세대의 절망적인 현실에 대한 공포 어린 이야기가 퍼져 나가고 있었지만, 나는 현실을 등진 채 도서관을 헤매고 골방에서 글을 쓰며 밤을 새는 날들을 이어갔다.

가장 좋아하던 계절은 여름과 겨울이었다. 봄과 가을은 자꾸 어디론가 떠나야 할 것 같이 부산스럽고 아름다워서, 방 안에 가만히 앉아 무언가를 읽거나 쓰기에 적절하지 않았기 때문이다. 특히 여름엔 지겨울 정도로 썼고, 겨울엔 지겨울 정도로 읽었다. 장마가 이어지던 여름, 기막힌 구상이 떠올랐고 머리가 새하얗게 열린 것처럼 잠이 오지 않아 빗소리를 들으며 바깥이 밝아질 때까지 소설을 쓰던 날이 생각난다. 또 어느 겨울, 고향에 내려가 아무도 없던 거실 소파에 누워 강아지를 팔다리에 한 마리씩 끼고 소설을 읽던 오후가 떠오른다.

그 무렵 나는 목욕을 아주 좋아하기도 했다. 혼자 고향의 욕조에 들어가 뿌연 수증기 속에 갇혀 있으면, 그 어디에서보다 마음이 편안했다. 노트를 들고 들어가서, 눅눅해져도 어쩔 수 없이, 무엇이든 생각나는 대로 쓰다 보면 어느새 물이 다 식어 버리곤 했다. 고향에 갈 때마다 하던 목욕은 화장실 공사 이후 욕조가 사라지면서 중단되었다. 우연인지는 몰라도, 그쯤부터는 그렇게 혼자만의 공상을 누리는 것도, 소설을 쓰는 것도 드문 일이 되어 갔다.

한참 뒤 고향에는 다시 욕조가 생겼지만, 목욕을 자주 하지도 않았고, 이따금 하더라도 예전만큼 오래 있지 않았다. 그 사실을 알게 된 건 어느 날 욕조에서 나오는데 몸이 으슬으슬하지 않다는 사실을 깨닫으면서였다. 늘 차가워진 물에 몸을 떨면서 나오던 시절이 기억나자 슬픈 기분이 들었다. 어떤 여유, 마음의 힘, 내가 속한 시간을 견딜 수 있는 신뢰 같은 것들이 많이 사라져 있었다. 이십대가 끝나가던 그 무렵, 내게는 불안과 초조가 수족냉증처럼 손끝에 남아 있곤 했다. 연인을 만나 손을 잡거나, 글을 쓰는 시간만이 핫팩을 쥔 것처럼 견딜 만했다. 혼자 있는 시간이 아주 좋아서, 내가 속한 이 세계 말고는 아무것도 필요 없던 시절은 저만치 멀어져 있었다.

사람마다 과거를 그리워하는 방식이 다르겠지만, 나는 나를 둘러싸고 있던 그 고요와 평안에서 멀어지는 것이 가장 아쉬웠다. 무엇을 믿고 있었냐고 한다면, 언제까지고 올 것 같지 않던 미래를 가장 믿었던 것 같다. 미래 같은 건 영원히 오지 않는다, 그러니 얼마든지 나는 읽고 싶은 걸 읽고, 쓰고 싶은 걸 쓰고, 생각하고 싶은 걸 생각하면 된다. 결국엔 모두가 잃게 될 그런 막무가내 같은 신뢰가 있던 시절이었다. 어쩌면 그런 믿음이 청춘의 모든 것을 가능하게 한다.

시간이 흐르면서 무엇보다 마음을 다지는 게 가장 어렵고 중요하다는 생각을 했다. 고전들을 다시 읽고 에세이를 한 땀 한 땀 짜내고자 했던 가장 큰 이유도 이런 내 마음을 위해서였다. 수도사나 스님의 마음이 궁금하기도 했다. 어떤 종류가 되었든 신앙생활 같은 것이 필요하다고, 매일 기도를 하고 명상을 하며 고해를 하는 내면의 공간, 그 자리를 공고하게 확보해 나가는 마음의 중심 같은 것이 있어야 한다고 생각했다. 그게 고전적인 인격신이

든, 보다 세련된 형태의 자연신이나 혹은 그저 마음 깊은 곳의 실체 같은 것이든, 막연한 종류의 신앙심에 닿고 싶었다. 예전에는 생각지도 않았던 감수성이었지만, 어쨌든 피어오르기 시작한 이 마음이 싫지는 않았다. 경건해지고 싶고, 연약한 가운데 기대는 힘으로 강해지고 싶었다. 이제 '영원히 오지 않을 미래'라는 신이 죽었으니, 내게는 다른 신이 필요해진 셈이었다.

그러면서 다시 읽게 된 책들이 있었다. 어쩌면 릴케의 『젊은 시인에게 보내는 편지』 역시 그랬고, 헤르만 헤세의 소설들과 루소, 아우구스티누스, 톨스토이의 에세이들은 확실히 그랬다. 처음 읽게 된 책도 있었는데, 칼릴 지브란의 『예언자』는 그 이후 내가 성경처럼 곁에 두면서 꺼내 읽은 책이었다. 이 책으로 인해 내가 가지게 되었을지도 모를 이 새로운 신앙심에 대해 이야기해 보려 한다. 여기에는 흔한 종교적 목적의 간증이나 전도가 있을 수 없다. 내가 믿고자 하는 이 마음의 영역에서 가장 먼저 배제되어야 할 것이 바로 일반적 신앙의 '배타적인 선긋기'이기 때문이다.

> 그대들 나날의 삶이야말로 그대들의 사원이며 종교인 것. 그곳으로 갈 때마다 그대들 그대들의 전부를 가지고 가라. 쟁기와 풀무, 망치와 피리. 필요해서건, 다만 기쁨을 위해서건 그대들이 만들었던 모든 물건들도 가지고 가라. 왜냐하면 그대들 환상 속에서도 그대들이 이룬 것 이상 오를 수도 없고, 그대들이 실패 이하로 떨어질 수도

없기에. 또 함께 모든 사람들과 더불어 가기를. 왜냐하면 그대들 찬미 속에서도 그들의 희망보다 높이 날 수 없으며, 그들의 절망 이하로 스스로를 낮출 수도 없을 것이기에.[1]

내가 『예언자』와 함께 가려는 곳은 저 드높은 천당도 아니고, 어느 목 좋은 곳에 지어진 교회도 아니다. 그곳은 '나날의 삶'이다. 이 매일의 순간에 모든 것을 들고 가려 한다. 그곳에 가기 위해 필요한 것은 우리를 번뇌에 빠트리는 일말의 환상들, 이를테면 화려하거나 절망적일 미래, 황홀했거나 고통스러웠던 과거에 대한 이미지가 아니라 그저 '지금 여기'에 머물 수 있을 정도의 의연함뿐이다. 더 높이지도 더 낮추지도 않으며, 모든 사람과 더불어 여기에 서 있을 수 있는 매 순간이야말로 내가 얻고자 하는 신앙이다.

## 마음의 집을 짓는 방법

『예언자』는 '산문시'라는 근래 도통 찾아보기도 힘들고, 접할 일도 거의 없는 문학 장르에 속한다. 내용은 '선택받은 자이며 가장 사랑받는 자'인 알무스타파가 오르팰레즈 시市의 사람들에게 사랑, 일, 자유, 이성, 열정, 고통, 시간, 종교 등 여러 주제에 대해 종교적이거나 철학적인 지혜를 전해 주는 이야기다. 문장은 대부분 서로 모순되고 상충되는 문학적 수사로 이루어져 있다. 제시되는 '진실'이라는 것들도 대체로 모호하여 명확하게 이해하는 게 쉽지 않다. 이런 글 앞에서 우리는 보통 두 가지 태도를 취하게 된다. 하나는 어떻게든 그 내용을 이해해 보고자 애쓰는 것이고, 다른 하나는 알아들을 수 없는 기이한 이야기라 생각하여 무시해 버리는 것이다.

어느 쪽을 택하든 정답은 없다. 지금 우리의 내면에 닿지 못하는, 즉 우리가 서 있는 삶의 맥락에서 벗어나 있는 글들을 아무리 '머리로' 이해한다고 해도 큰 의미는 없을 것이다. 어떤 말이 진정으로 이해된다는 것은 그 말이 실제로 지금 나의 내면과 호응하여, 그 문장을 이해하기 전과 이후 사이의 변화가 감지된다는 뜻이다. 똑같은 말을 이해하더라도, 어떤 이에게는 추리소설을 읽는 것처럼 머리를 한 번 사용하고 마는 일에 불과하다. 반면 다른 이에게는 그 이해가 삶이 된다. 이는 누군가 더 똑똑하거나 멍청해서가 아니다. 그 사람의 삶이 바로 그 이해를 '요구'하고 있거나 그렇지 않기 때문이다.

각각의 사람에게는 지금 삶의 시점에 필요한 진리가 있다. 누군가에게는 마음의 강박을 덜어 내고 현재의 기쁨에 흠뻑 취할 진리가 필요하다. 다른 누군가에게는 조울증적인 나날들을 잠재우고 마음의 중심을 잡아 줄 진리가 필요하다. 또 어떤 사람에게는 습관이 되어 버린 종교적 진리로부터 벗어나 춤출 수 있는 일상의 지혜가 필요하다. 또 다른 사람에게는 분석적 이성에서 벗어나

순전한 마음으로 타인을 대할 지혜가 필요하다. 『예언자』가 필요한 사람이 있다. 한동안 내게는 이 책이 필요 없었다. 그러나 이 책에 담긴 진리가 가장 절실한 그 순간에, 이 책은 내게 왔다.

> 그대들, 성벽 안에 집을 짓기 전에 광야에 그대들 상상의 초당 하나를 지으라. 그대들 황혼이면 돌아오듯이 그대들 속의 멀고 외로운 방랑자도 결국 돌아오리니. 그대들의 집이란 그대들의 더 큰 육체. 태양 속에서 자라며 밤의 정적 속에 잠든다. 또한 꿈꾼다. 그대들의 집은 꿈꾸지 않는가? 꿈꾸며 숲이나 언덕 꼭대기를 향하여 도시를 떠나고 있지는 않은가.[2]

이 작은 산문시집에는 다양한 주제가 담겨 있다. 각각의 이야기들은 서로 일관되게 이어지지 않고 파편화되어 있다. 그래서 이 이야기들을 한데 묶는 중심을 잡기가 쉽지 않다. 그저 몇몇 구절에서 와 닿는 각자의 지점들을 발견할 수 있을 뿐이다. 그럼에도 나는 위의 구절 덕분에, 이 산문시집 전체를 한데 묶을 수 있는, 오직 나에게만 타당하고 와 닿을지 모르는 방법을 발견했다. 이 문장을 읽고 나서야 이 책을 집어 든 이유를 알게 된 셈이었다. 그 이유란 내 마음의 집을 짓고 싶다는 것이었다.

청춘 시절, 나는 성벽을 쌓아 올린 채 나만의 세계에 갇혀 있고자 했다. 서울의 작은 방에서 오후 내내 책을 읽고, 혼자 맥주

를 마시며 밤마다 영화를 보고, 수첩을 들고 다니며 매달 몇 권 치 정도의 글을 썼다. 그런 날들은 이십대가 끝나가면서 함께 걷혀 나갔다. 그러면서 점점 나를 둘러싼 마음의 성벽 또한 허물어져 갔다.

이 책의 주인공이자 예언자인 알무스타파는 '성벽 안'에 집을 지을 것이 아니라 '광야 위'에 상상의 집을 지으라고 말한다. 성벽은 저 광야로부터 우리를 떼어 놓을 뿐이니, 그것을 허물고 숲과 초원, 골짜기와 대지에 있는 길의 주인이 되라고 말하는 것이다.

> 이 집 속에 그대들 지닌 것, 그것이 무엇인가? 또 문을 잠그고 그대들 지키는 것, 그것은 무엇인가? 그대들에겐 평화가 있는가. 그대들 힘을 보여 줄 말없는 충동인 평화가? 그대들은 회상할 수 있는가. 마음과 마음의 절정을 이어 주는 반짝이는 아치의 문을? 그대들에게는 미, 그러니까 나무 또는 돌로 만들어진 것으로부터 거룩한 산으로 가슴을 인도해 줄 미가 있는가? 말해다고. 그대들 집 속에 그대들은 이런 것들을 지녔는가? 혹은 그대들은 다만 안락, 안락에 대한 열망만을 지녔는가. 손님으로 찾아와서는 이윽고 주인이 되고, 드디어는 정복자가 되는 음흉한 자인 안락?[3]

그에 의하면, 마음의 집을 짓는 것은 자기만의 골방에 갇혀 자폐적인 몽상의 세계를 유지하는 것과는 별로 관련이 없다. 오히려 이는 정확히 말해 마음을 '넓히는' 일이다. 이 세계 전체를 꿈꾸며 모든 길을 자기의 집이라 여길 수 있는 '확장된 마음'으로 나아가는 것이다. 그는 이러한 마음의 상태가 '평화'일 수는 있지만 결코 '안락'은 아니라고 말한다.

안락은 새롭고 낯선 경험에 대한 거부이자, 자기 안에서 벗어나지 않으려는 나르시시즘적이고 자폐적인 상태로 정의된다. 안락을 유지하는 것은 자신을 세계로 던져 나가며 성장시키는 것과 정확히 반대된다. 안락은 원래의 자기 자신을 지키며 자기가 편안했던 세계 속에 갇혀 있는 것이다. 이를 흔히 자기 보존 혹은 자기 방어적인 삶의 태도라고 부를 수 있다. 여기에는 새로운 삶을 향한, 그리고 자기 성장을 위한 어떠한 충동도 없다. 그리하여 지속된 안락은 우리의 존재를 근본적인 변화와 생성도 없이 고착화시키는 '음흉한 정복자'가 되고 만다.

지브란은 안락이 아닌 평화야말로 '말없는 충동'이라고 말한다. 평화는 우리가 충동을 따라나서며 새로운 감각을 경험할 때, 그 모든 것을 바라보는 이면裏面의 자아로부터 온다. 새로운 사람을 사랑하고, 낯선 곳을 여행하고, 이제껏 나의 일이 아니라고 믿었던 것들에 손 내밀어 볼 때, 우리의 마음은 당혹감과 생경함으로 가득하게 된다. 하지만 동시에 '이것이 옳다'는 이면의 확신이 있을 수 있다. 이는 내 자신을 내 안에 가두는 게 아니라 새로운 것으로 내던져 보는 것이 더 옳다고 속삭여 주는, 이면의 '더 큰 나'가 주는 확신이다. 평화란 이처럼 한발 물러난 곳에서 나를 응시하는 '더 큰 나'에서 비롯된다.

이 평화에서는 '회상'과 '미'가 피어오른다. 새로운 것을 경험한 이후에 우리는 반드시 그 경험을 어떤 아름다운 이미지로 되돌아보게 된다. 다시 말해 긍정하며 추억하게 되는 것이다. 설령 당시에는 괴롭고 당혹스러웠더라도 그 경험을 하는 것이 더 나았다는 확신이 내 삶 전체를 바라보는 '더 큰 나'에 의해 받아들여진다. 그렇게 이면의 '더 큰 나'는 아름답게 경험을 회상하며 긍정에 이르고 평화를 준다. 우리가 할 일이란, 부단히도 자신을 던져 가며 그 '더 큰 나'를 풍요롭게 하는 것이다.

> 그대들의 집은 닻이 아니라 돛대이게 하라. (…) 그대들은 죽은 자가 산 자를 위해 만든 무덤 속에선 살지 말라. 그리고 아무리 장대하고 화려함에 차 있을지라도 그대들의 집이 그대들의 비밀을 간직하게 하지 말며, 동경하는 것을 가리게도 하지 말라. 왜냐하면 그대들 내부의 무한한 것은 하늘의 집 속에 머물고 있으므로. 아침 안개가 문이고 밤의 노래와 고요가 창인 집 속에.4

이제와 돌이켜 보면, 골방에 갇혀 지내듯 나만의 세계를 몽상하던 시절이 꼭 나쁜 시간은 아니었다. 그 시절에 대한 후회나 아쉬움이 있는 것도 아니다. '영원히 오지 않을 미래'에 대한 신앙으로 성벽을 치고 버텼던 날들 속에서, 나는 나름대로 다방면의 충동과 열망을 느끼며 정신적 방랑의 시간을 보냈다. 문학, 영화, 음악, 미술, 철학, 종교의 무한한 영토를 헤매면서 이후 내가 세상에 꺼내놓게 될 말과 글의 토양을 다질 수 있었다.

이후 부단히 새로운 공간들을 오가고, 타인들과 부딪히며, 새롭게 주어지는 일들 속에서, 나는 때때로 과거의 안락한 성벽 안으로 돌아가고 싶다는 생각을 하곤 했다. 하지만 그럴 때마다 내가 적절한 시점에 이 세상으로 나온 게 틀림없다고 믿었다. 또 앞으로 어떠한 상황이 도래하든 그 모든 것을 받아들일 수 있는 태도를 유지한다면, 내가 진정으로 성장할 것이라 믿게 되었다. 나는 한때 닻이자 성이고 싶었으나, 이제는 돛이자 배이고 싶다. 나를 이 삶이라는 바다에 던져두고, 그 속에서 부대끼며 때로는 스스로를 갉아먹고 소진시켜 나간다고 느낄 때조차도, 이면의 평화를 지킬 수 있는 선실을 갖고 싶다. 내게는 갇혀 있는 신앙이 아닌 흘러가는 신앙, 거친 수면 위의 삶이라 할지라도 흔들리지 않는 심해와 같은 평화가 필요하다. 나와 닿는 이 세계 전체가 나의 집이라 여길 수 있는, 그리하여 그 무엇도 내 삶에서 벗어나지 않는다고 믿을 수 있는 '아주 크나큰 나'가 필요하다.

## 내어 주는 것에 대한 신뢰

'오지 않은 미래'를 빌던 시절, 내게는 조금 다른 종류의 신앙도 있었다. 내가 가진 모든 것을 지금 여기에서 쏟아붓더라도, 이다음에는 다시 채워지리라는 믿음이었다. 특히 글을 쓸 때 그러했는데, 소설을 쓰든 에세이를 쓰든 지금 내 안에 떠오른 가장 좋은 이미지와 표현과 생각 그 무엇을 토해 내도, 나중에는 더 좋은 상상과 문장이 오리라고 확신하는 것이었다. 내 안에는 비우고 나면 반드시 채워지는 연못이 있어서, 내가 할 일이란 언제나 그 연못을 게워 내는 것이고, 그러면 그 연못은 더 좋은 것들로 가득해지리라고 철석같이 믿었다.

다소 근거 없는 믿음이었지만 그런 태도는 매일의 실천에 가장 중요한 원천이었다. 소설을 읽거나 영화를 보고 나면, 그로부터 얻은 온갖 감각과 생각을 고갈될 때까지 글로 옮겨 놓았다. 그러고 나면 곧 지시등이 깜박거렸다. 이다음에는 무엇을 읽고 봐야 할지를 알려 주는 지표가 고갈된 공간 위에서 빠끔히 고개를 내밀었던 것이다. 내 안에 있는 모든 구상을 쏟아붓듯이 한 편의 글을 써내고 나면, 반드시 다음에 쓰고 싶은 글이 떠올랐다. 책을 쓰기 시작할 때도 마찬가지였다. 지금 시점에 나에게 가장 중요한 것들을 모두 책에 퍼부어서 이제는 더 이상 쓸 게 없다고 생각하더라도, 얼마 지나지 않아 다음에 쓸 책에 대한 구상이 떠오르곤 했다.

'완전히 비우고 나면, 반드시 다음 것이 차오른다.' 이 말만큼 내가 믿었고 여전히 믿고 있는 삶의 태도는 없다. 이는 단순히 글을 쓸 때만 해당하는 것은 아니다. 사랑이든, 인간관계든, 그 밖의 일이든 '할 수 있는 데까지 해 본' 이후에만 나는 그다음을 가장 명확하고 올곧게 알 수 있다고 생각해 왔다. 다시 말해 나는 무언가 비워지고 채워지는, 혹은 쏟아 내고 거둬들이는, 내어 주고 받아 내는 순환을 신뢰해 왔다.

> 그대들 가진 것을 베풀 때 그것은 베푸는 것이 아니다. 진실로 베푼다 함은 그대들 자신을 베푸는 것뿐. 그대들 가진 것이란 사실 무엇인가, 내일 혹 필요할까 두려워 간직하고 지키는 것 외에? (…) 또 모자랄까 두려워함이란 무엇인가? 두려워함, 그것이 이미 모자람일 뿐. 그대들은 샘이 가득 찼을 때에도 목마름을 채울 길 없어 목마름을 두려워하진 않는가?[5]

문학은 읽는 사람의 맥락에 따라 다르게 다가온다. 어떤 사람은 '베풂'에 대한 위의 구절을 읽고 나서, 진심을 다해 누군가의 말에 귀 기울여 주었던 순간을 떠올릴 것이다. 다른 누군가는 생활고에 시달리는 가운데 더 가난한 이를 위해 주말 봉사를 떠났던 날을 생각할 것이다. 나는 글쓰기를 생각했다.

글을 쓰기 시작했던 건 그저 글쓰기가 좋아서였다. 특히 소설을 쓰던 무렵에는 더 그랬다. 그러나 우리 사회의 문제와 현실을 직시하면서 쓰기 시작했던 일련의 글에 관해서는, 누군가에게 보탬이 되리라는 기대를 품지 않을 수 없었다. 이를테면 사회 현실,

청춘 문제, 열정과 꿈, 절망과 희망, 분노와 증오, 이기심과 이타심 등에 관해 쓸 때 그 모든 것은 나 자신을 위한 것이기도 했지만, 그 글을 읽을 누군가를 위한 것이기도 했다. 구체적으로는, 청춘에 관한 첫 책을 쓸 때는 이제 막 대학 생활을 시작했던 여동생을 떠올렸다. 대학 시절을 보내며 내가 했던 생각들이 동생에게 참고가 되길 바라면서, 그 책을 처음부터 끝까지 썼던 기억이 난다.

그저 글을 쓰는 게 좋아서, 그리고 내가 좋아하는 일로 먹고살고 싶어서, 또 더 막연하게는 어떤 성공을 위해서 글을 쓴 건 사실이었다. 하지만 글을 써 나갈수록, 심심치 않게 멀고 가까운 사람들로부터 내가 쓴 글이 자신에게 큰 도움이 되었다는 이야기를 들을수록, 나의 자기중심적 태도는 치유되어 갔다. 그쯤에 이르러서야, 내가 그토록 글을 쓰고자 했고, 또 책을 내고자 했던 것이 타인들에게 편지를 쓰는 욕망과 다르지 않다는 걸 깨달았다. 나는 누군가에게 말을 건네고 들으며 주고받는 순환을 갈망했다.

> 가진 것은 많으나 조금밖에 베풀지 않는 이들, 그런 이들은 알아주기를 바라며 베푸는 이들이다. 그리하여 그들의 은밀한 욕망은 그들의 선물마저 불결하게 만들어 버린다. 허나 가진 것은 조금밖에 없으나 전부를 베푸는 이들이 있다. 이들이야말로 삶을 믿는 이들이며, 삶의 자비를 믿는 이들이며, 그리하여 그들의 주머니는 결코 비지 않는 것을.[6]

지금도 그렇지만, 내가 수십 년간 대학과 도서관을 오가며 공부한 사람들만큼 대단한 지식을 가졌을 리는 없었다. 하지만 그 미천한 지식을 바탕으로라도, 나는 할 수 있고 해야만 하는 말이 있다고 느꼈다. 특히 청춘에 관한 첫 책을 굳이 세상에 꺼내 놓은 데는 치기 어린 날의 도전 정신도 있었겠지만, 기성세대에 의해서만 주도되고 있던 당시의 청춘 담론에 나 자신이 청춘으로서 해야만 하는 역할이 있다고 생각했다. 그래서 '가진 것은 조금밖에 없으나' 나와 같은 청춘들에게, 또 이제 막 청춘을 시작한 이들에게 건네고 싶은 이야기를 모두 꺼내어 놓았다. (지금 다시 읽어 보면 부족하기 이를 데 없는 책이지만, 당시 나는 꽤 많은 동시대의 청춘들에게서 공감의 메시지를 받았다. 그 일은 내가 앓던 완벽주의를 해소해 주었다. 완벽한 것을 내놓는 것보다는, 그저 내가 할 수 있는 최선의 일을 하는 게 항상 더 현명했다. 아마 그 책에 공감한 사람이 단 한 명에 불과했을지라도, 나는 그렇게 생각했을 것이다.)

지브란은 '베푼다'는 말에 담긴 기존의 우열 관계가 잘못된 것임을 분명히 지적하고 있다. 흔히 우리는 많이 가진 자가 적게 가진 자에게 주는 일이 '베푸는' 것이라 생각한다. 그러나 그에 의하면, 베푸는 것은 가진 것의 '양'과는 아무 상관이 없다. 오히려 베푸는 것은 '많이 가진 내'가 하는 게 아니라 '삶'이 하는 것이다. 나는 그저 삶이 베풀 때 그 통로가 되어 주면 된다. 여기에는 나와 타인 사이의 어떠한 우열 관계도 없다.

> 받은 줄 아는 저 용기와 확신, 아니 받아 주는 저 자비심보다 더 큰 보답이 어디 또 있을 것인가? (…) 무엇보다 먼저 그대들은 스스로 베풀 수 있는 자로서 베풀 수 있는 그릇에 마땅한가를 생각하라. 실로 삶을 주는 자는 삶, 그것뿐이다. 다만 그대들, 스스로 시혜자라고 생각하는 그대들은 그 증인에 불과할 뿐.[7]

우리는 때때로 오만한 위치에서 타인에게 베풀며 우월감을 느낀다. 하지만 사실 더 많은 것을 받고 있는 게 우리 자신이라는 것을 깨닫는다면 겸손해질 수밖에 없다. 이를테면 교사는 올해 자신이 맡게 된 학생들을 이끌면서, 자신이 그들을 위해 희생하는 존재가 되었다는 생각을 할 수 있다. 하지만 한 해가 끝나고, 학생들이 그에게서 가장 가치 있는 시간을 선물 받았다고 말하는 순간, 그의 나르시시즘은 치유될 수밖에 없다. 바로 그 학생들을 통해, 교사는 자신의 존재 의미와 삶의 가치를 얻기 때문이다. 나아가 그는 자신이 투자한 시간이나 노력에 비해 학생들에게 새겨진 자신의 존재가 과분하다고 느끼게 될지도 모른다.

나를 부르는 누군가의 요청에 이끌려 나갈 때, 우리는 내가 '반드시 필요한 사람'이라는 자만에 빠질 수 있다. 그러나 그 마음은 보다 깊은 겸손에 의해 상쇄되기도 한다. 결국 내가 하는 일이 그저 이 드넓은 세상에서 하나의 역할에 지나지 않음을 기억한다면 말이다. 그 역할을 부여해 준 것은 내가 아니라 나의 삶이며, 나를 둘러싼 타인들이며, 이 세계 전체임을 받아들이는 순간에 말이다. 주는 것은 손해 보는 일도 희생하는 일도 아니다. 그것은 되돌려 받는 일이다. 줄 때마다 우리의 존재 가치는 더 깊어지고 삶의 의미는 짙어진다.

내가 갖고 싶은 신앙은 그런 것이다. 내가 하는 모든 일이 선한 이타심에서 비롯되었다는 자기기만에 빠지는 것도 아니고, 인간이 하는 모든 일이란 자기 이익을 위해서라는 이기주의 사상에 사로잡히는 것도 아닌, 그저 이 모든 게 '삶'이 하는 일이라는 순응적 태도를 견지하는 것이다. 삶 혹은 신이라 부르든, 그것은 나를 통해 자신의 일을 한다. 나는 그 순환 가운데서 때로는 만족을 얻기도 좌절을 얻기도 한다. 기쁠 때도, 절망적일 때도 있다. 하지만 가능하면, 어떠한 경우에도 나 스스로에게 도취되는 자만에 빠지고 싶지는 않다. 스스로를 격하하는 자기 비하에 함몰되고 싶지도 않다. 그저 끊임없이 불러들이는 삶의 요구에 따라, 내가 내어 줄 수 있는 것을 내어 주며, 또 그럴 때마다 더 큰 것을 받아들이는 삶의 순환 속에서 마모되어 가고 싶다. 그 순환을 인정하는 데서 오는 평화로 살고 싶다.

> 그대들은 그대들의 '신적 자아'를 향하여 마치 하나의 행렬처럼 나아가는 것이다. 그대들은 길이며 또한 나그네. 그리하여 그대들 중의 누군가가 넘어진다면, 그는 뒤에 오는 이들을 위하여 넘어지는 것. 장애물 돌에 대한 경고

로서. 그렇다, 그는 또 앞서가는 이들을 위하여 넘어지는 셈도 된다. 비록 빠르고 확실한 걸음으로 갈지라도 아직 장애물 돌로부터 멀리 떨어지지는 못한 이들을 위하여.[8]

# 4부

# 타인을 견디는 일에 관하여

# 자기 진실을 향해 파 내려가는 광부

**장 자크 루소, 『고독한 산책자의 몽상』**

## 자기 고백적 글쓰기에 관하여

한 시절이 지나가고 있었다. 나이는 그저 숫자에 불과하다지만, 나는 내 삶에서 한 시대가 끝나 감을 절실히 느끼고 있었다. 이는 단순히 주변이나 사회에서 나이대에 따라 나를 바라보는 시선이 달라지고, 실제로 취업이나 결혼과 같은 부분에서 선택의 폭이 좁아진다는 식의 문제 때문만은 아니었다. 어릴 적부터 시작되었던 어떤 먼 세계를 향한 열망, 꿈처럼 미래를 상상하고 삶을 제한 없는 가능성으로 바라보던 마음이 허물어지고 있었다. 어쩌면 나는 이제 변해 갈 날이 멀지 않았음을 알았다. 그래서 그 전에 내가 보낸 시절을 가감 없이 정리하고 해명하여 그로부터 확고한 의미를 물려받고자 했다. 그럴 수만 있다면, 앞으로 삶의 이정표나 버팀목이 될 수 있으리라 믿었다.

처음에는 단지 일기를 쓰는 것으로 만족했다. 나에게 영향을 주었던 경험을 정리하고, 매번의 준거점들을 지나 내 삶이 어떤 방향으로 흐르게 되었는지, 그리하여 내가 서 있는 지점이 어디쯤이고 이다음 걸음이 어디로 향할지를 혼자 생각하고 기록하는 것으로 충분한 듯 느꼈다. 혼자 정리를 끝냈으니, 이제 표백된 상태로, 그저 새로운 걸음을 옮기면 된다고 믿었다. 하지만 쌓았다고 믿었던 과거의 일들은 금방이라도 허물어질 듯 위태로워 보였다. 걸어가려는 내 옷자락을 붙잡고 계속 뒤를 돌아보게 만들었다. 이대로 놓아 버리기에는 아직 거두어들이지 않은 것들이 남았다는 느낌이 들었다.

그래서 나는 내 청춘에서 가장 중요했던 장면들을 모두 되살려 내고자 마음먹었다. 내면의 서랍이 있다면, 가장 아래 칸까지 내려가 모두 열어보고 그 속에 든 것들을 모조리 꺼내어 전시하리라 생각했다. 그럴 때, 문학은 결코 간과할 수도 빼놓을 수도 없는 것이었다. 그러나 정작 나는 문학과 관련된 글을 세상에 거의 내놓지 않았다. 이는 내 안에서 고의적으로 문학을 회피하는 듯한, 내게 가장 중요한 것을 그다지 가치 없는 것으로 치부하려는 듯한 기만처럼 느껴지기까지 했다. 그래서 나는 청춘을 온전히 거두어들이기 위해서라도 다시 문학을 마주해야 했다. 내 안의 서랍을 열어젖히듯 먼지 쌓인 책들을 꺼내어 들고, 다시 그 안에서 내 청춘을 살아 냈던 기억을 소환하여 삶을 정립하고, 이정표로 세울 필요가 있었다.

이때 중요한 것은 청춘의 기억을 단순히 내 안에만 간직하는 게 아니라 '전시'할 필요성이었다. 글을 쓴다는 것은 결코 자기 관계성에만 갇힌 자폐적인 일일 수 없다. 글쓰기는 근본적으로 자기 안에서만 맴도는 일기 쓰기라기보다는 누군가에게 말을 건네는 편지 쓰기다. 일기를 쓸 때는 단지 편지를 받는 이가 일기장일 뿐이다. 일기장은 내가 나에 대해 말하는 것들, 이를테면 나의 기억, 경험, 성향, 생각을 들어주는 가장 친절한 타자他者에 속한다. 일기장이라는 타자는 내 이야기를 듣고 영원히 기억해 줄 것을 약속하면서, 나의 존재 전체를 승인하고 받아들여 준다. 그래서 일기를 쓰는 사람에게 일기장은 항상 모든 고백을 듣고 기억해 주는 신과 다르지 않다.

나는 일기장에게만 말하는 걸 넘어서, 그보다 더 구체적인 타자인 독자를 상정한 글쓰기가 필요하다고 생각했다. 이십대 내내 글을 써 나갔던 백지는 내가 언제나 말을 걸 수 있는 신과 다름없었다. 그러나 백지는 신과 달리 격식을 요구하지 않는다. 우리는 신에게 기도하며 존대어를 사용하고, 예의를 갖추며, 일정한 양식을 지킨다. 나아가 약속과 맹세를 하고, 계약을 하며, 신의 시선으로 자기 자신을 바라본다. 그러나 아무런 제약 없는 일기장은 그 격식 없음 때문에 내 생각과 삶의 격식마저 갖지 못하게 하는 느낌을 주었다. 하지만 내가 필요한 것은 그저 내 속마음을 아무렇게나 몽땅 털어놓을 수 있는 타자가 아니라, 내 지난 시절을 명확하게 밝혀내고 정리하여, 나 스스로 어떤 삶의 격식을 갖추게끔 도와줄 타자였다. 백지 너머에 독자가 존재하리라는 상정은 일종의 답장 받을 가능성을 짐작케 했다. 그 답장마저 예상함으로써, 나는 더 확고한 내가 될 수 있으리라 믿었다.

루소의 『고독한 산책자의 몽상』은 "마침내 나는 이제 이 세상에서 나 자신 말고는 형제도, 이웃도, 친구도, 교제할 사람도 없는 외톨이가 되었다"[1]고 선언하며 시작한다. 루소는 생의 마지막 시기에 도피 생활을 하며 이 글을 썼다. 그는 수많은 사람들로부터 비난과 모함을 받으며 내몰리는 처지에 있었는데, 그러한 타인들을 배격하면서도 백지 너머의 타자, 즉 자신의 글을 읽을 누군가에 대한 가능성을 포기하지는 않는다. 그는 자신의 결백과 진실성에 대한 집요한 이야기를 백지 위에 뱉어 낸다. 그것은 자기 자신에게 하는 말이면서도 백지 너머에 있을 어떤 타자에게 하는 말이다.

> 어떻게 보면 나는 자연학자가 하루하루 대기 상태를 알아보기 위해 하는 실험을 나 자신에게 해 보려는 것이다. (…) 나는 몽테뉴와 같은 기획을 하고 있지만 목적은 그와 정반대다. 왜냐하면 그는 다른 사람들을 위해 『수상록』을 썼지만, 나는 오로지 나 자신을 위해 내 몽상들을 기록하기 때문이다. (…)

> 나는 이 글을 감추지도 보여 주지도 않겠다. 내가 살아 있는 동안 누군가 이 글을 내게서 앗아간다 하더라도 그것을 썼던 즐거움이나 그 내용에 대한 기억, 이 글을 낳은 고독한 명상들, 내 영혼이 다할 때에만 그 원천이 소멸될 고독한 명상들을 빼앗아 가지는 못할 것이다.[2]

루소의 글쓰기는 소로의 『월든』, 카뮈의 『결혼』과 더불어 내 글쓰기의 전범이 되었다. 나 역시 오로지 나 자신을 위한 글쓰기를 하고 싶었다. 비록 '오직 나를 위한 행위'지만, 그를 통해 내면적 탐구 과정을 보여 주고, 여기 이 땅에 존재하는 한 인간의 자서전을 제시함으로써 누군가에게 진지한 참고가 될 수 있기를 바랐다. 나는 청춘을 보내면서 여러 소설과 에세이, 인문서, 그 외에도 종교 서적이나 사회과학 분야의 책들을 찾아 읽었다. 그런데 그중에서도 정말로 나의 내면 가장 깊은 곳까지 닿아 진정으로 삶에 참고가 되었던 것들은 오직 자전적인 글들이었다. 내가 바란 것은 나 자신만이 단 한 번뿐인 나의 삶을 가장 진실하게 대할 수 있듯이, 그렇게 자신을 대하고 드러낸 누군가의 삶을 보는 일이었다. 진실이 아닌 것, 적당한 일반론, 허구를 덧입힌 왜곡은 오히려 나를 잘못된 길로 이르게 할 수도 있다고 생각했다.

누군가에게 진실이었던 것은 나에게도 진실이 될 수 있다. 마찬가지로 나에게도 진실인 것은, 그것이 정말로 진실이기만 하다면, 다른 누군가에게도 진실이 될 수 있을 것이다. 우리는 내가 아닌 다른 '일반적인' 사람에 대해 쉽게 판단하고 단순화하여 말하곤 한다. 실로 그런 방식으로 인간을 이야기하는 것이 가장 쉽다. 하지만 우리 삶에 실제로 도움이 되고, 우리의 영혼을 울리며, 내면의 가장 깊은 곳에 와 닿아 진정한 참고가 되는 것은 전심을 다해 자기 진실을 털어놓은 한 사람의 이야기다. 내가 하고 싶은 글쓰기 역시 그런 것이다. 그렇기에 진실성의 끝에 다다르고자 한 루소의 글쓰기가 빈깁지 않을 수 없었나. 나는 그처럼 오직 내 삶의 진실을 원했던 것이다.

> 남에게 정당해야 한다면 자기 자신에게는 진실해야 하며, 이는 성실한 인간이 자신의 존엄성에 마땅히 표해야 할 경의다.3

## 나를 해명하는 언어 찾기

학부와 대학원을 거치면서, 나는 가능한 한 다양한 이론의 체계를 경험하고 싶었다. 그래서 학교에서 정규로 들었던 수업 외에도 부지런히 여러 학과의 수업을 청강하곤 했다. 휴학을 했을 때는 외부의 아카데미나 공동체를 찾아다니며 강연과 세미나에 참석했다. 처음에는 플라톤과 아리스토텔레스, 로크와 홉스, 칸트나 헤겔 따위의 이야기를 구별하는 것조차 쉽지 않았다. 하지만 매번 새롭게 찾아간 강의나 세미나에서 자극받아, 원전을 읽고

사상사를 뒤져 가며 조금씩 정리를 할 수 있었다.

지나친 다양성은 깊이를 해칠 수 있다. 학자들은 평생에 걸쳐 단 한 명의 철학자를 연구하기도 하고, 가능하면 자신이 전공하는 학자나 시대, 동양과 서양의 범주를 넘어서지 않으려 한다. 이는 학문의 세계에서, 다른 영역에 대한 관심은 일종의 침범으로 여겨지기 때문이기도 하다. 세부적인 지식의 문제로 들어갈수록, 일반적인 이야기는 오류일 가능성이 높아진다. 하지만 나는 현대 학문이 추구하는 지나친 디테일, 개념을 위한 개념, 학문을 위한 학문의 방식에 큰 매력을 느낄 수 없었다.

그 이유는 내가 원한 것이 인류 보편의 진리 혹은 어떤 철학자의 개념이라기보다는, 내 삶에 대한 해명이었기 때문이다. 나는 실제로 내 삶에서 느끼고 있는 것들을 가장 잘 설명해 줄 수 있는 체계가 필요했다. 내 삶의 가장 밑바닥까지 완벽하게 해명할 수 있는, 그리하여 내가 완전히 복종하고 받아들일 수 있는 진실을 원했다. 그래서 학문의 여정에서도 가장 중요한 것은 내가 얼마나 진실로 공감할 수 있느냐였지, 특정 학문 자체의 논리나 합리성은 아니었다. 차라리 내가 공감할 수 있고, 동의할 수 있으며, 그로 인해 완전히 나 스스로의 의문이 해소되었다고 느낄 수 있다면, 약간의 비합리성이나 논리의 비약은 얼마든지 용인 가능했다. 그런 점에서 나는 온전한 학자의 기질을 가진 인간은 아닐지도 모른다.

> 나는 나보다 훨씬 더 박식하게 철학하는 사람들을 많이 보았지만, 그들의 철학은 말하자면 그들 자신과는 상관없는 것이었다. (…) 그들은 자기 자신을 알기 위해서가 아니라 인간의 본성에 대해 유식하게 말하기 위해 인간 본성을 연구했다. 또한 자신의 내면을 명확히 밝혀내기 위해서가 아니라 다른 사람들을 가르치기 위해 공부했다. (…) 나로 말하자면, 내가 배우기를 열망했던 것은 나 자신을 알기 위해서이지 가르치기 위해서가 아니었다.[4]

루소가 철학을 했던 것은 자기의 문제를 해결하기 위해서였다. 그는 단순히 박식해지기 위해서가 아니라 자기 내면을 명확히 해명하기 위해 공부하고 글을 썼다. 다시 말해 그는 자기만의 언어를 가지고자 했다. 그럴 때 가장 중요한 것은 오로지 자기 자신의 마음이었다. 다른 이들이 인간의 진리에 대해 무슨 이야기를 하든, 그 말이 자기의 마음에 적중하지 않으면, 그는 그 체계를 거부했다. 자신에게 맞지 않는 체계는 그를 혼란스럽게만 만들 뿐이었기 때문이다. 그는 '자기 밖'에 있는 이론들에는 관심이 없었다. 오직 '자기 안'에 들어와 자신을 이루고 붙잡아 줄 언어를 원했다.

> 당시 나는 고대의 철학자들과 별로 닮지 않은 현대의 철학자들과 함께 살고 있었다. (…)

> 그들은 나를 납득시키지 못한 대신 불안하게 만들었다. 그들이 내세운 논거는 나를 전혀 설득하지 못하고 뒤흔들어 놓기만 했다. 나는 그 논거에 대한 적합한 답을 찾아내지는 못했지만 분명 답이 있다는 것을 느꼈다. 나는 나 자신의 잘못보다는 어리석음을 탓했으며, 내 이성보다는 마음이 그들에게 잘 응답했다. (…)
> 그들의 철학은 다른 사람들을 위한 것이다. 내게는 나를 위한 철학이 필요하다.[5]

루소의 철학적 태도는 고대의 철학자들을 이어받고 있다. 본디 철학이란, 단순히 정확한 지식을 습득하고 논리적으로 개념을 배치하는 작업이 아니라 삶의 태도와 직접적으로 연관 있는 학문이었다. 철학은 "차가운 이성의 학문이 아니라 탐구자 자신을 완전히 뒤바꿔 놓을 만큼 열렬한 영적 탐구"였다. 즉 고대 철학은 "관념적인 사색 그 자체를 목적"으로 한 것이 아니라 "헌신적인 실제 생활 방식에 뿌리를 둔 것"이었다.[6] 루소의 진실성이란 절대적인 자기 이론의 체계를 찾고, 거기에 복종하며 실천하는 데 있었다. 이는 달리 말해, 자기 존재를 완전히 의탁할 수 있는 언어의 힘을 갈망했던 것이다.

청춘을 바쳐 가며 나는 무엇을 위해 그토록 문학과 철학에 매달렸을까? 첫 대답은 감각적 언어와 지적 탐구에 대한 즐거움일 것이다. 다른 거창한 이유를 갖다 붙이기 전에, 나 스스로 즐거움을 느끼지 못했다면 결코 읽고 쓰는 일에 몰입하지 못했을 것이다. 하지만 이는 너무 간편하고 손쉬운 대답이기도 하다. 보다 깊은 내적인 동기를 생각하면, 나는 단순히 즐기는 것을 넘어서 가장 현명하고 올바른 존재, 이를테면 '최고의 존재'가 되고 싶었다. 문학과 철학은 내가 최고의 존재로 거듭날 수 있는 방법을 알려 줄 수 있을 것 같았다.

철학자들의 대답은 제각각이었다. 욕망의 억제를 최고의 상태로 간주하는 철학이 있는가 하면, 반대로 욕망의 발산이야말로 진정한 자유의 상태라 주장하는 철학도 있었다. 혹은 삶에 대한 철저하고 이성적인 기획이야말로 인간이 가진 최고의 능력이라 주장하는 철학이 있으면, 반대로 이 순간에 깊게 몰입하여 미래에 대한 관념을 없애 버리는 도취의 상태를 추앙하는 철학도 있었다. 또 어떤 철학은 타인들과의 철저한 단절을 통한 진리 탐구를 피력하기도 했고, 반대로 타인들과의 헐벗은 접속이야말로 인간의 진리로 이르는 길이라는 철학도 있었다.

결국 철학은 선택의 문제였다. 나는 자신에게 맞는 체계를 선택하고, 그 철학에 따라 내 존재를 변화시키면서, 나에게 맞게 철학을 변형시키기도 했다. 나는 스스로 옳다고 확신할 수 있는 체계를 수립하고 그것에 의존하고 싶었다. 나에게도 루소와 마찬가지로 나의 존재를 붙잡아 주고, 내 삶을 지탱하게 할 기준이 필요했다. 그러한 삶의 기준이 칸트의 도덕 개념과 정확하게 일치하는가, 니체의 의도를 완전히 이해한 것인가, 정신분석학적으로 결백

한가 같은 식의 결벽증은 필요 없었다. 그들은 오직 그들에게 맞는 체계를 수립했을 따름이며, 그렇다면 나 역시 나에게 맞는 삶의 기준으로 살아가면 될 뿐이었다.

> 반론들이 나를 불안하게 했지만 결코 나를 뒤흔들지는 못했다. 나는 늘 이렇게 생각했다. 내 이성이 채택하고 내 마음이 확인했으며 정념들의 침묵 속에서 확실한 내적 동의의 보증을 받은 근본 원칙들에 비하면, 이 모두가 조금도 진중하지 않은 궤변이거나 형이상학적으로 미묘한 문제들에 불과하다. (…) 전혀 다른 체계 속에서라면 나는 속수무책으로 살다가 희망 없이 죽어 갈 것이다. 피조물들 가운데서도 가장 불행해질 것이다. 그러니 세상 사람들이나 내 불운에도 아랑곳하지 않고, 나를 행복하게 해 주기에 충분한 이 유일한 체계에 만족하도록 하자.[7]

철학과 문학과 종교는 자기 진실성에 대한 여정이다. 그렇기에 얼마나 자기 자신에게 진실했는가, 하는 기준만이 가장 훌륭한 철학자나 문학인, 혹은 종교인을 판별하는 척도가 될 수 있다. 그들은 메마른 논리나 권위에 사로잡히기보다는 각자의 내면에 가장 적합한 진실을 이룩한 이들인 것이다. 그렇기에 루소의 말대로, 오직 진실만을 원하는 인간들은 '다른 체계에서라면 죽어갈 수밖에' 없다. 자기의 진실에 충실하면 충실할수록, 이 세상에 우리에게 맞는 체계란 오직 스스로의 마음에 적중하도록 지어 나간 체계밖에 없다는 걸 알게 된다.

지난 삶 전체를 통하여 갈망했던 나의 진실이, 그리고 내 존재의 변화가 얼마나 실현되었는지는 모르겠다. 나는 여전히 가장 명확한 마음과 의식으로 확신했던 순간들만큼이나 흔들리는 순간들을 겪는다. 하지만 그럴 때마다 어떻게 해야 하는지 알고 있다. 나의 언어로 나의 글을 쓰고 나의 말을 하는 것이다. 나에게 글쓰기는 어느 신앙인의 기도와도 같다. 루소가 생을 마감하는 그 순간까지 자신의 언어에 기대어 글을 썼던 것처럼, 마지막 순간까지 자신의 신을 향해 기도하는 신앙인처럼, 나 역시 언제까지고 나의 언어에 기대어 살게 될 것을 예감한다. 만약 내가 갈수록 더 스스로를 진실하게 대할 수만 있다면, 그리하여 진실성의 농도가 짙어지고 더 깊이 나의 내면으로 내려갈 수만 있다면, 이 글쓰기가 결코 무용하지 않으리라고 믿는다. 나는 오직 진실이라는 광맥을 향해 땅굴을 파 내려가는 광부이고 싶다.

## 타인과 타자의 가운데서

루소는 자신의 진실을 통해 타인들로부터 인정과 사랑을 얻고 싶어 했다. 젊은 날, 그는 유려한 문체와 설득력 있는 철학으로 세간의 인정을 얻었다. 하지만 다른 학자나 문인과의 관계가 줄곧

순탄하지만은 못했고, 자기모순적인 행보 때문에 비난을 당했으며, 저술한 책으로 유죄선고를 받기도 했다. 특히 기존 교육을 비판하며 새로운 교육론을 제시한 『에밀』의 저자인 그가 자식들을 모두 고아원에 보내 버렸다는 일화는 아직도 유명하다.

그는 허영심 가득한 상류층의 생활에 환멸을 느끼고, 자신을 비난하는 이들로부터 쫓겨 도피 생활을 하면서도 글쓰기를 손에서 놓지 못했다. 글쓰기는 골방에서 혼자 하는 일이지만, 동시에 백지 너머의 타자와 연결되는 일이다. 그는 이론을 통해 자신의 이성에 맞는 체계를 수립하고, 예술을 통해 자신의 감성에 맞는 세계를 창작하려 했다. 언뜻 보면 이는 자기 안에서만 맴도는 일처럼 보이지만, 동시에 백지 너머의 타자에게 자신을 받아들여달라고 하는 절박한 호소이기도 하다. 말년에 이르러, 그는 세상의 모든 타인을 환멸 어린 시선으로 바라보고 거부할 수 있게 되지만, 백지 너머의 타자, 때로는 그가 '신'이라 부르기도 하는 타자와의 끈은 놓지 못한다.

그의 마음에는 결코 해소할 수 없는 구멍, 혹은 채울 수 없는 갈망이 있었던 것 같다. 글쓰기는 그 구멍 혹은 갈망을 채우려는 그의 절실한 시도였다. 그에게 가장 필요한 것은 어쩌면 자신을 완전히 이해하고 수용할 수 있는 단 한 명의 타인이었을지도 모른다. 하지만 그는 이미 젊은 시절 그러한 타인, 연인이었던 바랑 부인을 잃은 상태였고, 그 뒤로는 영원히 그 시절을 그리워한다. 바랑 부인과 헤어진 후 그가 만난 타인들은 결코 그를 온전히 채워

줄 수 없었다. 글쓰기는 자신의 진실을 파헤치는 일인 동시에 바로 그 '타인'에게 닿고자 하는 시도였지만, 마지막의 그에게는 추상적인 '타자'만 남게 된다.

> 그것은 내가 필연의 멍에를 군소리 없이 지고 가는 법을 배웠기 때문이다. 온갖 것에 매달려 보려 계속 애를 썼는데도 그 버팀대들이 차례로 모두 시리지자, 결국 혼자 남게 된 내가 나의 원래 상태로 되돌아갔기 때문이다. 사방에서 압력을 받다가 더 이상 그 무엇에도 집착하지 않고 오직 나 자신에게만 기대고 있는 덕분에 평정심을 유지하는 것이다.8

그는 자기 밖의 타인을 포기하고 자기 안의 타자를 택했다. 그에게 운명을 받아들이는 일이란, 필연의 멍에를 지는 일이란, 그리하여 체념하는 일이란 타인을 포기하는 것이었다. 그는 오직 자신에게만 기댄다고 말하면서, 자신이 믿는 추상적인 신과만 관계 맺기를, 다시 말해 백지 너머 '익명의' 타자와만 관계 맺기를 선택한다.

우리 시대는 구체적인 타인과 추상적인 타자가 그 어느 때보다 혼재되어 있는 시대다. 특히 SNS로 대표되는 인터넷 속의 관계는 타인과 타자의 중간쯤에 위치하고 있다. 우리는 SNS에 글을 쓰면서, 구체적인 타인을 향해 이야기하기도 하지만, 일기장에서처럼 추상적인 타자를 향해 말하고 있기도 하다. 나 역시 이십대 내내, 블로그에 무수한 글을 쏟아 냈는데 '누군가가 보고 있다'는 가능성이 없었다면, 아마 전혀 다른 종류의 글을 일기장에 썼을 것이다. 그 누군가는 내가 실제로 아는 사람일 수도, 아닐 수도 있었다. 어쨌든 그 어떤 타인과의 접속 가능성이 블로그에는 묘하게 얽혀 있었다.

명확하게 말하긴 어렵지만, 우리 안에는 아마도 타인 혹은 타자로 채워져야 하는 절대적인 자리가 있는 듯하다. 나의 경험으로는, 타인과의 접촉이 줄어들면 줄어들수록, 적어도 타자와의 관계가 늘어나야 했다. 그렇다고 해서 그 둘이 완전히 대체 관계인 것은 또 아니었다. 이를테면 타인들을 전혀 만나지 않는 일이란 나에게 불가능했다. 그러나 극소수의 타인만을 만나면서, 백지 너머의 타자와 대부분의 시간을 교류하는 것은 가능했다. 그 양자 사이에는 어느 쪽도 완전히 버리는 것은 불가능한 시소와 같은 관계가 있었다.

아마 다른 누구도 크게 다르지는 않을 것이다. 우리 인간은 타인이 필요하다. 실제로 존재하는 물질적이고 생물학적인 존재와 육성과 시선을 교환해야 한다. 완전한 고립은 우리의 정신에 허락되지 않는다. 우리의 생각과 언어, 정신과 의식은 태초부터 내가 아닌 다른 존재와의 관계로부터 비롯되었고, 관계가 말살된 상태에서는 결코 온전히 유지될 수 없다(다른 사람 없는 언어라는 건 상상조차 불가능하다. 언어는 타인과의 소통에서 비롯되었다). 하지만 동시에 타인은 변덕스럽다. 우리는 타인들에게 우리 존재의 일정한 부분을 건네준다. 그들이 우리를 바라보는 방식, 우리가 그들에게 자기 자신을 설명하는 방식, 그들이 우리를 기억하는 방식에 의지하여 내 자아를 유지한다. 하지만 그들의 변덕 때문에, 또 타인들이 보는 내가 각기 다르기 때문에, 우리는 보다 확고하고 흔들림 없으며 추상적인 시선을 필요로 한다.

그 시선이 바로 신의 시선이고, 백지 너머에 있는 타자의 시선이다. 이 추상적인 시선의 영원불변성이 없다면, 우리는 평생 흔들리는 존재의 불안정 속에 살 수밖에 없다. 가족의 시선, 연인의 시선, 친구의 시선, 나아가 사회의 시선에도 한계는 있다. 백지에 글을 써서 세상에 내어 놓는 것, 블로그에 글을 써서 전시하는 것은 반드시 구체적인 누군가와의 소통을 전제하지는 않는다. 오히려 나와 직접 닿을 리 없을지라도 존재할 '가능성'을 지닌 누군가와 소통하는 일이다. 바로 있을지 없을지 모르지만, 있다고 상정되는 '가능성으로서의 타인'이 '타자'인 것이다.

우리는 자신을 붙잡아 줄 이 타자를 필요로 한다. 오직 타인에게 의지하는 것으로는, 루소도 이야기하고 있듯이 우리 내면의 진정한 평화를 이룩할 수 없다. 우리에게는 어느 정도 타인에 대한 체념이 필요하다. 때로는 타인들 속에서 자신의 자아를 얻고자 발버둥치는 것보다, 공고한 타자와의 관계가 더 중요할 수 있다.

> 사람들이 나를 보는 방식이 어떠하든 그들이 내 존재를 바꿔 놓을 수는 없고, 그들의 위력과 온갖 음험한 음모에도 불구하고 그들이 무슨 짓을 하든 상관없이 나는 계속해서 지금의 나 그대로 존재할 것이다. (…) 큰 불행이지만 내가 그것을 화내지 않고 견딜 줄 알게 된 이후로는 어떤 힘도 내게 미치지 못한다. 진정한 필요를 느끼는 순간은 언제나 드물다.[9]

모든 인간의 삶에 타인은 반드시 필요하다. 나아가 삶의 진정한 가치는 구체적인 타인들과 교류하며, 사랑과 영향을 주고받고, 상호 증진의 삶을 살아가는 데서 발견되기도 한다. 하지만 동시에 타인들은 우리에게 주는 만큼 빼앗아 가기도 한다. 특히 타인들이 서로를 비교하고 평가하며 우리를 특정한 규정 속에 몰아넣으려 할 때, 타인들로 인한 정신적 도둑질은 극에 달한다. 그렇기에 우리에게는 내 밖의 구체적인 타인과 내 안의 추상적인 타자 사이의 조화가 필요하다. 이 균형이야말로 우리 삶을 지탱하는 근본이라 해도 과장이 아닐 것이다.

## 행복에 대해 아는 것이 없는 우리

『고독한 산책자의 몽상』은 자신의 행복을 찾기 위한 루소의 여정을 담고 있다. 제목에서도 드러나는 바, 그가 마음의 평정을 찾고 자기의 행복에 이르고자 할 때, 산책과 몽상은 빼놓을 수 없는 것이었다. 더불어 산책하는 과정에서의 몽상을 글로 씀으로써 자신의 행복을 완성했다고 볼 수 있다.

> 인간이 처할 수 있는 가장 기이한 상황에 처한 내 영혼의 일상적인 상태를 묘사하려는 계획을 세운 나는, 그것을 실행에 옮기는 방법으로 나의 고독한 산책과, 머릿속을 완전히 자유롭게 두어 그 어떤 저항이나 구속 없이 생각이 마음껏 제 흐름을 따르게 할 때 그 산책을 가득 채우는 몽상을 충실히 기록하는 것보다 더 단순하면서도 확실한 방법을 알지 못했다. 이 고독과 명상의 시간은 내가 온전히 나 자신이 되어 마음이 흐트러지거나 어떤 방해도 받지 않고, 자연이 바랐던 상태 그대로 존재하고 있다고 진심으로 말할 수 있는, 하루 중 유일한 시간이다.[10]

산책, 몽상, 글쓰기는 모두 그에게 가장 자유로운 행위였다. 그는 끊임없이 걸음으로써 자신을 몰아세우는 고통의 관념에서 벗어날 수 있었다. 자신이 쫓기는 처지라는 것, 타인들로부터 소외당한 상황이라는 것, 인정보다 비난을 받는 입장이라는 것은 모두 그의 '머릿속'에서 일어나는 일이었다. 걸음은 이러한 관념들이 그의 머리 안에 고여 썩어 가는 일로부터 그를 해방시켰다. 그는 걸으면서 보다 자유롭게 몽상할 수 있게 되었다. 그 몽상에는 자신이 행복했던 시절에 대한 기억이나 무엇이 진정한 행복인가에 대해 꼬리를 무는 생각들이 포함된다. 마지막으로 집에 돌아가, 산책과 몽상의 경험들을 옮겨 적으며 그는 타인들의 구속을 받지 않는 온전한 자기 자신이 될 수 있었다.

> 자신을 성찰하는 습관은 마침내 내 불행에 대한 느낌과 그 기억까지도 거의 잊게 해 주었다. 그렇게 해서 나는 진정한 행복의 원천이 우리 안에 있음을, 또한 행복해지기를 원하는 사람을 정말로 불행하게 만드는 것은 다른 사람들이 아니라는 점을 나 자신의 경험을 통해 배웠다.[11]

그는 자신에게 진정한 행복이 무엇인지를 찾아 나선다. 그는 "무위"야말로 자신의 '가장 중요하고 첫째가는 즐거움'이었다고 이야기한다.[12] 타인의 인정을 갈구하는 일은 더 이상 그에게 의미를 갖지 못하게 되었다. 그러면서 자신의 성향에 가장 어울리는 일이란 그저 한참동안 헤매며 몽상에 젖어드는 것이라 고백한다. 또한 지난날의 경험에는 비록 강렬한 쾌락이 있었지만, 진정한 행복은 아니었다고 말한다.

> 는 우리 앞이나 뒤에 있기 마련인 애착은 더 이상 존재

하지 않는 과거를 회상하거나 대개는 있지도 않을 미래를 예고한다. 거기에는 마음이 전념할 만한 확고한 것이 전혀 없다. (…) 우리가 느끼는 가장 강렬한 향락 속에서도 마음이 진심으로 이 순간이 영원히 지속되었으면 좋겠다고 말할 수 있는 순간은 거의 없다.[13]

루소는 자신의 마음이 '전념할 수 있는 확고한 것'을 원했다. 그는 오직 그러한 상태만이 "완벽하며 충만한 행복"이라고 이야기한다. 이는 그가 "굳건한 평정심"이라고 말하는 것이기도 한데, 우리의 영혼에서 "시간이 아무것도 아닌 상태"이자 "현재가 영원히 지속되면서도 그 지속성을 드러내지 않고 그것이 연속되고 있다는 흔적도 없는, 우리의 존재에 대한 느낌"밖에 없는 상태이며, 그 어떠한 "박탈이나 향유의 느낌도" 없고, 오직 "우리의 존재감만이 영혼 전체를 채울 수 있는" 상태다.[14] 그가 말년의 생피에르섬에서 발견한 고독한 산책의 몽상이 바로 이러한 상태였다는 것이다.

그의 이러한 성찰은 말년에 고립된 섬에서 스스로의 행복을 찾고자 노력한 결과물이다. 그런 점에서 그가 주장하는 행복의 상태는 유배지의 성리학자가 말하는 행복이나, 평생을 수도원에서 살며 명상하는 수도사의 행복과 유사해 보인다. 그는 자기 마음의 안정감을 찾는 것만을 절실히 원하고 있었기에, 고요한 무위의 상태로 자신을 더욱 몰아갔다.

그런데 사실 이러한 종류의 행복은 굳이 철학자의 대단한 성찰이 아니더라도, 대부분의 사람 역시 오랜 휴가를 보내다 보면 어렵지 않게 경험하게 될 법하다. 현실을 모두 잊고 유유자적하는 행복을 누가 짐작할 수 없겠는가?

하지만 나는 여전히 그가 이야기한 행복의 진정성에 대해 더 깊이 성찰하고 공감할 필요가 있다고 생각한다. 우리는 타인이 진실을 말한다고 할 때, 많은 경우 손쉽게 그 진실이 자기 합리화에 불과하다고 여기는 경향이 있다. 이를테면 말년의 루소에 대해서도 단지 그가 자신의 불행을 위로하기 위해 자기를 기만하는 중이라고 말할 수도 있다. 그러나 그렇게 말하기에는, 우리는 삶의 고통에 대해서는 잘 알지라도 행복에 대해서는 아는 것이 너무 없다. 만약 우리가 자신에게 어울리는 행복이 무엇인지 명확하게 안다면, 행복하지 못할 리가 없다. 우리는 행복에 대해 잘 모르기 때문에 더 불행에 가까운 삶을 살고 있을지 모른다. 그렇기에 자신의 진정한 행복에 대해 말하는 이가 있다면, 그의 말에 귀 기울여 볼 필요가 있는 것이다.

> 마음이 평온해야 하고, 그 마음의 평온을 어지럽힐 어떤 정념도 없어야 한다. (…) 움직임이 고르지 않거나 너무 심하게 동요하면 그것은 우리를 일깨워 자극한다. 그리하여 주위 사물들을 환기시켜 몽상의 매력을 깨뜨리고 우리를 자신의 내부에서 끌어내어 즉시 운명과 사람들

의 속박 아래 놓이게 만듦으로써 우리에게 불행의 느낌을 되돌려준다.[15]

그는 평생에 걸쳐 자신에게 '가장 자연스럽고 자유로운' 상태를 찾아 헤맸다. 그러다 말년에 이르러서 타인들로부터 강제로 벗어날 수 있는 상황에 처해서야, 비로소 그런 상태를 맞이하게 된다. 그는 자신이 너무 '늦었음'을 아쉬워한다. 자신이 '닥치는 대로' 살아온 지난날들을 돌이켜 보며, 진즉에 이와 같이 타인들을 끊어 낸, 고독한 생활의 진정한 행복을 알았다면 좋았을 거라고 말한다. 비로소 자신이 평생 타인들을 쫓아 그들의 인정과 시선을 갈망하며 허망하게 떠돌았음을 깨달은 것이다.

물론 루소의 행복이 진정한 것이라 할지라도 우리가 그와 같이 자기의 내면에만 집중하고 몽상만 하면서 살 수는 없다. 그러나 우리가 자신을 채워 줄 무언가를 찾아 헤맬 때, 삶을 뒤덮은 불안과 권태로 갑갑함을 느낄 때, 타인들 속에서 지난한 공허를 느낄 때 루소가 말한 저 '지고의 행복'을 떠올릴 수는 있을 것이다. 그럴 때 우리에게 필요한 것이 우리 밖에 있는 타인이기보다는, 우리 내면을 메울 스스로의 존재감일지도 모른다는 생각이 스친다면, 루소의 마지막 글은 그 역할을 다한 것과 다름없다.

나는 자신에게 가장 어울리면서도 자연스러운 그 어떤 행복의 상태에 대해 알고 있을까? 적어도 루소와 마찬가지로, 타인들 속을 헤매고 다니는 것이 나의 행복과는 거의 관련 없다는 사실은 알고 있다. 나는 타인의 영향력으로부터 어느 정도 보호벽을 치는 방식으로 지난 삶을 견뎌 낼 수 있었다. 오직 그 전제 위에서만, 나의 꿈을 좇으며 나의 길을 따라 걷고 나의 일을 할 수 있었다. 내가 하고 있는 일이 옳은지를 확인하기 위하여 타인들에게 물어보거나, 타인들과 비교하는 것만큼 나의 힘을 갉아먹는 것은 없었다.

루소의 글은 나의 존재에 아주 가까이 있는 듯한 느낌을 준다. 나 역시 그처럼 타인들을 갈망하며 찾아 헤맸다. 그러다가 타인들로부터 조금은 자유로워지는 방법을 익히게 되었고, 더 많은 글을 쓰는 길로 나아갔다. 타인보다는 타자와의 관계에 더 안정적인 지고의 행복이 있을 수 있다는 그의 증언은, 혹여나 내가 언젠가 이 타인들의 세계에서 완전히 쫓겨날 날이 오더라도, 그다지 절망할 필요가 없음을 보증해 주는 듯하다. 무엇보다 그가 이 글에서 진실만을 말하고자 했다고 믿기에 더 그러한 보증을 받아들일 수 있다.

그렇다고 해서 내가 지금 당장 타인에 대한 어떠한 정념이나 애착도 없는 상태를 바라는 것은 아니다. 아마 나에게도 그럴 날이 올 수는 있겠지만, 아직은 더 정념적이고 싶고, 내가 사랑하는 존재들에 애착을 갖고 싶다. 내가 바라는 것은 아직 타인의 절멸 이후에 도래할 타자의 전체성은 아니다. 언젠가는 집착 없는 무위의 삶을 바라게 될지도 모르겠다. 다만 나에게는 살아 내야 할 많은 날이 있다고 느껴진다. 그렇기에 루소가 말하는 행복을 온전히 받아들이는 건 나중으로 미루려고 한다. 물론 그를 참조하는 일은 중단되지 않을 것이다. 루소만큼만 진실할 수 있다면, 어쩌면 모든 것은 보다 쉽게 해결될지도 모른다. 진실에는 힘이 있다. 나는 갈수록 그 힘을 신뢰하는 삶을 살고 싶다.

# 자기 안에 갇힌 병에서 벗어나기

**표도르 도스토옙스키, 『지하로부터의 수기』**

## 자의식과잉이라는 병

지금보다 어릴 때는 조숙하다는 게 골칫거리였다. 가만히 있어도 수많은 볼거리에 노출되어 있는 요즘 아이들이라면, 또 책이나 영화 따위에 푹 빠져 청춘을 보낸 이들이라면 다 비슷하겠지만, 늘 경험한 것보다 너무 많은 걸 안다는 게 문제였다. 연애를 하기 전에 섹스를 알고, 결혼을 하기 전에 권태를 알고, 항공권을 끊기도 전에 여행을 알고 있었다. 그러다 보니, 청춘이란 전혀 모르는 것을 경험했던 시기라기보다는 이미 알던 것을 따라잡기 바쁜 시기였다.

연애도 했고, 여행도 떠났고, 읽고 싶은 만큼 책을 쌓아 놓고 읽기도 했다. 마음속에는 항상 도달해야 하는 이미지들이 쌓여 있었다. 끊임없이 주어지는 퀘스트를 클리어해야 하는 게임처럼, 그 이미지들을 좇으며 이십대를 보냈다. 대학 생활을 끝낼 때쯤 대학원을 선택했던 것도 그런 청춘을 유예시키고 싶었기 때문인지도 모른다. 아직 더 머무르고 싶었고, 더 클리어하고 싶었고, 더 욕망하고 싶어서 덜컥 '또 학생'이라는 길을 선택했던 건 아닐까.

재미있게도 대학원 생활을 하며 가장 많이 들었던 말은 '내가 알던 그 공부가 아니었다'라는 것이었다. 다른 경우로 말하면, 내가 알던 그 연애가 아니다, 내가 알던 그 여행이 아니다, 같은 말과 일맥상통하지 않나 싶다. 삶이 주어진 미션들을 수행하는 것이라면, 그 미션은 언제나 내가 알던 것과는 다르다. 단순히 말하자면 이상과 현실의 차이라고 할 수 있다. 결국 모든 게 자신의 의기양양한 선택이었다고 하더라도, 그다음에는 반드시 적응해야 하는 순간이 오기 마련이다.

『지하로부터의 수기』의 주인공 역시 앎과 삶, 즉 의식과 존재 사이의 어떤 간극을 느끼는 인물로 묘사된다. 그는 생활을 위해 관청에 출퇴근하긴 하지만, 그 외 대부분의 시간은 지하의 자기 방에서 보내며 공상을 이어 간다. 소설에서는 그의 관청 생활은 거의 보여 주지 않고, 혼자 방에서 지내며 하는 생각들과 몇 가지 에피소드만을 다루고 있다. 그는 타인들과 온전한 관계를 맺지 못하면서, 항상 욕구불만을 느끼고, 과도할 정도로 자기 생각에만 사로잡혀 있는 자폐적인 인간이다.

나는 수도 없이 벌레가 되고 싶었음을 당신들에게 엄숙히 말한다. 하지만 나는 그런 주제도 못 되었다. 맹세컨대 지나치게 의식하는 것, 이건 병이다. 진짜 완전한 병이다. 인간이 일상생활을 하는 데는 평범한 의식만으로도 너무나 충분했을 것이다.[1]

그는 자신이 '지나치게 의식하는' 병, 즉 자의식과잉의 병에 빠져 있는 존재라고 말한다. 정도의 차이는 있지만 대부분의 사람은 과잉된 자의식의 시절을 경험한다. 청소년기에 비록 남들과 같이 교복을 입고 교실에 앉아 있지만, 나만이 특별한 자질이나 감수성을 지닌 존재라는 생각 따위를 누구나 해 봤을 법하다. 타인들을 지나치게 주관적으로 바라보는 것에 불과한데도, 스스로가 남다른 통찰력을 가진 존재라고 생각하기도 한다. 나 자신의 존재나 생각에 지나치게 빠져 있는 것을 모두 자의식과잉의 일종으로 볼 수 있다.

『지하로부터의 수기』의 주인공, 지하 생활자는 자신에 대한 이중적인 의식을 지니고 있다. 그는 자신이 주변의 평범한 인간들과 다른 차원의 깊이를 지닌 존재라고 생각하면서도, 자신을 미천하기 짝이 없어서 벌레만도 못한 존재라고 여긴다. 이러한 이중성은 그가 지나치게 높은 기준을 가진 데서 비롯된다. 그는 어떤 존재가 진정으로 멋지고 아름다운지, 어떤 삶이 진정으로 위대한지 알고 있지만, 정작 자기 자신은 그렇지 못하기에 스스로를 비하

하는 것이다. 그럼에도 다른 사람들은 신경 쓰지 않는 그러한 기준 자체를 '안다'는 점에서, 그는 평범하게 살아가는 일반인들보다는 더 진리를 알고 있고, 더 진실에 가까운 존재다.

> 나는 악독한 인간이 될 수 없었을 뿐 아니라 아무것도 될 수 없었다. 악독한 인간도, 착한 인간도, 야비한 인간도, 정직한 인간도, 영웅도, 벌레도 그 어떤 것도. 나는 이제 현명한 인간은 진정 아무것도 될 수 없고, 뭔가가 된다는 건 바보에게나 해당되는 일이라는, 악의에 차고 아무짝에도 쓸모없는 위안으로 스스로를 흥분시키며 나만의 구석에서 살아갈 것이다. 그렇사옵니다, 19세기의 현명한 인간은 반드시 정신적으로 우선 주관 없는 존재가 되어야만 한다. 주관을 가진 사람, 즉 행동가는 대개 편협한 존재이다.[2]

자기만의 지나치게 높은 기준 때문에 아무것도 될 수 없다는 것은 아이러니하다. 그가 말하는 대부분의 사람들, 즉 '주관을 가진 행동가'인 일반인들은 다들 무언가가 되어 있다. 대단하지는 않더라도 작은 사회 안에서 직책을 맡기도 하고, 많은 돈을 벌어 위세를 부리기도 한다. 이는 그들이 지하 생활자처럼 너무 높은 기준, 혹은 어떤 미의식이나 이상이라 부를 만한 것에 집착하지 않기 때문이다. 그들은 삶에서 필요한 적당한 수준의 기준에 자기를 맞추어 타인들과 서로 인정하며 살아간다. 그러나 지하 생활자에게 이것은 참을 수 없는 일이다.

완전히 같다고는 할 수 없지만, 내게도 그와 유사한 경험이 있다. 대학 시절 학교에는 나름대로 세상에 대해 토론하고 이야기를 나누는 학회나 모임들이 있었다. 나는 몇 번 그런 모임들에 기웃거려 보았으나, 이내 곧 환멸을 느끼고 돌아서곤 했다. 당시의 내게는, 이제 겨우 대학생이 된 청년들의 열띤 토론이나 고집스러운 주장은 충분히 아는 것도 없이 제멋대로 떠들어 대는 것으로만 보였다. 나라고 딱히 더 나은 것은 아니었지만, 나는 더 높은 수준의 무언가를 갈망하고 있었다. 내 존재와도, 내 수준과도 맞지 않는 이상이 있었던 것이다.

나의 부족함을 알수록, 나는 입을 다물고 혼자서 공부하는 길을 택했다. 그런 시절은 꽤나 길어서 몇 년에 걸쳐 이어졌다. 때로는 나도 무언가 발언하고 싶다는, 내 목소리를 내고 조금이나마 인정받고 싶다는 갑갑함을 느끼곤 했다. 그럴 때면, 쏟아 내듯이 온갖 거친 문장들을 블로그에 쓰곤 했다. 지하 생활자의 모습은 그 시절의 나를 떠올리게 한다. 나는 하나의 블로그에 너무 많은 글을 써서, 내가 지나치게 노출되거나 정제되지 않은 말들로 스스로가 '추'해졌다고 믿게 되면, 기존의 블로그를 닫아 버리고 새 블로그로 옮겨서 글을 썼다. 나 역시 이상과 미의식에 집착하며 욕구불만과 답답함 속에서 한 시절을 보냈다.

나 자신이 한없는 허영심으로 자기 자신에게 지나친 요구를 한 결과, 혐오감에 이를 정도로 미칠 것 같은 불만을 가지고 자신을 바라보는 일이 매우 잦았으며, 그런 까닭에 내가 생각 속에서 자신의 시선을 각 사람에게 투사했다는 것은, 이제 내겐 완전히 명백하다. 예를 들어 나는 자신의 얼굴을 증오했고 내 얼굴이 흉악하다고 생각했으며, 그 안에 뭔가 비굴한 표정이 있다는 의혹까지 품었기 때문에, 매번 출근해서, 비굴하다는 의혹을 사지 않도록 최대한 당당하게 자신을 다잡고, 할 수 있는 한 얼굴에 더 고상한 표정을 짓기 위해 괴로울 정도로 노력했다.[3]

그의 '지나치게 의식하는 병'은 자신의 내부에서만 이루어지는 게 아니다. 그는 끊임없이 타인들의 시선을 신경 쓰고 있다. 그러나 그 시선은 타인들의 '진짜' 시선이라기보다는 그가 만들어 낸 시선에 가깝다. 그의 관념적 세계 안에서, 때때로 그 둘은 거의 구분되지 않는다. 그는 타인들을 신경 쓰면서 자기 안의 시선에 몰두하고, 자기 안의 기준에 사로잡히면서도 타인들의 기준에 강박적이다.

흔히 타인들을 지나치게 신경 쓰는 사람들을 '자존감이 낮다'고 한다. 그들에게는 자신의 기준에 따라 살고, 자기 자신을 사랑하라는 조언이 주어진다. 그러나 지하 생활자에게 그렇게 말한다면, 그는 자신이 그 모든 것을 '알고 있다'고 항변할 것이다. 그는 자신이 불행한 이유가 자기 자신 때문이라는 것을 알고 있다. 또한 자신의 지나친 기준, 자기에 대한 엄격함, 강박적인 이상을 모두 포기하면 타인들처럼 행복해질 수 있다는 것도 알고 있다. 그러나 그는 그렇게 '할 수 없다.' 그는 결코 자신의 의식을 포기할 수 없는 것이다. 자신의 의식을 지키는 것이야말로, 자기를 자기 자신으로 남게 해 준다는 것을 알기 때문이다.

그의 병은 모든 것을 지나치게 '알고 있다'는 데서 온다. 따라서 그 어떠한 '앎'도 그에게 도움이 되지 않는다는 것이야말로 그의 병을 정의한다. 이는 흔히 우리가 '생각'이라고 말하는 것, 즉 이성이 어떤 한계에 봉착해 있다는 걸 의미한다. 합리적인 생각 혹은 객관적인 이성의 세계에서 그는 구원받을 수 없다.

> 나는 인간이 진짜 고통, 즉 파괴와 혼돈을 결코 거부하지 않으리라 확신한다. 고통이야말로 진정 의식의 유일한 원인이니까. 나는 처음에 의식은 인간에게 크나큰 불행이라는 의견을 말한 바 있지만, 인간은 고통을 사랑하여 그 어떤 만족과도 바꾸지 않으리라는 것을 나는 안다.[4]

## 생각을 앞서는 욕망

『지하로부터의 수기』는 크게 1부와 2부로 나누어져 있다. 1부는 이야기 진행 없이 지하 생활자의 사변으로만 거의 채워져 있고, 2부는 친구들을 만나 수모를 겪는 에피소드, 그리고 리자라는 매춘부와 사랑하려다 실패하는 이야기를 담고 있다. 이처럼 소설은 뚜렷하게 두 부분으로 나뉘어 있지만, 지하 생활자의 생각에 초점을 맞추면 크게 구별되지는 않는다. 소설의 거의 모든 장면과 심리 묘사는 '지하 생활자'라는 인간의 특성을 드러내는 퍼즐로 볼 수 있기 때문이다.

1부에서 그는 철학적인 사변을 전개하며 결정론과 이성 중심주의를 비판한다. 그러면서 인간의 '자유의지'에 대한 지향을 설명하고, 나아가 소설 전체에서는 '욕망'과 '살아 있는 삶'이라는 개념을 역설한다. 그가 볼 때 인간 심리나 행동, 나아가 사회나 역사의 모든 것은 결코 이성으로 완벽하게 설명할 수 없다. 아무리 학문이 발전하여 인간 행동의 모든 것을 설명할 수 있는 표를 만들어 내더라도, 인간의 변덕스러운 특성상 오히려 그 표와 반대로 행동할 게 뻔하다는 것이다.

> 인간은 그가 누구이든 오성〔이성〕과 이득〔이익〕이 명령한 대로가 아니라, 언제 어디서나 자기가 원하는 대로 행동하기를 좋아한다. 자신의 이득을 거슬러서 원하기도 하고, 가끔은 (이건 이제 내 생각인데) 꼭 그래야만 한다는 것이다. 자신의 개인적이고 제멋대로인 자유로운 욕망, 하다못해 가장 거친 변덕이라 할지라도 자기 자신의 것, 가끔 미쳐 버릴 정도로 곤두서게 하더라도 하여

튼 자신의 환상, 그 모든 것이 바로 그 누락된 가장 유리한 이득, 어떤 범주에도 들지 않고 모든 시스템과 이론에 물을 먹이는 그것이다. (…) 인간에게는 오직 자율적 욕망 한 가지만 필요할 뿐이다. 이 자율성이 어떤 대가를 요구하든, 어떤 결과에 이르게 하든 말이다.[5]

『지하로부터의 수기』는 당시 이성(오성)*으로 모든 것을 설명하려는 '결정론'적인 사상에 대한 비판을 담고 있다. 이러한 경향은 현대까지도 이어지는 일부 학문의 기본적인 태도라 볼 수 있다. 이를테면 인간의 모든 행동을 자신의 '이익'을 위한 합리적 계산의 결과라 보는 '이기주의 환원론(결정론)'은 최근까지도 경제학이나 심리학 등을 지배해 왔다. 이에 반해 지하 생활자는 충동적이고 자유로운 '욕망'의 존재를 제시한다. 인간 심리와 행동의 밑바탕에는 계산적 이성이나 합리성이 아니라, 처치 곤란하고 비합리적인 욕망이 자리 잡고 있다는 것이다.

우리는 대체로 삶의 전반적인 부분을 합리적으로 생각하며 살아간다고 여긴다. 인생의 결정적인 순간마다 우리는 가능한 한 깊이 고민하고, 주위 사람들의 조언도 참고하여 가장 합리적인 선택을 하고자 한다. 연애와 결혼이라든지, 취직이나 이직은 말할

* 해당 번역본에서는 '오성'이라 표현하고 있지만, 이 글에서는 '이성'으로 통일한다.

것도 없고, 어떻게 소비를 할지, 어떤 식으로 인간관계를 맺을지, 무엇을 하며 시간을 보낼지를 고민할 때도 우리는 많은 경우 이성적으로 생각하여 '옳은' 결정을 내리고자 노력하는 것이다.

하지만 정말로 우리의 행동이나 삶을 '결정'하는 것이 이성 혹은 생각일까? 세상에는 거의 유사한 고민의 과정을 겪더라도, 전혀 다른 결정을 내리는 경우가 비일비재하다. 누군가는 결혼에서 상대방의 금전적 안정성을 선택하고, 다른 누군가는 상대방과의 감정적 교류를 우선시한다. 진로를 선택할 때도, 처음부터 자기만의 독자적인 길을 가려고 하는 창업가나 프리랜서가 있는가 하면, 대학에 입학하자마자 공무원 시험 준비에 열을 올리는 경우도 있다. 적어도 선택하는 순간 우리는 '생각'을 한다. 하지만 생각이란 나도 모르는 사이에 이미 선택된 것을 옹호하거나 합리화하는 데 이용되는 건 아닐까? 생각은 과연 인생을 좌지우지할 수 있을까?

> 오성[이성]은 오성일 뿐, 인간의 판단 능력만을 만족시킬 뿐이지만 욕망은 삶 전체, 오성과 모든 긁적거림을 포함하는 인간 삶 전체의 발현이다. 우리의 삶이 종종 허접쓰레기의 모습으로 나타나기도 하지만, 어쨌든 삶은 삶이지 한낱 제곱근을 구하는 일 따위가 아니다.[6]

성인이 된 이후 내가 가장 많이 한 일은 쓰는 것이었다. 일기든, 잡다한 생각이든, 습작이든 거의 하루도 빠짐없이 무언가를 썼다. 그렇다는 것은 적어도 내가 많은 생각에 사로잡혀 살아 왔다는 것을 의미한다. 무수한 생각, 즉 언어가 머릿속을 채우고 있었다. 그것들을 글로 옮겨 해소하지 않으면 안 되었다.

그런데 돌이켜 보면, 머릿속의 생각이란 것은 나의 어떤 상태에 대한 '반영'에 불과한 경우가 대부분이었다. 나의 미묘한 감정적인 상태, 기분, 상황 따위가 '먼저' 있었다. 생각은 늘 그다음에나 그것들을 설명하기 위해 풀어져 나오는 것이었다. 무언가를 해야겠다는 '결심' 역시 이성적인 사고 과정을 통해 도출되었다기보다는, 어떤 충동적인 상태, 지하 생활자식으로 말하자면 주로 '욕망'에 따른 것이었다. 사랑하는 사람을 보고 싶다는 마음, 아름다워 보이는 먼 땅으로 떠나고 싶다는 충동, 당장 글을 쓰지 않으면 견딜 수 없는 초조함이 항상 먼저 있었다. 많은 경우 생각이란 그렇게 '먼저 있는 욕망'을 합리화하는 도구에 지나지 않았다. (물론 생각 혹은 이성의 역할이 전무했던 것은 아니다. 그런 욕망들의 우선순위를 설정해 주거나 특정 욕망에 제동을 거는 일 등은 이성의 역할이기도 했다.)

지하 생활자는 욕망과 이성이 '근본적으로' 다르다고 말한다. 욕망은 우리 내부에서 꿈틀대며 터져 나오고자 하는 '삶'의 발현이다. 다시 말해 우리 안에는 늘 실현되고 싶어 하는, 드러나길 원하는, 표현되고 발현되기를 기다리는 '삶'이 있다. 그 삶은 아름다운 이성과의 뜨거운 로맨스일 수도 있고, 세상을 호령하는 영웅적인 행보일 수도 있고, 최고의 예술 작품을 만들어 내는 창작

활동일 수도 있다. 인생을 만들어 내는 것은 바로 이러한 삶의 욕망이지, 이성이 아니다.

> 내가 지극히 자연스럽게 살기를 원하는 것은 판단 능력 한 가지만을, 즉 내 삶의 능력 전체의 20분의 1 정도를 만족시키기 위해서가 아니라 내 삶의 모든 능력을 만족시키기 위해서다. 오성이 뭘 알고 있는가? 오성은 알 수 있었던 것만을 알지만(어쩌면 다른 것은 절대 알 수 없을지 모른다. 이것이 위로가 되지는 않겠지만, 말 못할 건 또 뭔가?), 인간의 본성은 의식적이든 무의식적이든 그 안에 들어 있는 모든 것으로써 통째로 행동하는 것이고, 뻥을 치더라도 어떻든 살아가는 것이다.[7]

욕망은 우리 안에 잠재되어 있는 삶의 씨앗이다. 우리 삶이란, 바로 그 욕망이 발현되는 과정인 것이다. 그렇게 보면 이성이 하는 역할이란 키잡이 정도밖에 되지 않는다. 이성은 이미 욕망에 의해 일어나고, 선택되고, 결정된 삶을 설명하거나 보조하는 역할 정도밖에 하지 못하는 것이다. 지하 생활자는 이성에 따르는 삶이 아니라 욕망에 따르는 삶을 원하고 있다.

그러나 문제는 앞에서도 보았듯이 그가 '이성이 아니라 욕망'이 중요하다는 것을 알 정도로 통찰력 있는 인물임에도, 그것을 실행할 능력이 없다는 점이다. 이는 그의 이상이 지나치게 높다는 점과도 일맥상통한다. 왜냐하면 그는 잠재된 욕망 전체라고 할 수 있는 '삶의 능력 전부'를 만족시키기를 원하기 때문이다. 그러다 보니 진정한 욕망에 맞지 않는 시시한 일들은 애초부터 실행할 생각조차 들지 않는 것이다. 대부분의 사람 역시 적당히 사회적 이성(사회에서 요구하는 의무, 타인들의 기준에 따른 현실적 생활 등)에 복종하며 살 뿐 자신의 욕망에 따라 살지는 않는다.

> 우리는 진정한 '살아 있는 삶'에 대해서도 때때로 어떤 혐오감을 느낄 정도로 유리되어 있어서, 이제는 누군가 우리에게 그것을 상기시키면 우리로선 참을 수 없어지는 것이다. 우리는 진정한 '살아 있는 삶'을 노동이나 다름없는 것으로, 거의 근무로 여기고, 우리 모두는 내심 책〔소설〕에 따라 사는 게 더 낫다는 데 동의할 지경에까지 이르게 되었다.[8]

말하자면 그는 가장 진정한 삶, 최고의 삶, 자신의 모든 것이 발현된 삶을 원하고 있다. 그는 그것을 '진정한 살아 있는 삶'이라 말한다. 나머지 삶은 죽은 삶이나 다름없다는 것이다. 혹은 다들 소설(책)을 흉내 내는 삶, 요즘식으로는 텔레비전 속의 드라마를 따라 적당히 모방하는 삶에 만족하고 있다는 것이다. 그 누구도 진짜로 살고자 하지 않으며, 단지 닭장에 갇힌 닭처럼 동물적인 안정감에 행복해 할 뿐이다만약 궁전 대신 닭장이 있고, 마침 비가 온다면, 젖지 않기 위해 나는 닭장으로 기어들 것이고, 그래도 비를 피하게 해 주었다는 고마움 때문에 닭장을 궁전으로 받아들이지는 않을 것이다. 당신들은 비웃으며, 이런 경우엔 닭장이나 저택이나 마찬가지 아닌가라는 말까지 한다. 그렇다, 비에 젖지 않기 위해서만 살아야 하는 것이라면 말이다, 하고 나는 대답한다.
내게 이것 하나만을 위해 사는 것이 아니라, 이왕 살 바엔 저택에서 살아야 한다는 생각이 들었다면 어쩔 것인가. 이것이 나의 욕망이고 바람이다.[9]

많은 사람이 삶의 한 시기 동안은 욕망에 따른 삶을 추구하다가도, 이내 미래에 대한 공포, 주변 사람들의 영향, 실패의 경험에 따른 체념 등으로 이를 포기한다. 그래서 궁전을 짓겠다는 욕망은 망상이 되고, 왕년의 꿈은 불가능한 이상으로 남게 된다. 지하생활자 역시 관청을 오고갈 뿐, 욕망에 따른 '진정한 살아 있는 삶'이라는 것을 실천하지도, 성취하지도 못한다. 그러면서도 이상적인 삶에 대한 꿈만은 결코 포기하지 못했기에 자의식과잉의 병에 걸린 '지하의 인간'이 되어 버린 것이다.

그도 말하고 있지만 '진정한 살아 있는 삶'은 평화로운 행복을 가져다주는 것도, 안정적인 만족감을 주는 것도 아니다. 그가 바라는 위대한 예술가의 삶, 영웅의 삶, 나아가 '초인'의 삶이라고 말할 수 있는 것을 일반인들은 바라지 않는다. 대부분의 사람은 소시민으로서 타인들과 같은 생활과 행복을 얻는 것을 목표로 살고 있다. 오히려 그러한 소소한 삶이야말로 가장 달성하기 어렵고, 또한 진실한 행복이라고 말해지는 시대이기도 하다.

나 역시 나의 가능성을 최대한 발휘한 삶, 최고라 부를 만한 강하고 아름다운 삶을 성취할 수 있기를 바랐다. 그렇지 않았다면, 나를 옥죄던 고통과 고민은 훨씬 덜했을 것이다. 하지만 고집스럽게 나의 욕망 혹은 꿈만을 향한 삶을 지속하다가는, 일반적이고 물질적인 안정감, 일상적인 행복, 평안한 소속감을 영원히 갖지 못할까 봐 두렵기도 했다. 결국 나는 그 둘 사이에서 줄다리기를 하면서, 두 발을 양자에 한 쪽씩 두고 버티고자 했다. 나도 나의 꿈을 향한 열정, 즉 오직 욕망만이 가득한 삶을 지향할 만큼 용기 있지는 못했다.

욕망과 이성, 꿈과 현실, 진정한 살아 있는 삶과 소시민적인 생활 사이의 줄다리기가 언제까지 이어질 수 있을지는 모르겠다. 사실대로 말하면 나는 그 둘을 모두 성취하고 싶다. 내가 원하는 일을 손에서 놓지 않으면서, 타인들이 누리는 행복감 역시 얻고 싶다. 이를테면 평생 글을 쓰면서도 소시민적인 가정생활이 주는 안정감과 소속감을 누리고 싶다. 두 개의 소망 사이를 오가다 보니, 적어도 나는 '완전한 진짜 욕망에 찬 삶의 이상'은 포기했던 것 같다. 세계 최고의 무언가가 되거나 영웅적인 삶을 살고 싶다는 마음은 거의 사라졌다. 한때는 아마도 그런 이상과 욕망 속에서만 살던 시절이 있었다.

그렇게 보면 나는 어느 정도 '자의식과잉의 병'에서 치유된 셈이다. 더 이상 자의식이나 이상적인 관념은 내 존재에 전적인 영향을 미칠 만큼 그리 강하지 않다. 내 안에서 피어오르는 욕망도 자주 이성의 통제를 받아 고개를 숙인다. 자의식과잉은 자신의 의식 안에 갇힌 상태를 의미한다. 그렇기에 내가 자의식과잉에서 벗어났다면, '갇힌 의식'에서 빠져나왔다는 것을 뜻한다. 고백컨대 거기에는 사랑의 경험만큼 중요한 것은 없었다. 이 소설 역시 후반부에서 사랑의 문제를 다루고 있다.

## 생각을 멈추고 그저 사랑하는 것

지하 생활자는 거의 타인들과 관계를 맺지 않고 살아간다. 관청에 출퇴근하며 민원인이나 직원을 만나기는 하지만, 형식적인 만남만 있을 뿐 실질적인 접촉은 없다고 볼 수 있다. 그는 혼자서 논리를 갖추고 사변을 이어갈 수 있을지 몰라도, 타인들에게 자신의 내면을 전달하는 방법은 거의 알지 못한다. 그렇기에 친구들을 만나도 불쾌한 몇 마디 말만 던질 뿐이다. 또한 마지막에 등장하는 리자와도 서로 이야기를 주고받기보다는, 일방적으로 장광설을 늘어놓는 것밖에 하지 못한다.

그는 소설 내내 거의 자기 안의 '타자'와 투쟁한다. 2부에서 친구들과 약간의 문제를 일으키긴 하지만, 정작 그들에게 거의 아무런 말도 하지 못한다. 그저 혼자서 그들의 심리를 상정하고, 일종의 투명인간과 맞서 싸울 뿐이다. 그렇기에 자신에 대한 호의조차 으스대는 일로 해석하는 등 왜곡된 방식으로밖에 타인과 관계 맺지 못한다. 비록 그가 '욕망'이라는 인간의 근원적 부분을 통찰하는 탁월한 감수성을 지녔다 하더라도, 타인들과의 관계에서는 어떠한 통찰력이나 현명함도 발휘하지 못하는 것이다.

과잉된 자의식의 병은 자기 안에 혼자 머물러 있는 게 아니다. 그것은 자기 안에서 비대해진 어떤 추상적인 타자와의 동거를 의미한다. 그 타자는 끊임없이 나를 바라보면서, 나에게 열패감을 조장하고, 수치심을 느끼게 하며, 나를 추하다고 비난한다. 만약 그 타자가 한없이 따뜻한 신과 같은 존재라면, 그는 오히려 타인들을 만나지 않는 데서 가장 평안한 영적 상태를 경험할 것이다. 하지만 신의 존재를 의심하는 지하 생활자에게 타자는 더 이상 따뜻한 절대자가 아니다. 오히려 비난 어린 시선을 보내는 괴물 같은 타인들이 된다.

> 다들 나를 흔한 파리 정도로 여기고 있는 게 분명했다. 학교에서는 모두가 나를 미워하긴 했지만 이렇게까지 괄시하진 않았다. 물론 나는 이해했다, 그들이 내 관리 생활의 실패나, 내가 이젠 멋대로 살고 남루한 옷차림으로 다니는 것 등등에 대해 경멸하는 것이 마땅하다고. 그들의 눈에는 내가 자신의 무능력과 보잘것없음을 써붙이

> 고 다니는 것처럼 보였을 것이다. 아무리 그래도 이 정도의 경멸까지는 예상하지 못했다. 심지어 시모노프는 내가 온 것에 놀라기까지 했다. 그는 전에도 언제나 내가 온 것에 놀라는 것 같았다.[10]

세상 사람들이 모두 자신을 욕하거나 하찮게 보는 것 같은 피해망상은 우리 사회에서 일상이 되었다. 그만큼 사람들은 서로의 삶을 비교하면서, 자기 삶이 좋은지 나쁜지, 타인의 삶은 올바른지 그른지 평가하는 걸 습관으로 삼고 있다. 그렇기에 지하 생활자의 내면은 단순히 사회 부적응자나 자폐증 환자만의 심리라기보다는, 우리 모두 한 번쯤은 겪어 본 것이기도 하다.

지하 생활자의 문제에는 보다 복잡한 측면도 있다. 보통 겪는 자기 비하의 감정은 대체로 사회적인 기준과 관련된다. 직업이나 학벌이 충분히 좋지 않거나, 외모가 아름답지 않거나, 배우자를 얻지 못했다고 느끼는 등의 수치심의 기준이 철저히 '타인들의 기준'에 맞추어져 있는 것이다. 그러나 앞에서 보았듯이, 지하 생활자는 결코 타인들의 기준을 인정하지 않는다. 만약 타인들의 기준을 받아들인다면, 열심히 사회생활을 해서 승진도 하고, 돈도 모으고, 좋은 옷도 사면 해결될 것이다. 하지만 그는 그것을 원하지 않는다.

그의 문제가 정확히 어디에서 비롯되었는지는 알 수 없지만, 그에게는 근원적인 결핍이 있었던 걸로 보인다. 일단 친척이 단 한

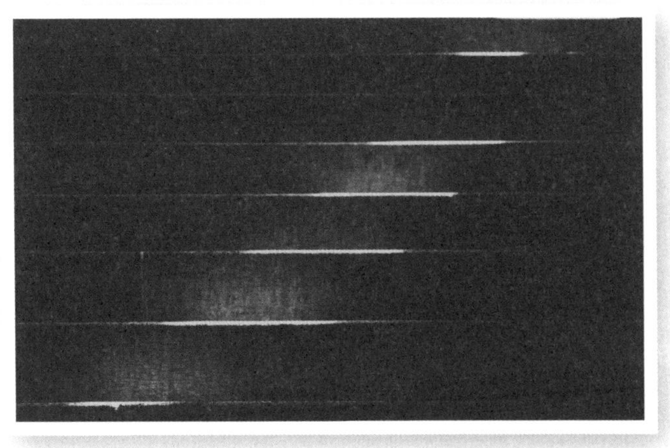

명밖에 없다는 이야기를 본다면, 일찍이 가족을 잃었을 가능성도 있다. 어쨌든 내면의 과잉이 시작된 시점이 있었을 것이다. 그 시점으로부터 그가 갈망하는 궁극의 삶, 전체 욕망이 발현된 최상의 삶에 대한 이상이 시작되었다. 다시 말해 그에게는 가까운 현실에서 만족하는 대신 먼 이상으로 도피하기 시작한 시점이 있었던 것이다.

> 나는 모든 것에 익숙해졌는데, 말하자면 익숙해졌다기보다는 뭔가 자발적으로 참아 내기로 한 게 아닌가 싶다. 그런데 나에게는 모든 것을 화해시켜 준 출구가 있었으니, 바로 '아름답고 숭고한 모든 것' 안에서 구원받는 것, 물론 몽상 속에서 말이다. 나는 끔찍하게 몽상에 잠겼는데, 석 달을 내리 방구석에 처박혀 몽상에 잠겨 있었고, 그런 순간들이 오면 나는 정말 닭처럼 마음이 흥분된 상태에서 자신의 외투 칼라에 독일제 비버 털을 달았던 그 신사와는 전혀 닮지 않은 사람이 되었다.[11]
>
> 그러나 주여, 얼마나 많은 사랑을, 나의 몽상 속에서, 이런 '아름답고 숭고한 모든 것 안에서의 구원' 가운데서 얼마나 많은 사랑을 경험하곤 했던가. 비록 환상의 사랑이고, 비록 실제 인간사에는 결코 적용될 수 없는 사랑일지라도, 이 사랑이 너무 많았기 때문에, 심지어 나중

> 에는 실제에 적용할 필요를 느끼지 못할 정도였으며, 이러한 사치는 여분이었을 것이다.[12]

그는 타인을 타자로 대체했다. 현실의 타인이란 우리의 내면을 완전히 이해하고, 우리를 조건 없이 사랑하는, 아름다움과 고귀함에만 둘러싸인 존재가 아니다. 아무리 멋진 이성도 처음에야 모든 것이 아름답고 완벽하게만 보이겠지만, 시간이 흐를수록 나도 상대방도 어딘지 부족한 존재라는 사실이 드러난다. 오히려 진실한 사랑의 과정이란, 그처럼 서로 부족하고 결핍된, 나아가 병적이고 이상한 부분을 이해하고 받아들이는 것이라 볼 수 있다. 다시 말해 사랑은 인간이 가진 '이상화시키는 본능'을 극점까지 끌어올렸다가, 그것을 다시 해체하는 작업이다.

모든 인간은 완벽하고 아름답고 고귀한 이상을 만드는 본능을 지니고 있다. 때때로 그것은 이성과의 사랑처럼 가까운 관계에서 일어나기도 한다. 하지만 그에 못지않게 먼 대상을 이상화하는 일도 잦다. 연예인이나 정치인, 종교인 등을 이상화하여 자신의 환상을 투사시켰다가 실망하는 일은 얼마나 자주 일어나는가? 인간은 환상 없이는 살 수 없지만, 환상만 가지고도 살 수 없다.

타인들 혹은 타자의 시선에 전전긍긍하며 나를 몰아세우고, 아름답고 고귀한 무언가만을 꿈꾸며 살던 시절은 누구에게나 있을 법하다. 나도 다르지 않았다. 하지만 그로부터 차츰 벗어날 수 있었던 것은 내가 완벽하거나 고귀하지 않더라도, 나를 받아 주는 존재를 경험하면서였다. 내 안에 있는 온갖 병적인 부분들, 이상하고 모순적이면서 스스로 추하다고 느껴지는 것들마저 받아들여 주는 누군가의 존재는 분명 우리를 치유한다. 누군가에게 그것은 신일 수도 있고, 친구일 수도 있으며, 연인일 수도 있다. 무엇이 되었든, 그러한 이해와 수용을 전제로 하는 관계가 있다면, 그것은 틀림없이 사랑의 관계라 불러야 할 것이다.

> 난 이 사흘 동안 네가 찾아올까 봐 두려워서 벌벌 떨었어. 이 사흘 내내 특히 나를 불안하게 만든 게 뭔지 알아? 그때는 네 앞에서 그럴듯한 영웅으로 행세했는데, 여기서 너는 너덜너덜한 실내복이나 걸친 거지꼴을 한 추악한 모습의 나를 보게 된다는 거야. 나는 방금 너한테 내가 가난을 부끄러워하지 않는다고 말했지. 잘 알아 둬, 나는 부끄러워, 무엇보다 부끄럽고, 무엇보다 두려워. 내가 도둑질을 했다고 해도 이보다 더 두려울 수는 없을 거야. 왜냐하면 나는 허영심이 많아서, 내 살가죽을 벗겨 낸 것처럼 공기만 닿아도 아플 테니까. (…) 아까 네 앞에서 창피당한 여자처럼 참지 못하고 쏟는 눈물 때문에 난 너를 결코 용서할 수 없어! 게다가 지금 너에게 고백하고 있는 이것 때문에라도 역시 너를 절대 용서할 수 없을 거야! (…) 왜냐하면 나는 불한당이니까, 왜냐하면 나는 지구상에 있는 모든 벌레들 중 가장 추잡하고,

가장 우스꽝스럽고, 가장 좀스럽고, 가장 어리석고, 가장 질투심 많은 놈이니까. 이 벌레들은 나보다 나은 게 전혀 없지만, 뭔 빌어먹을 이유 때문인지 당황하는 법이 없어.13

지하 생활자는 자기 내면의 가장 부끄러운 부분을 리자에게 쏟아 낸다. 그는 그녀에게 몇 번에 걸쳐 장광설을 퍼붓는데, 그 하나하나가 모두 자신의 가장 깊은 내면에 대한 고백들이다. 그에 더불어 리자에게 온갖 언어적인 폭력도 가한다. 하지만 리자는 그 모든 것을 거의 받아들여 준다. 이전에 그는 그녀에게 매춘부로서의 삶을 이어 나간다면, 그녀가 얼마나 처참하게 망가질 것인지를 연민하듯 이야기한 적이 있었다. 그녀는 자기를 걱정해 주는 그의 진심을 엿보았다. 서툴고 거칠지만, 둘 사이에 인간적인 감정과 이해가 오갔던 것이다. 둘은 울면서 서로를 껴안고 한참이나 말없이 시간을 보낸다.

나는 모든 것을 책에 따라 생각하고 상상하는 일에, 세상의 모든 것을 이전에 스스로 몽상 속에서 지어낸 대로 그려 보는 일에 익숙해 있어서, 그때 이 이상한 상황을 즉시 이해하지 못했다. 그때 벌어진 상황은 이랬다. 내게서 모욕당하고 짓밟힌 리자는 내가 상상했던 것보다 훨씬 많은 것을 이해했다. 그녀는 이 모든 얘기 중에서 여성이 진정 사랑한다면 항상 가장 먼저 이해하게 될 그 것, 바로 나 자신이 불행하다는 것을 이해했다.[14]

그는 사랑과 정욕을 분명히 구분하고 있다. 사랑이란 연민과 이해와 수용이지만, 정욕은 소유욕과 지배욕 등 폭력성을 동반한다. 그는 사랑을 두려워한다. 자신이 받아들여질 거라 기대했다가 상대방이 감당하지 못할 상황이 무서워서, 방어적으로 말을 늘어놓는다. 또한 그 스스로도 상대를 온전히 받아들여 줄 수 있을 거라는 확신이 없다. 그러나 사랑은 확신이 아니라 용기로 하는 것이다. 자신이 상대를, 상대가 자신을 완전히 받아들여 주지는 못할 수도 있다. 그럼에도 두려움을 껴안고 내뻗는 한 걸음이 사랑이다.

그는 스스로 사랑을 걷어찬다. 두려움과 자의식과잉의 병 때문이다. 그는 자신이 리자에게 "가련하게 압도당한 인간에 지나지 않게 되어 버린 것"이라고 생각한다. 상호 수평적인 사랑의 관계에 안착하지 못하고, 그것을 다시 수직적인 권력의 관계로 바꾸어 생각하는 것이다. 사랑 안에는 누군가 더 우월하고 열등한 관계성이 없다. 흔히 속된 연애 관계에서 더 사랑하는 쪽이 손해이고, 결국 더 우월한 쪽이 칼자루를 쥐게 된다는 식의 이야기가 떠돈다. 하지만 그러한 관계는 권력의 관계이지 사랑의 관계가 아니다.

나의 욕정의 폭발은 바로 복수였고, 그녀를 다시 천대한 것이며, 근래의 대상 없는 나의 증오에 이제는 그녀에 대한 개인적이고 질투 섞인 증오가 더해졌다는 것을 그녀는 깨달았다. (…) 내가 야비한 인간이고, 무엇보다 그녀를 사랑할 수 있는 상태가 아니라는 것을 그녀는 충분히 이해했다. (…)

나는 이미 사랑할 수가 없었다. 왜냐하면 거듭 말하지만, 내게 사랑한다는 것은 횡포를 부리고 정신적으로 우위를 점하는 것을 의미했기 때문이다. 나는 평생 다른 식의 사랑을 상상할 수도 없었고, 이제는 사랑이란 것이 사랑하는 대상에게 횡포를 부리도록 그 대상으로부터 자발적으로 주어진 권리라고 생각하기에 이르렀다. 나는 내 지하의 몽상 속에서 사랑을 투쟁 이외에는 다른 식으로 상상할 수 없었고, 그것을 항상 증오에서 시작하여 정신적 정복으로 끝냈지만, 그다음에 정복된 대상을 어떻게 해야 할지는 상상할 수 없었다.[15]

리자와의 사랑에는 지하 생활자에게 사십여 년간 자리 잡고 있던 문제, 즉 자기 안에 갇힌 폐쇄적 자의식과잉의 병을 치유해 줄 수 있는 가능성이 있었다. 이는 그도 이야기했던 것처럼, 이성이나 지성을 통해 가능한 것이 아니었다. 사랑 역시 하나의 욕망이다. 이성을 뛰어넘어 우리에게 '살아 있는 삶'을 주는 것이라 할 수 있기 때문이다. 그는 그 모든 것을 '이성으로 알고는' 있었지만 결국 '실천'하는 데 실패했다. 사랑조차 의식 안에서 일어나는 힘의 '우열 관계', 즉 '권력관계'라고 여기는 오해에서 벗어나지 못했기 때문이다. 그는 과잉된 의식을, 두려움에 기반을 둔 논리를, 자기 안에 갇힌 관념을 버릴 수 없었다.

우리 시대에는 도스토옙스키의 시대 못지않게, 어쩌면 그때보다 훨씬 더 자의식이나 자존감 등이 문제시되고 있다. 사람들은 자기 자신이 '옳다'는 끊임없는 자기 설득 없이 단 하루도 버티기 힘들어 한다. 타인들로부터 자기 삶을 방어해야 하며, 동시에 각자 삶의 기준과 방향을 찾기 위해 고군분투해야 한다. 흔히 '각자도생各自圖生'의 시대라 불리는 이 사회에서는 저마다 자기만의 정신을 붙들고 투쟁하지 않으면 온전히 살아남을 수 없다. 주변인이나 미디어는 그들의 기준을 통해 우리의 자존감을 갉아먹고, 타인과의 비교를 통해 우월감이나 열등감을 만들어 내며, 소비시키기 위한 유혹에 혈안이 되어 있다.

『지하로부터의 수기』는 그러한 세태의 유일한 해결책이 '사랑'일지도 모른다고 속삭인다. 물론 그 사랑조차 권력관계에 매여 있다면, 해답은커녕 더욱 문제가 되기만 할 것이다. 당신이 이기면 내가 지고, 내가 이기면 당신이 진다는 투쟁 관계는 자본이 지배하는 사회의 기본 법칙이지만, 사랑의 속성일 수는 없다. 우리에게는 투쟁을 통해 이기는 '강인함'이 아니라, 자신을 내려놓고 상대방을 용인하는 '나약함'이 필요하다. 그러한 나약함만이 과잉된 의식을 녹여내고, 자기 자신을 용서하게 하며, 곁에 있는 사람과 사랑을 주고받게 한다.

나는 여전히 알량한 자존심 때문에 고생하고 있다. 타인들과의 관계도 온전하다고만은 말하기 힘들다. 그만큼 나도 모르게 쌓여 온 의식의 병이 있기 때문일 것이다. 어쩌면 이 사회에 사는 한, 그러한 병을 앓지 않는 것은 불가능할지 모른다. 우리는 권력관계와 인정 투쟁이 운명인 사회에서 태어났다. 하지만 할 수만 있다면, 그러한 운명에 저항하며 내 삶을, 내 존재를, 내 사랑을 얻어 내고 싶다. 지하 생활자와는 다르게 '다 알고 있는 그것'을 실천하는 한 걸음을 내뻗고 싶다.

그러기 위해서는 의식으로 모든 걸 섭렵 가능하다는 오만을 버려야 할 것이다. 오히려 때로는 자의식을 내려놓고, 내 앞에 있는 존재들과 내 안에서 태어난 감정들을 있는 그대로 수용하는 일이 필요할 것이다. 사회생활을 하다 보면, 순수하게 타인을 믿고 선의를 갖는다는 게 바보 같은 일로 여겨지기 쉽다. 그 어떤 순간에도 좀처럼 자신의 이익을 계산하거나 나의 평판을 생각하는 의식의 작동이 멈추지 않는다. 지하 생활자의 모습은 그것이 분명 병에 가깝다는 것을 보여 주고 있다. 때로는 판단을 정지할 용기가, 계산을 하지 않을 의지가 필요하다. 생각을 멈추고 사랑하는 것, 그러한 순간들이 삶에서 점점 늘어나는 것, 그리고 할 수만 있다면 그래도 되는 사회를 만들어 나가는 것이 우리에게 주어진 과제일 것이다. 단지 오늘, 이 순간부터 그러한 마음을 지닐 수 있기를 스스로에게 바란다.

# 진실을 상상하는 언어

**잉게보르크 바흐만, 『삼십세』**

## 서른에 시작하는 혁명

삼십 세가 된다는 게 두렵지는 않았다. 나는 다른 사람들에 비해서는 세상의 기준에 덜 흔들리는 편이라 믿고 있었다. 어차피 사람들은 저마다의 속도에 따라 삶을 산다. 더군다나 한국의 나이 개념은 생일을 기준으로 하는 다른 나라와도 다르지 않은가. 곧 한국 나이로 삼십 세가 된다고 해서, 내 존재가 달라질 리는 만무했다. 나는 그저 이전에 살아 왔던 나로, 이십대였던 나와 다르지 않은 존재로 그대로 살아가면 될 터였다.

하지만 막상 이십대의 마지막 해를 보내다 보니 나는 이전과는 다른 불안을 느끼며, 다른 생각을 하고 있었다. 상반기가 지나고 여름이 끝나갈수록, 나는 대기에서 이전에는 느낄 수 없었던 향기를 맡는 것 같았다. 어스름이 짙게 깔리는 저녁이면, 마치 종말에 이르듯 온 세상이 무너져 가는 느낌이 들었다. 불안이야 청춘 시절에는 공기처럼 익숙한 것이었지만, 돌이킬 수 없이 '끝나 간다'는 생각을 진심으로 하진 않았다. 그러나 그 무렵 나는 확실히 한 시절을 마감한다는 느낌과 생각에 사로잡혀 있었다.

그런 상태는 나의 내면에 관한 진실 하나를 말해 주고 있었다. 나는 타인들을 신경 쓰지 않고, 그들과 다른 나만의 삶을 확신하며 살아간다고 생각했지만, 사실 결코 그들로부터 자유롭지 않았다. 나는 항상 이 세상의 기준에서 뒤처지는 것을 두려워하고 있었다. 나의 길을 좋아하긴 했지만 세상이 보증하는 어떤 기준에서 쫓겨날까 봐 전전긍긍하고 있기도 했다. 그래서 더 필사적으로 많이 썼고 '너무 늦지 않은 시기에' 성취를 얻으려 발버둥 쳤다. 이를테면 나이만 먹고 이룬 것 없는 인간이 되어 버리지는 않을까, 누군가 나를 그런 시선으로 보게 되지는 않을까 끊임없이 두려워했던 것 같다. 그래서 일찍이 취직을 하거나 가정을 이루며 당당한 '사회적 기준을 얻어 낸' 지인들을 피해 다니기도 했다. 나는 스스로 당당하고자 했고, 혼자일 때는 그럴 수 있었으나, 사회적 기준의 비호를 받는 타인들 속에서 나를 지켜 낼 만큼 강하지는 못했다.

삼십 세에 접어들었다고 해서 어느 누구도 그를 보고 더

이상 젊지 않다고 말하지는 않으리라. 하지만 그 자신은 일신상에 아무런 변화를 찾아낼 수 없다 하더라도, 무엇인가 불안정하다고 느낀다. 스스로를 젊다고 내세우는 게 어색해진다.[1]

잉게보르크 바흐만의 『삼십세』는 나이 서른 혹은 청춘과 관련된 일곱 편의 소설을 담고 있는 단편집이다. 소설 속 주인공들은 삼십 세로 상징되는 청춘의 막바지에 각기 다른 체험을 하면서, 새로운 인식의 지평으로 접어든다. 사실 삼십 세라는 상징은 다분히 시대적이고 사회적인 규정에 불과하다. 인간의 평균 수명이 훨씬 짧았거나 보다 일찍 결혼하고 가정을 이루던 시대, 혹은 한 해씩 계산하는 나이의 개념 자체가 별로 중요하지 않은 문명권에서 '서른'이란 전혀 다른 의미를 지니거나, 아무런 의미도 갖지 않을 것이다. 하지만 우리 시대에 서른은 '청춘의 종언'이라는 의미와 대체로 맞물리고 있다. 물론 이조차도 최근에는 늦춰지고 있어서 마흔 정도는 되어야 그런 의미가 더 와 닿을지도 모른다.

어쨌든 나는 서른이라는 것에 한 시절의 마감, 특히 청춘의 종언이라는 관점에서 유효타를 당한 느낌이 있었다. 나는 확실히 '타자의 기준'에 불과한 '서른'이라는 '숫자'에 영향 받았다. 그러한 타격에서 다소 정신을 차리고 본래의 삶의 궤도로 되돌아오기까지는 대략 일 년 정도의 시간이 필요했다.

지금까지 그랬듯이 예기치 않게 또는 자진해서 이런저런 것을 기억해 내는 게 아니라, 일종의 고통스러운 압박을 느끼면서, 지나간 모든 세월을, 경솔하고 심각했던 시절을, 그리고 그 세월 동안 자신이 차지했던 모든 공간을 기억해 낸다. 그는 기억의 그물을 던진다. 자신을 향해 그물을 덮어씌워 스스로를 끌어올린다. 어부인 동시에 어획물이 되어 그는 과거의 자신이 무엇이었던가를, 자신이 무엇이 되어 있었나를 보기 위해, 시간의 문턱, 장소의 문턱에다 그물을 던진다. 하기야 그는 이 날에서 저 날로 건너가며 별 생각 없이 살아 왔다. 날마다 조금씩 다른 일을 계획하며 아무런 악의 없이. 그는 자신을 위한 숱한 가능성을 보아 왔고, 이를테면 자신은 무엇이든 될 수 있다고 믿었다.[2]

『삼십세』에 수록된 첫 단편인 「삼십세」는 한 남자가 서른의 생일을 앞두고 펼치는 생각과 감행한 여행 등에 대한 이야기를 담고 있다. 그는 자신이 보낸 청춘을 되돌아보면서, 나름대로 성실히 살아오긴 했지만 '진정한 자기 자신'에는 도달하지 못했다고 느낀다. 오히려 지나간 세월은 그 무엇도 붙잡지 못한 채 흩어진 것만 같다. 그래서 과거의 자신을 부정하며 완전히 새로운 존재로 태어나길 갈망한다. 하지만 그 방법은 정확히 알지 못한다. 다만 과거에 '가장 자유로운 시절'을 보냈던 기억이 있다. 바로 로마에서 보낸 시간이다. 그리하여 그는 로마로 다시 떠나기로 마음먹게 된다.

그가 과거의 자기 자신을 바라보는 관점에는 다소 독특한 데가 있다. 자신의 과거가 온통 '타인들'에 의해 구속되어 있었다고 생각한다는 점이다. 그는 자신의 청춘을 되돌아보면서, 그 시절이 타인들에 의해 지배되고 오염당해 있었음을 깨닫는다. 이제 새로운 존재로 거듭나기 위해서는 바로 그 타인들을 삭제해야 한다. 그 공백을 마주해야 한다.

> 그는 자기 주변을 에워싼 인간들에게 결별을 고하리라. 그리고 가능하면 새로운 인간들에게도 접근하지 않으리라. 그는 이제 사람들 틈바구니에서 살 수가 없다. 인간들은 그를 마비시키고 그들 나름대로 자기네에게 유리하게만 그를 해석했다. 얼마 동안 한 장소에서 살다 보면 사람들은 너무나 여러 모습으로, 소문 속의 모습으로 배회하게 되고 자기 자신을 주장할 권리는 갈수록 줄어들고 만다.[3]

> 타인이 나에 대해 품고 있는 모든 환상을 털어내 버린다면, 나는 도대체 누구란 말인가?[4]

우리는 되도록 타인들이 나를 좋게 보기를 원한다. 그래서 때로는 타인들이 옳다고 생각하는 것에 자기 자신을 맞추기도 하고, 자신을 좋게 보아 주는 타인들만 주변에 남겨 놓기도 한다. 나를 나쁘게 보거나, 경멸하거나, 우습게 보는 사람을 곁에 두고 싶은 경우는 없다고 봐도 무방하다. 다시 말해 우리는 자기를 좋게 보아 주는 타인들의 시선으로 자신의 정체성을 구성한다. 그들의 시선을 벗어나면 컴컴한 어둠과 낭떠러지뿐이다. 그래서 시간이 흐를수록 우리는 점점 나에게 타인들을 맞추기보다는, 타인들에게 나를 맞추는 삶으로 이동해 간다. 타인들이 나에 대해 품고 있는 환상 혹은 해석 속에 살게 되는 것이다.

> 사람들은 그에게 자유를 허용하지 않는다. 그가 한결 젊었을 적에 지금과는 전혀 다른 인간으로 제멋대로 했던 행동이 그 원인이다. 그는 어디를 가나 영원히 자유스러울 수 없으리라. (…)
> 몰[타인]이 없는 곳에는 몰의 그림자가 있다. 그것은 물론 사념과 환상 속에 머무는 것이지만, 한층 거대하고 위협적이다. 끝이 없는 몰. 몰의 위협. 하지만 몰 자신은 그림자보다도 한결 작은 존재로서, 자신이 그에게 빚을 지고 있다는 사실에 대해 놀랍고도 교묘하게 보복을 하는 것이다.[5]

'몰'은 모든 타인을 가리킨다. 타인(몰)이 없는 곳에는 '타자'의 시선, 즉 '몰의 그림자'가 있다. 그는 그 모든 타인과 타자로부터 벗어나야만 자유를 쟁취할 수 있다고 믿는다. 그래서 온전히 자기 자신에게 몰두하고, 타인들로 인한 정체성이 아닌 스스로의 정체성을 만들고자 한다. 그러기 위해 필요한 것이 '자유'다. 그에게 자유란 '말살'이자 '허용'이며,[6] 자신에게 드리운 타인의 그림자를 모두 벗기고 순수한 자기 자신이 되는 것이다. 청춘을 마감하면서 그는 청춘을 지우길 원한다. 서른과 함께 시작되는 삶에서, 그는 새롭고도 온전하며 순수한 자기 자신이 되기를 갈망한다. 그러한 해체와 건설의 허용이야말로 그가 생각하는 자유인 것이다.

> 지금껏 그는 너무나 많은 시간을 타인들과 어울려 허비했다. 그리고 이제 와서 그는 시간을 이용하지는 않더라도 그것을 자기 편으로 구부려 놓고는 시간의 향내를 맡았다. 그는 시간을 즐기게 된 것이다. 시간의 맛은 순수하고 좋았다. 그는 완전히 자기 자신에게만 몰입하고 싶었다.[7]

서른에는 이상하고도 미묘한 힘이 있다. 이전까지와는 전혀 다른 삶을 시작하게 하거나, 이전까지 미루던 결단을 할 수 있게 한다. 흔히 예술이나 창업 등 자기만의 길을 집요하게 추구했던 사람들의 고비는 '9'에서 찾아온다는 말이 있다. 실제로 내 주변에서도 스물아홉이나 서른아홉 이후, 자신의 길을 포기하고 어떤 종류의 체념이나 인정을 받아들인 사람들이 적지 않았다. 나 자신도 크게 다르지 않아서, 혼자서 절필을 다짐하고 다른 길을 모색하기도 했다. 각자의 삶에는 저마다의 분기점이 있기 마련이지만, 사회적 나이라는 공통의 분기점을 완전히 무시할 수는 없는 것이다.

서른을 기점으로 과거의 자기 자신을 부끄럽게 여기고, 치기 어린 날의 자아를 거부하면서, 타인들과의 절연을 통해 새롭게 태어나고자 하는 사람들 역시 적지 않다. 우리 삶에서 타인들이란 실로 소중하고도 필수적인 존재들이지만, 우리가 스스로의 의지와 자유로 자기 자신을 변화시켜 나가고자 할 때, 그들만큼 큰 제약이 되는 것도 없다. 우리는 '나를 알았던' 이들이 '새로운 나'를 이상하게 생각할까 봐 걱정한다. 왜냐하면 우리는 그 타인들에게 내가 어떤 존재인지를 새겨 두었고, 그를 통해 지속적으로 자기 자신을 확인해 왔기 때문이다. 변화를 위해서는 한시적으로라도, 혹은 일부에 한해서라도 타인과 거리를 유지할 필요가 있다.

> 나에게서 간격을 지켜라. 그렇지 않으면 나는 죽어 가리라. 아니면 내가 살해를 하든가 나 스스로를 죽이리라. 신에게 맹세코, 간격을 지켜라![8]

그는 타인과의 거리 속에서 자신의 독립성을 확보하고, 새로운 존재로 나아가고자 한다. 물론 어디에서 무엇을 하며 누구와 함께 살지 등 구체적으로 정해진 것은 없다. 사실 이 책에 실린 소설의 인물들은 대체로 구체적인 삶의 전망에서 벗어나 있다. 오히려 우리가 흔히 '현실'이라 믿는 것의 전면적인 재수정을 갈구한다. 지금까지의 현실이 아닌 완전히 다른 현실, 타자와 타인들에 의해 점령당해 온 자아가 아닌 전적으로 온전한 자기 자신, 이전까지 없었던 새로운 세계의 건설을 희망하는 것이다. 이러한 일이 한 인생에서 쉽게 가능할 리는 없다. 하지만 소설의 인물들은 그러한 존재와 삶을 꿈꾼다. 새로운 언어로 새로운 세계에서 새로운 자기 자신으로 태어나는 혁명적인 삶을.

## 자기만의 언어를 가진다는 것

삶은 언어에서 시작되고 언어에 의해 규정된다. 언어로 펼쳐지는 생각은 우리의 내부를 구성하며, 언어로 이루어지는 대화는 우리의 외부를 형성한다. 일찍이 우리가 부모나 선생님, 미디어, 또래 친구 등으로부터 들어 온 말들이 우리의 생각을 만든다. 그렇게 마음 안에 똬리를 튼 생각들은 언젠가 삶의 결정적인 순간에 선택권을 행사한다. 나의 진로, 관계, 사랑, 삶의 크고 작은 선택에서 우리는 과거의 전체로부터 은밀히 영향 받고 있다. 그 영향의 대부분은 우리가 경험해 왔던 언어에 의한 것이다.

그렇기에 우리가 스스로 변화하고자 할 때, 혹은 삶의 방향을 결정하거나 지금의 삶을 설명하고자 할 때, 어떤 언어를 선택할 것인지는 중요하다. 우리 주변에는 친구와 부모 등 각종 조언과

충고를 통해 그들의 언어로 우리 삶을 이끌고자 하는 이들이 가득하다. 그들은 때때로 그들의 언어로 우리의 삶이 옳다고 얘기해 줄 것이고, 때로는 우리의 판단에 문제가 있다고 말해 줄 것이다. 그럴 때, 그들의 언어, 즉 타인의 언어에 그대로 귀속되어 살아갈 수도 있겠지만, 다른 방식의 언어, 다른 종류의 말, 다른 관점에서의 생각을 가져 볼 필요도 있다. 나의 언어, 나의 생각, 나의 삶이란 그러한 여러 말들 사이의 어느 지점에 존재할 것이다.

예를 들어 어떤 사람은 우리의 진로에 관해 '네가 진정으로 좋아하는 일에 몰두하라. 그것이 후회하지 않는 삶이다'라는 내면의 진정성과 관련된 언어를 제시할 것이다. 반면 다른 사람은 '삶에는 안정적인 게 가장 중요하다. 갈수록 각박해지는 사회에서 공직만이 인간답게 살 길이다'라는 현실적 측면과 관련된 언어를 제시할 수 있다. 우리는 그 가운데 자기 안의 가능성과 한계, 또 이 시대와 사회의 여러 층위에 대한 판단을 통합하여 '자신의 언어'를 선택해야 한다.

> 자신이 무엇을 믿어야 하는가를, 또는 무엇을 믿는다는 것이야말로 도대체 수치스러운 일이 아닌가 어떤가를 그는 오랫동안 몰랐다. 지금 그는 무슨 일을 하든가, 표현을 할 때마다 자신을 믿기 시작했다. 그는 자신에 대해 신뢰를 하게 된 것이다. 또한 자기가 증명할 수 없는 일, 자기 피부의 털구멍이라든가, 바다의 짠 맛, 과일 같은

대기大氣라든가, 단적으로 말해 일반적이 아닌 모든 것에 대해서까지도 그는 신뢰하게 되었다.[9]

「삼십세」는 주인공인 그가 자기 자신을 신뢰하면서 마무리된다. 우리는 모두 자신의 언어로 자기의 삶을 살고 있다고 믿는다. 자신의 판단이나 선택이 스스로의 합리적인 사고로부터 나왔다고 여기는 것이다. 하지만 이 소설에서만 하더라도, 그는 진정으로 스스로를 신뢰하며 '자기 자신으로부터 출발'하는 삶을 살기 위해 일 년의 방황을 했다. 과거의 타인들과 과감히 간격을 유지하면서, 여행을 떠나고, 철저히 혼자가 되는 방황과 고립을 통해서 겨우 자기 자신을 마주하게 된 것이다.

우리는 말을 할 때, 자신의 생각을 말한다고 생각하지만 실은 어딘가에서 들은 말을 반복하곤 한다. 자신에게 큰 영향을 준 누군가가 했던 말이 우리 안에 새겨져 있다가, 어느덧 자신의 생각인 양 둔갑하고 뱉어 나오는 것이다. 우리 안에는 우리의 진정한 경험과 성찰로부터 나온 말들이 아니라, 어딘가에서 수집한 말들이 무수히 배회하고 있다. 그러한 말들은 우리가 필요할 때마다 저절로 소환되어 우리의 행동을 옹호하고 삶을 합리화한다. 이러한 상태에서 빠져나와, 진정한 자기 언어로 매 순간 판단하고 말하며 삶을 선택하는 경험은 흔치 않다. 어쩌면 '진정한 자기 언어'로 살아간다는 것을 영원히 체험하지 못할 수도 있다. 시인 폴 발레리의 말마따나, 결국 대부분의 사람은 생각하는 대로 살기보다는 사는 대로 생각하게 되기 때문이다.

> 마라를 사랑할 수 있다면, 그녀는 이제 더 이상 이 도시, 이 땅 안에, 한 사내의 집에 살지 않으리라. 길들여진 언어를 사용하지 않으리라. 그리고 본연의 그녀 자신으로 돌아가리라 — 그리하여 소녀에게 집을 마련해 줄 것이다. 새로운 집을. 그렇게 되면 그녀는 집과 일정한 기간, 언어를 선택하는 문제에 부딪치게 될 것이다. 그녀는 이제 선택된 여자가 아니며, 다시는 지금의 언어 속에서 선택당할 수 없게 되리라.[10]

『삼십세』에 수록된 단편 「고모라를 향한 한 걸음」은 언어와 삶의 문제를 보다 본격적이고 구체적으로 다루고 있다. 소설의 줄거리는 단순한데, 남편 프란츠와 살고 있는 샤를로테에게 마라라는 소녀가 구애하는 내용이다. 샤를로테는 지금까지 자신을 지켜 주던 이성애와 결혼의 세계에서 벗어나, 어린 소녀와의 동성애를 받아들일지 고민한다. 소녀와의 동거, 동성애로의 진입을 통해 일반적인 현실 혹은 상식적인 세계에서 벗어나는 것은 그녀에게 전적으로 새로운 일이자, 혁명적인 삶을 향한 첫걸음이 될 수 있다.

새로운 삶을 선택할 때, 그녀가 포기해야 할 가장 중요한 것은 '기존의 언어'다. 그녀는 지금까지 남편인 프란츠의 언어에 기대어 살아 왔다. 그가 믿는 결혼, 그가 추구하는 가정, 그가 생각하는 관계 등 그의 질서 속으로 들어가 안정을 느끼며 살아 왔던 것이다. 하지만 그 가운데 진정한 그녀는 존재하지 않았다. 만약 그녀가 마라를 받아들인다면, 그리하여 새로운 삶으로 나아간다면, 이제 스스로 모든 것을 판단하며 그 소녀와 새로운 세계를 건설해야 한다. 진정한 자기 자신으로의 이동, 새로운 삶으로의 전진, 혁명의 시작 앞에서 그녀는 엄청난 매혹과 함께 두려움을 동시에 느낀다.

> 그녀가 마라와 함께 산다면…… 그렇게 된다면, 예컨대 그녀는 한층 즐겁게 일할 수 있으리라. 하기야 지금껏 그녀는 항상 즐겨서 일을 해 오기는 했지만, 그 일에는 저주가 곁여되어 있었다. 강요와 절대적 필연이 곁여되어 있었다. 또한 그녀는 자신의 주변에, 옆에, 그리고 밑에, 그녀가 열심히 일하는 목적이 되는 대상, 뿐만 아니라 그녀가 세계를 향한 통로가 되어 주어야 하는 대상을 필요로 했다. 그녀가 앞장서고, 사물의 가치를 규정해 주며, 하나의 장소를 선택해 주어야 하는 그런 대상을.[11]

나는 때때로 완전히 백지상태가 된 것처럼 지금 이 순간부터 새롭게 시작하는 삶에 대한 충동을 느끼곤 했다. 이를테면 당장 바리스타 수업을 듣고 청년 창업 지원을 받아 카페를 차린다든지, 잡지를 만들어 유명 인사들과 인터뷰하고 SNS로 홍보하며 배

포처를 탐색한다든지, 가지고 있는 돈을 모두 탕진하며 세계 일주를 하면서 영화를 만든다든지 하는 생각들이었다. 이중에서 아직 실현된 것은 없지만, 확실히 나를 이룬 몇 가지는 비슷한 충동으로부터 나왔다.

학부 시절, 등단도 하지 못한 상태이고 아무런 기고 경험이나 인지도도 없는 상태에서 첫 책을 쓴 것이 그러했다. 대학원을 다니던 중, 다짜고짜 마이크를 사서 팟캐스트를 시작한 것도 그랬고, 충동적으로 여행을 떠난 적도 여러 번 있었다. 기존의 삶을 완전히 내던져 버리고 새로운 질서로 이행할 정도의 혁명은 경험한 적 없지만, 몇 번의 용기 있는 경험이 내 삶이 적어도 '아무것도 아니지' 않게 해 준 건 사실이었다.

샤를로테가 결혼 생활까지 포기하고 동성애를 택하는 데는 훨씬 더 혁명적인 결단이 필요했다. 흔히 우리는 사랑의 문제를 동물적이거나 생물학적인 것으로 생각하지만, 적어도 이 소설에 한정한다면, 그녀의 동성애는 '새로운 삶을 향한 결단'의 차원이 더 강하다. 어떤 존재를 선택할 때, 우리는 어떤 하나의 삶을 선택한다. 마찬가지로 누군가와의 이별은 하나의 삶을 버리는 것이다. 그렇게 본다면 대부분의 사람은 삶에서 결정적이고도 혁명적인 선택을 한 번쯤은 하게 된다. 함께 살 반려자를 선택하면서, 나의 세계와 삶의 형태를 선택하는 것이다. 반려자는 우리에게 일종의 저주, 즉 절대적 의무와 필연이 된다. 샤를로테가 마라와의 삶을 선택하고자 할 때 이러한 고민을 처음으로 한다는 사실은, 그 이

전의 선택, 즉 프란츠와의 결혼이 그저 수동적이고 비주체적인 상태에서 이루어졌음을 말해 주는 것이다.

> 그녀는 자유로웠다. 다시 한 번 유혹에 빠질 수 있을 정도로 자유로웠다. 그녀는 커다란 유혹을 원했다. 일찍이 언젠가 유혹에 대해 책임을 지게 되었듯이, 유혹을 책임지며 저주받게 되기를 원했다.
> 맙소사, 그녀는 생각했다. 나는 오늘 살고 있지 않다. (…) 나는 어느 누구의 여자도 아니다. 나는 지금껏 한 번도 존재하지 않았다. 나는 내가 누구인가를 규정하고 싶다. (…) 나는 나의 피조물을 원한다. 그리고 나는 그것을 만들 것이다. 우리는 항상 우리의 관념에 힘입어 살아 왔다. 그런데 이것은 나의 관념이다.
> 그녀가 마라를 사랑한다면 모든 것은 달라질 것이다.[12]

그녀가 마라를 선택했다면 정말로 모든 것은 달라졌을 것이다. 그렇게 달라진 삶이 마냥 행복한 건 아니었을 수 있다. 남편에게 보호받고 귀속되는 삶이 그녀에게는 더 안온한 행복을 주었을 수도 있다. 하지만 나는 그녀가 마라와 함께했더라도 후회하지는 않았으리라 믿는다. 결국 그녀는 마라를 선택하지 못하는데, 어쩌면 평생 당시를 회고하며 스스로가 주인이 될 수 있었던 삶에 대한 미련을 가질지도 모른다. 그녀는 새롭고도 주체적인 질서를 향한 용기보다는, 기존의 안정된 삶과 함께 잃을지 모르는 평화를 선택했다. 희망보다는 두려움에 의한 결정을 내린 것이다. 우리 삶에는 두려움의 흔적들이, 용기를 내지 못하고 지나쳤던 순간들이 폐허처럼 쌓인다. 비록 소설 속 주인공이지만, 그녀라도 다르진 않을 것이다.

나는 삶에서 사소하지만 하나의 판단 기준을 가지고 있다. 삶의 결정적인 순간들에, 우리는 너무 많은 고민으로 번뇌하고, 좀처럼 결정을 내리지 못하곤 한다. 나 역시 다르지 않아서, 언젠가부터는 하나의 기준이 필요하다는 생각이 들었다. 그 기준은 릴케로부터 얻은 것인데, 그 어떠한 선택도 '두려움' 때문에 하지는 않겠다는 것이다. 이를테면 하기 싫은 일을 두려움 때문에 억지로 한다든가, 해야 할 일을 두려움 때문에 하지 않는 경우는 만들지 않겠다는 것이다. 그런 기준은 꽤나 훌륭하게 작동하여 나를 이끌었던 것 같다.

하고 싶은 일들에는 항상 두려움이 가로막는다. 이를테면 '노년에 대한 두려움'이 버티고 있어서 늘 우리 삶의 선택을 결정짓는다면, 과연 그 무엇을 선택할 수 있을까? 백 일간의 유럽 여행도, 책 한 권을 쓰기 위해 몰두하는 반년도, 낯선 사람과 새롭게 시작할 사랑도 허물어지고 말 것이다. 그럴 시간에 노년에 빈곤해질 것을 걱정하고 대비해야 할 테니까 말이다. 물론 이는 하나의 예시에 지나지 않는 것으로, 우리는 각자가 가진 지나치거나 비합리적인 공포를 점검할 필요가 있다. 무의식에 파묻힌 두려움을 알지 못한다면, 우리가 삶에서 할 수 있는 선택이란 거의 없어질 것이다.

> 그녀가 과거의 모든 것을 던져 버린다면, 과거의 모든 것을 불살라 버린다면, 그때야말로 비로소 그녀는 자기 스스로에게 도달하게 되리라. 그녀의 왕국이 도래할 것이다. 그리고 그 왕국이 찾아왔을 때, 그녀는 이미 타인의 척도로는 측정될 수도 없고, 평가받지도 않을 것이다. 그녀의 왕국에서는 새로운 척도가 효력을 발할 것이다.[13]

『삼십세』에서는 새로운 척도로 사는 삶, 스스로의 주체성을 세운 삶의 구체적인 모습은 좀처럼 보여 주지 않는다. 각각의 단편에서는 겨우 그러한 삶의 출발점에 서게 된 주인공이나, 그러한 삶을 포기한 인물을 보여 줄 뿐이다. 하지만 우리는 삶의 어느 시점에서, 진짜 나은 삶으로 나아간 사람들을 조금은 알고 있다. 그들 역시 무수한 고민이 있었겠지만, 어떤 시점에는 과감히 과거의 언어들을 버리고 자기만의 언어를 선택했을 것이다. 이혼을 하고 홀로 유학을 떠난 중년 여성이라든지, 직장을 그만두고 세계 일주를 다녀와 글을 쓰는 남자라든지, 보장된 길을 버리고 혈혈단신으로 외국에서 장사를 시작한 사람의 이야기가 곳곳에서 들려온다. 그들은 어느 순간 내면에서 들려오기 시작한 새로운 언어, 기존의 현실을 불살라 버리고 다른 삶을 향한 상상에 불을 지피는 언어에 사로잡혔다.

새로운 언어는 새로운 삶을 이끈다. 다시 말해 우리 모두는 어떤 언어를 살고 있다. 많은 경우 우리의 언어는 계산적으로 기존의 상식과 편견을 재생산한다. 하지만 어떤 사람들은 전혀 다른 언어의 삶을 산다. 자기 내면에서 신이 속삭이는 소리를 따라 삶의 여정을 떠나는 이들도 있다. 예술 작품을 생산하라는 집요한 언어에 사로잡혀 사는 이들도 있다. 나는 지난 세월, 나를 사로잡았거나 휘둘렀던 언어들에 대해 생각한다. 어떤 말들이 나의 오늘들을 살려 왔는지, 나에게 두려움보다는 확신을 주었는지, 그리하여 나를 어떻게 이끌었는지를 말이다.

바라건대 나는 항상 오늘을 살리는 삶을 살고 싶다. 오늘 생각할 때, 언제나 최선이라고 믿는 시간을 살아 내고 싶다. 또한 지나간 삶을 돌아볼 때도, 나 자신이 늘 절실하게 믿었던 돌다리들을 하나씩 건너왔다고 확신하고 싶다. 항상 그럴 수밖에 없었던 어떤 필연의 이끌림에 따라, 걱정과 두려움, 온갖 충동과 불안 사이에서 방황하면서도, 나에게 가장 중요한 것들에 최선을 다해 왔다고 거짓 없이 믿고 싶다. 그리하여 내가 선택했던 언어들이 나를 최고의 행복으로 이끌지는 못했을지언정, 내 존재와 삶의 최선으로는 이끌었다고 여길 수 있기를 바란다. 사실 나는 이미 어느 정도 그렇게 믿고 있다. 늘 나를 이끄는 언어에 아낌없이 스스로를 퍼부어 왔으니 후회는 없노라고, 이대로 마모되어 먼지가 된다 한들 나쁘지 않은 삶이라고 생각하곤 한다. 그러니 앞으로도, 그 무엇도 지나치게 두려워하여 회피하는 일이 없기를, 그 무엇도 그리 나쁘지는 않을 거라 믿고 스스로를 내던질 수 있기를 간절히 바라고 있다.

## 내 손에 남은 진실의 조각들

지난날들을 돌이켜 볼 때마다, 우리는 하나의 관점을 채택하게 된다. 우리 삶의 과정은 각각의 관점에 따라 하나의 이야기를 형성한다. 어떤 순간에, 우리는 지나간 날들을 온통 사랑의 과정으로 바라보기도 한다. 내가 마음을 다해 사랑했고 나를 지지해 주었던 연인들을 떠올리며, 그들이 내 삶에 미친 영향과 그로 인해 만들어진 나라는 인간의 이야기를 구성한다. 혹은 가족이나 친구와 주고받은 영향들이 지금의 나를 만들었다고 생각하며, 그들의 존재를 중심으로 한 이야기를 떠올리기도 한다. 아니면, 혼자 고립되어 치열하게 목표를 향해 몰두했던 시간들을 엮어 내 인생의 서사를 구축하기도 한다. 그렇게 우리가 과거를 돌이켜 볼 때마다 우리의 삶은 새로운 이야기로 재탄생한다. 우리의 삶은 결코 단일하게 닫힌 이야기가 아니다. 무수한 시각에서 무한히 재탄생할 수 있는 열린 이야기 공간이다.

그렇기에 우리 삶의 '단 하나의' 진실은 무엇인가, 라는 질문에 대한 대답을 찾기란 쉽지 않다. 우리가 삶을 다시 상상할 때마다, 어떤 측면에 주목하느냐에 따라 우리 삶은 새롭게 태어난다. 나라는 존재, 나의 정체성을 두는 층위 또한 마찬가지다. 우리는 스스로를 '사랑에 따라 살아온 존재'라고 규정지을 수 있다. 혹은 항상 '꿈과 환상을 좇아온 존재'라고도 말할 수 있다. 늘 커다란 계획 속에서 삶을 '거시적으로 판단해 온 존재'라고도 이야기할 수 있고, 동시에 항상 매 순간 최선을 다한 '오늘밖에 모르는 성실성의 존재'라고도 생각할 수 있다. 우리 스스로에 대한 각각의 규정들은 저마다의 관점에서 진실이 된다. 하지만 그 각각은 또한 각기 다른 시각에서 쓰인 여러 종류의 해석이기도 하다.

『삼십세』에서 마지막으로 주목해 볼 단편 「빌더무트라는 이름의 사나이」는 이러한 진실과 해석의 문제를 다루고 있다. 다른 바흐만의 단편들과 마찬가지로 간단한 줄거리에 인물의 고민과 사변이 심층적으로 묘사된다. 판사 빌더무트는 평생에 걸쳐 투명한 '진실'을 추구해 왔는데, 그의 아내인 게르다는 그와 정반대의 성향을 지니고 있다. 둘 사이에는 어느 정도 갈등이 있었지만, 빌더무트는 판사직을 그만두고 진실에 대한 추구를 미루기로 결심한다. 그가 지향했던 진실이 단지 하나의 '평균적인 해석'에 지나지 않았음을 느낀 것이다.

> 나는 내 측근에서 아내처럼 진실을 안중에 두지 않는 인간을 본 적이 없다. 많은 사람들이 그녀를 퍽 좋아한다. (…) 그녀는 일종의 마력을 지니고 있음에 틀림없다. 그녀야말로 하찮은 사건, 지극히 사소한 체험에서 그럴듯한 얘기를 끌어내는 재간을 갖고 있기 때문에, 모두가

> 그녀를 찬탄해 마지않는다. 그녀는 진실을 희생하여, 끊임없이 다른 이들을 즐겁게 해 주고 자기도 즐긴다. 나는 그녀가 어떤 사건을 정확하게 보고하는 모습을 지금껏 한 번도 본 적이 없다. 그녀는 모든 것을, 여행이나 하다못해 우유 가게에 가는 일, 미장원에서의 소문까지 즉석에서 하나의 조그만 예술 작품으로 변형시킨다. 그녀의 모든 이야기는 재치가 있거나 감탄을 불러일으키며, 어떤 핵심을 지니고 있다.[14]

우리는 이미 단 하나의 진실을 찾는 사회에 살고 있지 않다. 사회는 여러 각도에서 끊임없이 재해석된다. 경제학이나 정치학으로 사회를 바라볼 뿐만 아니라, 철학적인 키워드로도 해석하고, 심지어 물리학 같은 자연과학에서도 사회를 바라보는 시각을 제시한다. 우리 존재나 삶 역시 하나의 진실 속에 있지 않다. 우리 역시 누군가에게 지나간 이야기를 풀어놓을 때, 선별이나 과장과 왜곡을 한다. 모든 이야기는 전달되면서 다시 상상되고 해석된다. 최대한 객관적인 전달을 목표로 하는 신문기사조차 완벽한 진실을 담는 건 불가능한데, 우리가 자신의 삶을 보다 풍부하게 상상하고 꾸미는 것이 무슨 큰 문제겠는가? 우리가 혼자 자신의 삶을 되돌아보며 성찰할 때도, 늘 축소되거나 빠지는 부분이 있기 마련이며, 과장된 의미로 선별되는 사건들이 있다. 자기 삶의 퍼즐을 어떤 식으로 맞추든 저마다의 이야기는 진실의 일부들을 나누어 가지고 있다. 반대로 말하면, 일부가 아닌 완벽하고도 전적인 진실이란 불가능하다.

> 내게는 보고할 인생행로가 오로지 한 길밖에 없다. 하지만 게르다는 여러 가닥의 인생 역정을 지니고 있음에 틀림없다. 그 이유는, 나는 그녀의 과거를 대체로 알고, 어릴 때부터 그녀를 알던 인물들을 충분히 아는데도 불구하고, 그녀가 자신에 관해 이야기를 하다 보면 종종 끝도 없이 이탈하기 때문이다. 아니, 애당초 이탈이라고 할 수도 없을 것 같다. 그녀에게는 이탈이라고 이름 붙일 수 있는 본래의 궤도조차 없었고, 아예 여러 개의 인생 텍스트와 해설본이 주어져 있었다.[15]

이 책을 쓰며 열두 편의 문학작품과 마주하면서, 나는 열두 번 내 삶을 다시 썼다. 하나의 관점에 몰두하다 보면, 금세 또 다른 관점의 진실에 대한 욕망을 느꼈다. 나는 한동안 지리멸렬하게 이어지던 갑갑한 시절 속에서, 모든 것이 나아질 거라는 운명적인 믿음에 의지했다. 하지만 때로는 불안이라곤 느낄 수 없이 너무도 평온한 순간들도 있었다. 나는 내 삶의 주인이니 자유롭게 어떻게든 살아갈 터였고, 그다지 걱정할 건 없어 보였다. 그러다가도 타인이 내 안에 침입하는 순간이면, 자존감이 바닥을 치며 어서 고립된 상황에서 도망쳐야 한다는 초조함을 느꼈다. 곁에 있던 연인이 나를 붙잡아 주고 견디게 해 준 순간도 있었고, 그의 존재가 필요 없거나 방해가 된다고 느끼던 순간도 있었다. 모순된 순간들이 가득했지만 그 모든 순간이 진실이 아니라고 할 수는 없었다.

오히려 모순이야말로 진실이었다. 게르다에 대한 빌더무트의 말마따나 삶의 '본래의 궤도'란 없었다. 단지 스스로 본래의 궤도가 무엇인지, 내 삶의 진짜 항로가 무엇인지 찾으려는 부단한 발버둥만이 있을 따름이었다. 그럼에도 자신의 중심을 어떻게든 잡아 세우고, 스스로 의지할 수 있는 삶의 지도를 나 자신에게 제시하는 일을 멈출 수는 없었다. 그러한 끝도 없는 반복, 세웠다 무너지고, 하나를 채택했다 물리고, 다시 다른 하나에 빠져들었다 벗어나는 지겨운 과정을 밟았다. 그런데 그 과정이 손가락 사이로 흘러내리는 모래처럼, 나에게 아무것도 남기지 않은 것은 아니었다. 오히려 모래를 끊임없이 퍼 올릴수록, 내 손바닥에는 계속해서 남는 모래알이 있었다. 그 모래알들은 심지어 손바닥을 뒤집어도 떨어지지 않고 붙어 있는 내 몇 알의 진실이었다. 나는 이 열두 편의 글에 담긴 것들이 그러한 진실의 조각들이라고 믿는다.

완벽한 진실은 없다지만, 진실을 향해 가는 과정에서 얻는 조각들은 여전히 힘을 발휘한다. 우리는 타인들이 진심으로 진실이라 믿는 것에 감응한다. 객관적인 사실이나 투명한 진실 그 자체보다도, 그 누군가의 진실에 대한 '믿음'에 더 이끌리는 것이다. 빌더무트는 무엇이 정확한 사실인지에 집착한다. 반면 게르다는 자신의 상상력으로 채색한 여러 종류의 해석을 진실이라고 믿는다. 사람들 역시 게르다의 말을 진실로 믿으며, 그녀의 이야기를 좋아하고, 그녀에게 이끌린다. 빌더무트는 애당초 도달할 수 없는 '사실 그 자체'에 집착하기에 처음부터 실패가 예정되어 있었다. 하지만 게르다는 진실을 향한 믿음 속에서 자유롭다. 자유란, 진실한 삶이란 바로 그러한 믿음 속에서 가능하기 때문이다.

> 게르다를 위해서도 진실이 존재한다니 내게는 금시초문이었다. 그녀는 한 권의 책 속에서, 이를테면 이런 책 속에서 진실과 맞부딪칠 수 있다고 생각하는 것 같았다. 그녀의 입장에서 볼 때, 이 책에는 세계가 충분히 신비스럽게 뒤섞여 발효되어 있었다.[16]

내 삶을 열두 번 담아내면서, 내가 무엇보다 진실이라 믿는 내 조각들에 천착하면서, 나는 지속적으로 어떤 삶의 힘을 수혈받는 느낌이 들었다. 그 힘을 보증하는 것은 무엇보다 내가 진실에 충실했다는 사실에서 왔다. 내 삶의 진실, 그리고 내가 읽은 작품들에 대한 진실을 끝까지 믿고 그와 가까이 있었다는 사실에서 말이다. 진실은 사실과 다르다. 엄밀히 말해, 빌더무트가 천착한 '사실'은 게르다의 '진실'과 대비된다. 게르다는 과거의 삶을 상상하는 동시에 미래라는 상상적 공간을 열어젖힌다. 빌더무트가 사실을 확증하여 박제하고자 하는 것과 달리, 게르다는 끊임없이

진실을 생성하며 삶을 풍요롭게 물들인다. 그녀의 삶은 객관적 사실이 아닌 신비로운 진실로 가득하다.

열두 편의 글쓰기를 통해 내가 얻게 된 것 역시 다르지 않다는 생각이 든다. 나는 삶을 박제하기보다는 얻었으니, 달리 말해 삶의 신비를 승인한 것과 마찬가지다. 나는 여전히 내 삶이 어디로 이를지, 어떤 길을 거쳐 왔는지 알지 못한다. 무수하게 과거의, 그리고 현재의 자신과 마주했지만 나에 대한 신비를 다 밝혀내지는 못했다. 다만 이 글쓰기가 틀리지 않은 것만은 확실히 알 수 있다. 만약 나에게 신이 다시 한 번 이 시간을 살아 낼 기회를 주더라도, 나는 틀림없이 이 글을 쓰는 시간을 택했을 것이다. 그보다 더 나은 확신이 어디 있을까? 하지만 그 확신이 어디에서 오는지 나는 여전히 알지 못한다.

어느 누구라도 삼십 세라는 나이가 도래할 때면, 그리고 그 나이를 지나칠 때면, 무언가 끝났거나 놓쳤거나 아니면 새롭게 시작되었다는 느낌을 받는다. 그 명확한 의미는 저마다의 삶에서 각기 다르게 받아들여지겠지만, 동시에 그 무엇으로도 확증될 수는 없을 것이다. 우리는 잘 모르는 삶을 살듯이, 잘 모르는 서른을 맞이할 예정이거나 지나보냈다. 나 역시 아마 그대로, 무언가 달라진 느낌을 받으면서, 그러나 크게 다를 건 없다고 생각하면서 서른 이후를 살고 있다.

열두 번 진실을 마주했지만, 내게는 아직 마주해야 할 진실이 끝도 없이 남아 있다고 느낀다. 저 깊은 과거 어딘가에서, 혹은 먼 미래에서 진실은 속삭이며 내게 다가오길 요청하고 있다. 그 진실은 결코 마르는 일이 없을 것이다. 그렇기에 나는 충만한 기대를 가지고 앞으로의 삶에 발을 내디딜 수 있다. 나를 부르는 진실이 끝이 없는데, 삶의 무엇을 그리도 아쉬워하거나 겁낼 필요가 있단 말인가? 바라마지 않는 일이 있다면, 삶의 어떤 시점에서든 이처럼 진실을 향한 마음과 감각을 잃지 않는 것이다. 아마도 서른은 계속해서 되돌아올 것이다. 그때마다, 나는 또 새로운 모습으로 변주되어 다가오는 서른을 반갑게 맞이하고 싶다. 내게 진실을 준 서른을, 나는 사랑한다.

# 주

## 삶의 핵심에 다다르는 길

**헨리 데이비드 소로, 『월든』**

1) 헨리 데이비드 소로우, 『월든』(강승영 역, 은행나무, 2011), 288쪽.
2) 같은 책, 138~139쪽.
3) 같은 책, 135쪽.
4) 같은 책, 143쪽.
5) 같은 책, 22~23쪽.
6) 같은 책, 23쪽.
7) 같은 책, 145쪽.
8) 같은 책, 147쪽.
9) 같은 책, 141쪽.
10) 같은 책, 40쪽.
11) 같은 책, 32~33쪽.
12) 같은 책, 86쪽.
13) 같은 책, 200쪽.
14) 같은 책, 110~111쪽.
15) 같은 책, 149쪽.
16) 같은 책, 477쪽.

## 유령 같은 삶을 견디는 방법

**장 그르니에, 『섬』**

1) 장 그르니에, 『섬』(김화영 역, 민음사, 2008), 99쪽.
2) 같은 책, 26쪽.
3) 같은 책, 77~78쪽.
4) 같은 책, 42쪽.
5) 같은 책, 52쪽.
6) 같은 책, 43~44쪽.
7) 같은 책, 41쪽.
8) 같은 책, 31쪽.
9) 같은 책, 32쪽.
10) 같은 책, 33쪽.
11) 같은 책, 103쪽.

## 끊임없이 되돌아오는 청춘의 순간

**알베르 카뮈, 『결혼』**

1) 알베르 카뮈, 『결혼 · 여름』(김화영 역, 책세상, 1989), 13쪽.
2) 알베르 카뮈, 「섬에 부쳐서」(장 그르니에, 『섬』, 김화영 역, 민음사, 2008), 9쪽.
3) 알베르 카뮈, 『결혼 · 여름』, 17쪽.
4) 같은 책, 15~16쪽.
5) 같은 책, 17~18쪽.
6) 같은 책, 41쪽.
7) 같은 책, 19쪽.
8) 같은 책, 22쪽.
9) 같은 책, 48쪽.
10) 같은 책, 26쪽.
11) 같은 책, 27쪽.
12) 같은 책, 49쪽.
13) 같은 책, 61쪽.
14) 같은 책, 79쪽.

## 인간의 위대함을 이해하는 몇 가지 시선

**F. 스콧 피츠제럴드, 『위대한 개츠비』**

1) F. 스콧 피츠제럴드, 『위대한 개츠비』(김태우 역, 을유문화사, 2011), 133쪽.
2) 같은 책, 148쪽.
3) 같은 책, 124쪽.
4) 같은 책, 129~130쪽.
5) 같은 책, 147쪽.
6) 같은 책, 194~195쪽.
7) 같은 책, 12~13쪽.
8) 같은 책, 121쪽.
9) 같은 책, 237~238쪽.

## 삶을 상상하는 진정한 방법

**귀스타브 플로베르, 『마담 보바리』**

1) 귀스타브 플로베르, 『마담 보바리』(김화영 역, 민음사, 2000), 58~59쪽.
2) 같은 책, 55쪽.
3) 같은 책, 64~65쪽.
4) 같은 책, 70쪽.
5) 같은 책, 95쪽.
6) 같은 책, 148쪽.
7) 같은 책, 95쪽.
8) 같은 책, 160~161쪽.
9) 같은 책, 236~237쪽.
10) 같은 책, 250쪽.
11) 같은 책, 410쪽.
12) 같은 책, 420쪽.

## 현실감을 갈망하는 인간의 운명

**밀란 쿤데라, 『참을 수 없는 존재의 가벼움』**

1) 밀란 쿤데라, 『참을 수 없는 존재의 가벼움』(이재룡 역, 민음사, 2009), 13쪽.

2) 같은 책, 17쪽.
3) 같은 책, 15쪽.
4) 같은 책, 21쪽.
5) 같은 책, 57쪽.
6) 같은 책, 103쪽.
7) 같은 책, 138쪽.
8) 같은 책, 156쪽.
9) 같은 책, 232쪽.
10) 같은 책, 202쪽.
11) 같은 책, 168쪽.
12) 같은 책, 483쪽.

## 어려운 삶을 향한 고집

**라이너 마리아 릴케, 『젊은 시인에게 보내는 편지』**

1) 라이너 마리아 릴케, 『젊은 시인에게 보내는 편지』(김재혁 역, 고려대학교출판부, 2006), 83쪽.
2) 같은 책, 82~83쪽.
3) 같은 책, 45쪽.
4) 같은 책, 85쪽.
5) 같은 책, 67쪽.
6) 같은 책, 72쪽.
7) 같은 책, 70쪽.
8) 같은 책, 71쪽.
9) 같은 책, 69쪽.
10) 같은 책, 39쪽.
11) 같은 책, 59쪽.
12) 같은 책, 87쪽.
13) 같은 책, 95쪽.

## 운명을 따르는 삶

**헤르만 헤세, 『데미안』**

1) 헤르만 헤세, 『데미안』(이영임 역, 을유문화사, 2013), 7쪽.
2) 같은 책, 149쪽.
3) 같은 책, 24쪽.
4) 같은 책, 111쪽.
5) 같은 책, 112쪽.
6) 같은 책, 170~171쪽.
7) 같은 책, 169쪽.
8) 같은 책, 131~132쪽.
9) 같은 책, 130쪽.
10) 같은 책, 150쪽.
11) 같은 책, 8쪽.

## 새로운 신이 필요한 시간

**칼릴 지브란, 『예언자』**

1) 칼릴 지브란, 『예언자』(강은교 역, 문예출판사, 2013), 123~124쪽.
2) 같은 책, 51쪽.
3) 같은 책, 52~53쪽.
4) 같은 책, 53~54쪽.
5) 같은 책, 30쪽.
6) 같은 책, 31쪽.
7) 같은 책, 34쪽.
8) 같은 책, 64쪽.

## 자기 진실을 향해 파 내려가는 광부

**장 자크 루소, 『고독한 산책자의 몽상』**

1) 장 자크 루소, 『고독한 산책자의 몽상』(문경자 역, 문학동네, 2016), 7쪽.
2) 같은 책, 16~17쪽.

3) 같은 책, 74쪽.
4) 같은 책, 35~36쪽.
5) 같은 책, 40~41쪽.
6) 카렌 암스트롱, 『신을 위한 변론』(정준형 역, 웅진지식하우스, 2010), 108쪽.
7) 장 자크 루소, 앞의 책, 44~45쪽.
8) 같은 책, 131쪽.
9) 같은 책, 136쪽.
10) 같은 책, 19쪽.
11) 같은 책, 20쪽.
12) 같은 책, 80쪽.
13) 같은 책, 85~86쪽.
14) 같은 책, 86쪽.
15) 같은 책, 87~88쪽.

## 자기 안에 갇힌 병에서 벗어나기

**표도르 도스토옙스키, 『지하로부터의 수기』**

1) 표도르 도스토옙스키, 『지하로부터의 수기』(제윤 편역, 『도스토옙스키 고백록』, 을유문화사, 2017), 120쪽.
2) 같은 책, 118쪽.
3) 같은 책, 176쪽.
4) 같은 책, 161~162쪽.
5) 같은 책, 148~149쪽.
6) 같은 책, 151~152쪽.
7) 같은 책, 152쪽.
8) 같은 책, 305쪽.
9) 같은 책, 162~163쪽.
10) 같은 책, 202쪽.
11) 같은 책, 195쪽.
12) 같은 책, 197쪽.
13) 같은 책, 294~295쪽.
14) 같은 책, 296쪽.
15) 같은 책, 299쪽.

## 진실을 상상하는 언어

**잉게보르크 바흐만, 『삼십세』**

1) 잉게보르크 바흐만, 『삼십세』(차경아 역, 문예출판사, 1995), 9쪽.
2) 같은 책, 10쪽.
3) 같은 책, 14쪽.
4) 같은 책, 20쪽.
5) 같은 책, 15쪽.
6) 같은 책, 62쪽.
7) 같은 책, 25쪽.
8) 같은 책, 23쪽.
9) 같은 책, 68쪽.
10) 같은 책, 182쪽.
11) 같은 책, 174~175쪽.
12) 같은 책, 181쪽.
13) 같은 책, 185~186쪽.
14) 같은 책, 222~223쪽.
15) 같은 책, 224쪽.
16) 같은 책, 238쪽.

## 이미지 설명 및 출처

25쪽 월든 호숫가에 있는 소로의 글 ©Mark Bonica
30쪽 월든 호수 전경 ©Gary Lerude
88쪽 파리 거리의 벽에 쓰인 랭보의 시 「취한 배」, Mbzt/Wikimedia Commons
97쪽 젤다와 피츠제럴드
117쪽 Winslow Homer, 〈The New Novel〉, 1877
128쪽 『마담 보바리』에 실린 삽화, Charles Léandre/Wikimedia Commons
155쪽 생각에 잠긴 원숭이 ©Laszlo Nagy HU
173쪽 릴케
197쪽 『데미안』의 초판본 표지
212쪽 헤세가 사용하던 타이프라이터, Thomoesch/Wikimedia Commons
232쪽 안성목장 노을 ©박종진
245쪽 루소의 산책길 ©Guilhem Vellut
260쪽 루소의 산책길 ©Guilhem Vellut
269쪽 Edvard Munch, 〈Melancholy〉, 1892
285쪽 ©남상욱
296쪽 ©남상욱